漫娱图书
MANYU BOOKS

名 家 经 典 系 列

# 信有灵犀 *The letter*

扶他柠檬茶 From.＿＿＿＿来信

长江出版社 CHANGJIANGPRESS　漫娱图书

# The letter

这里是"晚安信箱"，

与你心有灵犀，

为你奉上每日晚安故事。

To : darling

## 无效孟婆汤

钟摆赌约 · 008 ·

钟摆赌约·罗生门 · 066 ·

## 有脑不白甜

门主被吃了 · 098 ·

勇者离开后的世界 · 413 ·

## 后妈失眠梦

长安梦师 · 138 ·

Larva · 156 ·

Co

# 被现实扎星

随机 家庭 互助 ············ ·482·

书法与煤月 ·············· ·496·

# 解忧特效药

星球铲屎官 ············· ·222·

旧世主 Jesus Nut ·········· ·239·

# 不完美童话

魔盒 ················ ·266·

文盗童话 ·············· ·283·

无效
孟婆汤

## 钟摆赌约

*Zhong Bai Du Yue*

### 1

"欢迎来到钟摆赌场。"青年说。

齐书别和另外六个人看着他，神色都是茫然的。他们每个人都衣着奇怪——齐书别穿着的是医院病号服，其他人有的也穿病号服，有的是一身破破烂烂、满是血污的衣服。

"我们在哪儿？"一个女孩问。她大概只有十二岁，但却是所有人中最镇定的。

"钟摆赌场——生死中间的凝滞空间。"这个青年有一头棕色卷发，鼻子上散着小雀斑，笑容可爱，让人联想到松鼠或者赤狐之类的小动物，"简单来说，各位现在都处于濒死状态。"

他站在高台上，身后的大屏幕浮现出七个不同的窗口。齐书别在第二行第二格看到了自己，他躺在手术台上，身边围绕着医护人员，无数管子和仪器几乎要将这张病床吞没。其他格子也大多是抢救的画面，有几个人只是躺在床上沉睡，脸上带着呼吸器。

七人不约而同发出惊呼。

齐书别想起来了，模糊的记忆从黏糊糊的混沌里浮现出来，是下坠，急速的下坠。在莫名其妙来到这儿之前，他从楼上坠了下去。

他们身后有个好看的青年穿着血衣，齐书别觉得他眼熟，多看了几眼。青年回应他似的笑笑："你也是我的粉丝吗？可惜没办法给你签名哦。"

他认出这人了，是巨星歌手暂安。他难以置信地看着屏幕——屏幕中，暂安浑身是血地躺在床上被抢救。

"车祸。"暂安耸耸肩道，"我最后记得的是和经纪人赶往下一个通告地点，快迟到了，他催司机开快点，然后……'砰'。这位小妹妹呢？未成年可不能进赌场啊。"

小姑娘用怪异的眼神瞥了他一眼："我叫田有苗，被同学从楼梯上推下去了。"

大家咂舌。齐书别咳了一声："现在的小学生……还是初中生？太不懂事了……"

"——我在S大机械设计系。"有苗翻了个白眼，"就为了点奖学金，某个学长把我推下去了。"

"啊！我想起来了！你是不是两年前轰动本地的那个天才少女？"暂安拍手，他对于各种事件都记得很清楚，"据说智商鉴定有二百三十多……"

田有苗懒得和他说话。看起来天才少女的脾气比歌星大得多。


"喂，你说清楚，这里到底是干什么的？"一个大汉冲青年喊，"你盯着天花板看什么呢？！"

"我在想该用什么语句才能和你们解释清楚……"

田有苗神色漠然："随便说，反正我都能理解。"

"总之，就是个赌场嘛！"他笑意更浓，嘴角咧开的程度令人不适，"大家可以用筹码赌博——赢家得到筹码，输家失去筹码。最后总计筹码最多的人，就可以……BIU！满血复活！"

现场陷入了片刻的寂静。


"这可能吗？"有人在窃窃私语，"该不会是耍人的吧？"

"——我看科幻剧最讨厌的就是不断有人问'这可能吗'。"暂安低声和齐书别说，"要么他说的是真的，要么我们其实已经被抢救过来了，只是在昏迷时被送来了这里。"

齐书别动了动手指："我是坠楼，就算抢救过来，身上也一定是有痕迹的。"

"嗯，至少会有缝合线的痕迹啊，手术前剃毛的痕迹啊……"

所以他说的是真的。

田有苗的思维显然快于所有人，她举起手。卷毛指了指她："这位同学有什么问题？"

"回去的人数？"

"一人。"

"一共比几局？赛制？"

"六局。淘汰制，每局淘汰一个筹码最低的人。"

"每个人最开始有多少筹码？"

"上限是100点。"

"怎么得到这些筹码？"

"小朋友没有小朋友的样子就会很可怕呢！"卷毛拍拍胸口，"很简单，你们的筹码就是现世中还活着的人。只要这个人和你们具有'真实关系'，他就可以被你选作筹码，普通关系的人算作1点筹码，比如同事啊，不算朋友的熟人啊；亲戚或者朋友算作2点筹码；最后……"

他打了个响指，屏幕上炸开了一朵璀璨的烟花，中间是数字"10"。

"——直系血亲，每个人可算作10点筹码哦！"

齐书别感到暂安凑近了他，苦笑道："真是恶魔的游戏啊。"

"我记得你和你父亲上过综艺。"

"嗯……所以我至少有10点筹码了。"他把下巴靠在齐书别的肩上，歌手磁性的嗓音听着略带慵懒，"你有几点？"

"我好奇筹码最后会怎么样。"

田有苗也问出了和他一样的问题："被当作筹码的活人会怎么样？"

"这个嘛……如果你们在赌博中胜出，他们就能平安无事，你们也能活到最后。如果你输了，那你们就会消失，被你们当作筹码的人当然也……"他歪了歪头，"——会死。"

一片死寂中，田有苗思索了几秒，就继续问了个关键问题："什么样的人和我具有'真实关系'？"

这确实是个关键问题。

筹码是 100 点，没人会希望亲朋好友死去。那么，关键就是什么样的人能被当作筹码。

如果仇人也行呢？假设七人中真的有个奇葩，拥有一百个仇人呢？这样一想，反正自己也是濒死了，如果能选一百个仇人陪葬，不管输赢都不亏吧？

卷毛说："你必须和他在现实中见过面，知道他的真名，有过来往。只要满足这些条件，都可以将他登记为筹码。"

接着，七个纸团从半空中落下，滚落在他们脚边。把纸团展开，就是一张筹码登记表。

"你们有两个小时的时间登记筹码。"卷毛的身影缓缓消失在高台上，"两小时后，第一局赌局将会开始。"

## 2

两个小时中，大家都做了简单的自我介绍，七个人五男两女，除了田有苗，另一位女性叫胡丽，是普通的家庭主妇。

另外三名男性，一个是脾气暴躁的北方汉子周哥；一个是黝黑精瘦的中年男人张有财，听谈吐像个老流氓；最后一个青年大约二十四岁，长相清秀，他叫黎结，是个盲人。

"你们都登记了谁？这要是谁登记了爸妈儿女那真是畜生了，要是让我知道……"周哥金链子晃得"哗哗"响，"都不许瞒着！"

暂安笑嘻嘻地甩着表格："不可能，随便凑都能凑出一百个人来，何必搭上亲友呢。是吧，小齐。"

齐书别安静地笑了笑，低头看着表格上寥寥无几的名字。周哥问："你填的都是谁？"

"我没爸妈。"齐书别说，"从小是孤儿，被养父母领养的，他们前两年去世了。"

"你就填五个？"

"无所谓吧？"齐书别似乎不是很在乎，"反正只要不超过一百筹码的上限就好了，五个筹码也可以玩的。"

田有苗站在黎结身边，看他摸索着填写表格，却只填了一个人。

她说："你要口述代写吗？"

黎结摇了摇头，没有回答，这个人沉默寡言。


"这小丫头不简单啊。"暂安在齐书别耳边嘀咕，"她已经开始收集资料了。"

"这算什么资料？"

"除了你和盲人小哥，其他人都没有公开筹码数量吧？就算公开了，只要不说其中有几个亲友，也会有几十分的差距。谁也不知道那个卷毛会让我们怎么赌，筹码越多越有利。但不是每个人都能填满一百筹码的吧……"

这倒是。虽然每个人都觉得自己人生中会遇到很多人，但在这种紧要关头，还真的想不出太多人。

"也不知道筹码在第一阶段会不会公开……"他说，"但是，她现在这样细心调查，至少能大致把其他六个人的筹码数量排个高低。"

暂安点头："然后她就知道谁的筹码偏少，到时候可以和其他人抱团把那个人干掉，先熬过第一局。"


是这样吗？

齐书别和田有苗忽然在这一瞬间对视了一眼，不约而同地笑了。


——不是的。她并不是在找筹码最少的人。

她在找筹码最多的人。


这是个聪明孩子。在场的所有人都比她年纪大，社会经验更多，也许更加心狠手辣，更加油滑……

但是极致的聪慧可以弥补一些差距。

卷毛说了，这是淘汰赛，开六次"赌局"——这个赌局不一定是赌大小或者俄罗斯转盘，也许赌局只是个单纯的代称，实际上他们会被迫参与一些游戏或者对抗。每局淘汰筹码最少的，直到六次比赛后剩下最后一个筹码最多的人……

在开局，最安全的位置肯定是头部以及中部，第一名到第五名。战况最有可能的发展是——筹码越多的人越谨慎地累积筹码，筹码越少的人越拼死一搏。假设这些尾部的人无法胜利，那么结果就是，筹码多的人拥有越来越多的筹码，筹码越少的人则毫无悬念地被淘汰。

田有苗光是填写的同学和老师，就可以积攒七十多的筹码，天才少女的名号不是闹着玩的，她的记忆力极好，甚至可能填满一百的筹码，达到初始筹码上限，拥有最好的开局。

她的敌人是谁？绝不是只有五个筹码的齐书别，或者连写字都困难的盲人黎结，以及整天围着家庭打转、看上去有些花瓶的胡丽。

她的敌人，是社会关系复杂、绝对能填满一百筹码的暂安、周哥和张有财。


齐书别现在有优势。在局面不明朗的情况下，他是表露个人特质最少的参与者。

——暂安是歌手，娱乐圈的人，有名气，是个很大的目标。家庭主妇胡丽似乎战斗力并不高，周哥和张有财则可以归入"社会盲流"，具有攻击性……

只有齐书别，还没法贴上标签。

"小齐，你是做什么的？"张有财凑近了他，露出一口黄牙，"大家都聊聊天嘛，干什么一副要打起来的样子？阿叔我就很爽快，反正都死得差不多了，争什么嘛，重在参与，死前大家还能聚一聚，都是缘分，你说是不是啊，胡小姐？"

"啊？"胡丽一直都在努力降低自己的存在感，忽然被喊了名字，吓得一抖，"对……对！"

齐书别说："我就是个小白领，工作压力太大，跳楼了。"

周哥愤愤不平："哎，小齐你年纪轻轻，怎么这么想不开！"

离两小时的时间限制还有一刻钟，人群聚了又散，众人在这间灰色的屋子里各自占着一片空间，这里没有门窗，没有其他家具摆件，打发时间的唯一娱乐，就是从暂安那里传来的清唱歌声。

突然，四周的灰色墙壁像是灰飞烟灭般消失了，外面是一片黑暗。几秒后，一座全新的房间宛如乐高积木般从黑暗中垒起——阳光从玻璃窗外洒入，照亮的是一间教室。

这是一间普通的大学教室，桌面上脏兮兮的，角落里掉着揉成一团的早餐袋子，桌肚里全是乱刻乱画……

"这是你们第一场赌局的地点。"卷毛出现在讲台上，换了身西装，"小田田肯定对这儿很熟悉吧？"

大家都看向小姑娘。田有苗目光平静地扫过四周，没有答话，但这地方估计是她读书的大学。

"书籍是人类进步的阶梯。田田，你来给大家介绍一下赌局规则？"

一本小手册出现在田有苗面前，她把它打开，仔细地看了起来。齐书别觉得自己有必要发声了："怎么确保她对于规则的解读就是对的呢？"

"这不是有我在嘛！"卷毛坐在讲台上，笑嘻嘻地晃着双腿。

"你会对她解读的规则做出监督吗？"齐书别追问。必须确定这一点，田有苗这个孩子就像颗地雷，可以把周围人都炸得粉碎。

"会，会。"

大概十分钟后，田有苗放下了册子："很简单的一个赌局。这栋教学楼有十一道台阶，每道台阶上印有一个数字，比如1号台阶、2号台阶。赌局同样是两小时后开盘，开盘时，你坐在几号台阶，就意味着你选了几。十一个数字中，有五个数字会使坐在上面的人筹码减半，有五个数字会使得筹码翻倍。还有一个台阶，如果坐在上面的人数是单数，它就会使上面的人筹码清零；双数，则筹码翻四倍。"

齐书别走到黑板前拿起粉笔，在黑板上画了十一个框，代表十一道台阶。他在框内写上数字："1，2，3……这样，一共11个号。总的来说就是个选号码的游戏。"

"嗯。"

"我举个例子，如果理解错了你及时纠正我。假设1到5都对应筹码减半，那么坐在上面的人就会只剩下一半的筹码。6到10对应筹码翻倍，选它们的人就可以筹码翻倍。最后假设11号是那个特殊数字，而我选中了……"

田有苗点头："那就意味着你的筹码清零。"

"嗯，直接结束游戏了。但如果，我和暂安一起选了这个特殊号码……"

"我们的筹码会翻四倍！"暂安吹了声口哨，"好！目标就是这个！小齐，我手气超好的，咱们一起选一个！"

"不过在教学楼中，藏一个提示。"田有苗看着这本小小的册子，它和小学生用来记作业的小本子差不多，而且只有三页纸，"解开提示，可以得到一些线索。"

说完，她就将册子揉成团，塞进了嘴里。离她最近的是周哥，他骂了一声，冲到她面前甩了个耳光："吐出来！"

田有苗脸上指印血红，微微笑了。

她将纸团咽了下去。

## 3

周哥揪着她，像揪着只小猫。张有财也想冲过去打她，被暂安拦住了："干什么干什么？小孩子不懂事，你们和她动手？"

"她想害死我们！"张有财声嘶力竭，神色狰狞。

"她害不死我们的。"齐书别安抚他，"只要你们照我说的做。"

卷毛不知何时消失了。不重要，反正这个人也说过，他会监督田有苗对规则的解读。她应该没说谎，也许在一些细节上避重就轻，但大体都是对的。吃掉册子，也只是为了不让其他人有对着册子反复推敲的机会。

十一个数字，三种常规可能，两种变动可能。幸运的是，变动是人为可控的。

但在齐书别继续说明前，一直默不作声的黎结摸索着往前走，也来到了讲台。黎结的声音很轻，其他人一开始几乎没发现他在说话。

"我们有七个人，是单数。十一个数字中，有一个特殊数字，如果坐上面的人是单数，这些人的筹码清零；如果是双数，则翻四倍。"

"好事成双嘛——"暂安激动地叫起来。

"我们不考虑双数的可能。"黎结柔声说，接下来，他说的话令所有人面色如纸白，"我们七个人，坐在同一个台阶上。"

"我不明白……"胡丽颤抖着举手，"黎先生，不是说单数的话……七个人万一选中了那个特殊数字，不就……"

"就集体清零了。"他说，"这不是最公平的结果吗？"

"——这不公平。"齐书别打断了他的话，"我们都登记了自己的筹码，每1点、2点、10点筹码都代表一个人。那个人说了，我们如果在赌局中被淘汰，被我们作为筹码的人也会死。姑且就当这是真的——相对比较好的结果是，登记了最多筹码的人获胜。"

不知谁嗤笑了一声。接着张有财说："那都别赌了！就让登记了最多筹码的人赢，其他人认输呗！"

"我说了，那是相对比较好的结果。但是我赞成让游戏一局一局比下去，也许我们能找到突破口，脱离这个困境，或者取消赌局。"

齐书别刚刚说完，所有人就听见了刺耳的尖响——黎结面无表情地站在讲台上，用指甲重重挠黑板。大家都不得不捂住耳朵。

"七个人坐在同一个数字上，同生共死。"他的声音像是硅基生物发出来的，没有一点儿感情，"我只登记了一个人，只有一点筹码。按我说的做，要么全体清零，完全公平，要么就像你说的……全体翻四倍，或者减半，或者翻倍。总之，我还是最少的，死的还是我。如何？"

"别听他的！"齐书别想稳住人心，"最安全的是一六分，你作为筹码最少的人单独坐出去，其他六个人就绝对能活下去！"

"其他六个人，谁有自信绝对能活到最后？"黎结问，"七分之一的存活概率，万一落不到你的头上呢？你们想眼睁睁看着其他人活下来，自己变成垫脚石吗？"

齐书别在洗手间冲了一把脸，稍微清醒了些。他抬起头，在镜子里看到了暂安。

"气氛不太好啊，小齐。"暂安苦笑，"那盲人妖言惑众，但有几个人看起来对于团灭很动心。"

"……周哥和张有财对吧。"

"嗯，我刚才出来时，听见他们在教室里商量，要强迫所有人都坐在同一道台阶上。"

"这不重要，找到田有苗了吗？"就在他们刚才争执的时候，小姑娘冲出了教室。

"胡大姐去找啦，但还没有消息。卷毛说了，这是她的学校，她应该对地形很熟悉。而且我很在意那个……"

"那个提示，对吗？"

在教学楼里，藏着一个提示。尽管这个说法很笼统，但还是要尽力去找。

只是现在人心不稳，有人对于黎结的话动了心——这就是人性，活下来的人可以不是自己，但是陪自己死的人越多越好。

"门窗我也都试过了，出不去，这个场景是封死的，外面的阳光估计也都只是投影之类的……我们根本就不在现实世界。"齐书别和暂安走在教学楼的走道上，声音回荡，忽然，齐书别拉了暂安一把，两人一起躲进了旁边的水房。

——周哥从远处的拐角出现了。

他在寻找其他人，估计张有财也在做同样的事。

他们躲在水房里，等周哥走过去。齐书别提出的一六分是这个局面下"性价比"最高的选项，却不是人性最喜欢的选项。现在他们必须找到那个提示，得到尽可能多的线索，保证自己进入下一场赌局。

"我们有两个人，至少不会遇到最坏的情况。"暂安说，"你也真是的，干吗就填五个？什么七大姑八大姨的都填上去啊。"

"……我们还没熟到交流这个的地步吧？"

"怎么？你以为歌星就总是不爱搭理人？我生前都快憋死了，其实我特爱和人叨叨，但经纪人不许我乱和人说话，和管犯人似的……你说你因为工作压力自杀？那简单啊，把全公司从老板到老板娘到清洁工都填上去啊，你要是输了，大家一起脱离苦海……"

齐书别疲惫地揉了揉太阳穴："你稍微安静一会儿，暂安，你都起这个艺名了，不能人如其名吗？"

这栋教学楼有五层，每层东西各一道台阶，最顶层有一道通往天台的台阶。从第一层的两道台阶由西向东分别是 1 和 2，二层和上层如此类推，3 和 4，5 和 6……

编号用粉笔写在楼梯旁的墙上。

在二楼的西侧 3 号阶梯旁，齐书别发现了一摊血迹和一串小小的水痕脚印。他和暂安转头看了看，就听见田有苗的声音："别找了，我在这儿。"

"小祖宗你跑哪儿去了？！"暂安冲过去拍她的脑袋，"行了，别跑了，我们不会让他们揍你的。"

她侧过头，看向他身后的齐书别："我有话和你说，单独的。"

"我经纪人一直警告我别和年龄小的女艺人传绯闻，我让他放一百万个心，我这辈子最讨厌小女孩。"暂安回头对齐书别翻了个白眼，"现在我确定往后三辈子自己都会打光棍。"

田有苗带着齐书别到了旁边的教室。这间应该是自习教室，里面的课桌上堆满了书。田有苗开门见山："我们联手。"

"为什么？"

"我看过你的书。"

齐书别的眉角跳了跳。他没想到。

"别意外，我什么书都看。你写的《痕迹学图谱》是我去年看的，上面有你的照片和简介。你也根本不是什么自杀的白领，你是警方的人。"

"……那要替哥哥保守秘密哦。"

"都三十几岁的人了，别仗着娃娃脸自称哥哥了。"

他咳了一声："我的身份又不重要。而且我也不算警方的编制，我只是研究刑侦技术的学者罢了，充其量……"

"没那么多时间辩驳这个了，和我联手。"

"……"

"外面的3号阶梯旁边有血迹。"他说，"这是你摔下来的地方吗？"

田有苗没有否认。她是被同学从楼梯上推下来的，那摊血迹应该就是事发地点。

"我大胆地猜一下，六场赌局，淘汰六个人，每个场景会不会都和我们的经历有关联呢？"他顺手拿起课桌上的一个保温杯，走出教室，暂安已经坐在楼梯上等得不耐烦了，"如果是那样，提示这种关键信息，也许就会藏在这个场景的关键地点里……"

齐书别将保温杯上的水洒在血迹上，血色被冲散了，在这块地砖上，真的留有字迹。

"最初的质数是关键。"

## 4

11以内的质数，有2、3、5、7、11。

最初的质数是2，也就是说，一层东侧的2号台阶就是那可以翻四倍或者清零的台阶。

"质数是啥？我只知道奇数偶数。"暂安皱着眉头，他的数学几乎全还给老师了。

齐书别没有回答他。大部分人离开学校后，很快就会忘记数学定义，他只能赌，这七个人里面只有自己和田有苗知道关键答案是2。

就在这时，从上面传来了周哥的声音："你们三个在这儿？"

"啧。"他知道麻烦了。因为周哥手里拿着木棍。

"咱们分头跑？"暂安轻声问，齐书别点了点头。周哥只有一个人，分头跑就行。满足特殊数字清零的条件是单数人，就算抓不到最后落单的人，周哥应该也不至于执着。他和张有财的筹码数量都属于第一梯队。

三秒后，他们三个人沿着走道两端分头跑。周哥去追看起来体力相对较差的齐书别，暂安应该是安全的……

"砰！"

只听见一声闷响，暂安倒了下去——他那边的走道拐角处出现了张有财拿着木棒的身影，这人刚才埋伏在这儿守株待兔。

齐书别走神的刹那，也被周哥扑倒；和暂安一起逃的小姑娘被张有财揪住，拖了过来。

片刻后，胡丽浑身发抖，和黎结一起慢慢来到了 2 号楼梯。

齐书别和暂安都被绑住，周哥和张有财监视着他们。刚才张有财打了田有苗两个耳光，小姑娘哭着招供了 2 号台阶的事。

"所有人都等在这里！"周哥两眼通红，"到点了，大家一起清零，谁都别独活！"

"为什么要这么做？"齐书别还想说服他，"所有人和大家的筹码一起死，到底有什么好处？"

"少屁话！我知道这是耗脑子的局，既然我活不到最后，大家就在这儿一起死！"

"让那盲人去旁边的台阶不就行了？他只填了一个筹码，横竖都是他死，我们一起进下一局，说不定能找到大家都活下去的办法啊！"暂安刚说完，脑袋上又挨了张有财一下，痛得龇牙咧嘴，"大家都是将死之人，你居然还这么打我？！你知道我的脸买了多少保险金吗？！"

"你们这些脑子好的能沽到最后，凭什么让你们沽？"周哥提着棍子走到他面前，看上去想直接打死他。

齐书别喊住了他。

"你打死他，我们就只有六个人了。除非你再打死我。"他说，"时间快到了，你既然想这样，那就这样吧，别再节外生枝了。"

"而且你也没法确定在这个条件下能杀人。"黎结的声音依旧平静如水，"万一像游戏中那种'锁血'设定，无论如何都死不掉……"

他们七个人待在台阶上，时间一分一秒过去，离赌局开盘只有三分钟了。

三分钟后，他们的分数就会被清零。所有人，包括被他们当作筹码的人，统统都会死。往好的方面想，也许卷毛只是在吹牛，死的只会是他们。这也许只是死神在午休时无聊的小游戏，玩够了就会放他们走……

两分钟。

所有人的眼睛都看着前方墙上的钟。

一分钟。

齐书别感到气氛很紧张，每个人都像被蛇盯住的青蛙。黎结坐在他下方的一节台阶上。如果游戏规则是"坐在台阶上才视为选择该台阶的数字"……

他动了动被绑住的手。周哥显然不是内行，这种捆绑很容易挣脱。警队的朋友教过他怎么对付，在刚才的几分钟里，他竭力在不引起注意的情况下把绳子弄松了——还剩下六十秒，如果把前面的黎结踢下去——

就算这是谋杀，但他至少能保住其他六个人！

再等几秒，就……

忽然，一个人影从楼梯上跳了下去，离开了人群。

——是张有财！

这个家伙趁着所有人都没注意他的时候逃离了2号台阶，往走道里跑去。他的声音回荡着："谁要死啊？！我肯定要活到第二盘——"

周哥想追。黎结悠悠道："你去抓他，和他一起死在走道上。剩下五个人死在这儿。"

"你去抓张有财，就没人能拦住我们跑了！"黎结的话毫无逻辑可言，但在这种千钧一发的时刻，除非受过特殊训练，普通人都会大脑发蒙，周哥也一样。齐书别看他听信了黎结的蛊惑要去追张有财，连忙出声喊住："就这样吧！进下一回合，你还能找他算账！"

而且，这样一来，筹码最少的黎结就有可能先出局了。田有苗是自私，自私者可控，因为有所求；黎结这家伙就像个噩梦，纯粹是在把局面搞得更糟。

这样的人，死得越早越好！

周哥停下了离开的脚步，顿在了那儿。黎结轻声叹息。

走廊的尽头传来张有财的狂笑。

其他人反而松了口气。这样一来，他们的筹码等于翻了四倍——

"叮咚！"

下课铃声响了。他们的头上都跳出了一个数字。

代表最新筹码的数字。

周文豪：50

田有苗：50

暂安：50

胡丽：50

齐书别：2.5

黎结：0.5

集体减半。

"……不……不对啊……"胡丽迟疑了几秒，打破了寂静，"难道不该是……翻四倍吗？我们是六个人啊？"

暂安咽了口唾沫："死的是谁？"

"……是张有财。"齐书别挣开了绳子，拍拍身上被周哥搞出来的灰尘，"你搞的鬼吧？田有苗。"

5

课间广播响了。

"咳咳，开始上课了，请各位同学回教室哦。"

伴着卷毛的声音，他们进了楼梯对面的教室。卷毛在里面对他们招手。教室里，投影屏已经放了下来。

"我不明白啊，为什么我们的筹码减半了，张有财被淘汰了？"暂安完全憋不住话，进门就问。

卷毛摆弄着投影仪："因为按照规则，他一个人坐在了2号台阶上，筹码被清零了呀。"

屏幕上出现了正在医院被抢救的张有财，因为急性酒精中毒，他的脸呈现出猪肝色，皮肤缺水，导致嘴巴咧开，像是在笑。

医护人员们在几分钟后离开了他的病床。他的老婆和儿子在外面痛哭，但两人很快都捂着胸口，倒在地上。

他把这些家人都作为筹码填了上去。

坐在 2 号台阶上的应该是他们才对。但不知道为什么，卷毛说张有财坐的才是 2 号台阶。

"我们坐的是 1 号台阶。"齐书别说，"台阶真正的编号，是 0 到 10，而不是 1 到 11。"

台阶的编号是用粉笔写在旁边的墙上的。在学校里，墙上出现粉笔划痕是再普通不过的事。但粉笔划痕也意味着容易被擦掉。

他和暂安寻找田有苗时，发现她的水痕脚印。这个小姑娘趁他们争吵时偷溜了出去，事先查看了台阶，发现粉笔编号可以被擦掉，于是，她就用水擦掉了旧编号，改写了它们。原来的 0 被改成了 1，1 被改成了 2……

他们本能地觉得编号肯定是从 1 开始的，没有人觉得奇怪。

"最初的质数是 2，我们以为自己坐在 2 号台阶，其实坐的是 1 号台阶。1 号台阶对应的结果是'筹码减半'。"齐书别继续说，"张有财一个人去了真正的 2 号台阶，也就是他以为的 3 号台阶，被清零了筹码。"

田有苗不可能事先知道编号可以涂改，她也是临时发现后想出的办法，如果不能改动，她也许就会想其他的战术。

这个战术对应的最优解是什么？齐书别想起她找自己要求联手——也许她打的算盘是，他们俩一起坐其他楼梯，让另外五个人坐在 2 号台阶，五人被清零，只剩下两人……

"我们之后得站在一起了。"他对暂安说，"不管发生任何事情，你都要相信我。"

"不然我信谁啊？"暂安扁嘴，"就你看着最靠谱了……"

"哇——"

突然，田有苗一下子在暂安脚边坐下，"哇哇"大哭。她哭得可怜极了，只要是个人就不忍心。

"我……我吓坏了……"她拽着暂安的裤脚，"我想爸爸……想妈妈……"

"哦，好了好了，不怕了啊！"暂安连忙蹲下身抱住她安抚。

看来压力要比想象的更大。齐书别的头疼了起来。

就这样，剩余六人进入了下一回合。卷毛在宣布休息后，将四周变成了医院的样子。

"请大家尽情放松一天吧，"他说，"一天后，将会开始第二局。"

不知怎的，当看见医院的场景时，胡丽的脸苍白得像个死人。在离开前，卷毛还交给他们一个任务。

"在这一天的时间里，请大家完成分组哦。"他说，"六个人，分成三组。因为第二局，将会按组来决定胜败。"

6

暂安和齐书别在医生休息室里乱晃。卷毛创造出来的景物都很生活化，全是一个个真实的场景，只是在里面活动的人不见了，就像布置精致的戏棚，而演员们还没进场。

休息室的储物间里有些可以替换的衣服，暂安把血衣换了下来。齐书别也换了套衣服，病号服穿着实在很奇怪。

又过了一会儿，门开了，进来的是周哥。

大家互相看了一眼，有些尴尬，谁都没说话。

暂安的脾气比较大，他重重地摔上了储物间的门，走了出去。周哥对着他的背影恶声恶气道："你得罪了我，以后也没好处。"

这话是真的。在这个局面下把人际关系搞好不一定有用，但搞僵只会有害无益。

齐书别跟了出去："别和他怄气了，很快就要考虑分组的事了。"

"有啥好考虑的？两人一组，咱俩呗。"

"没人说过两人一组。"他说，"那个人只说分成三组，没有规定每组的人数。可以是2-2-2，可以是3-2-1，也可以是4-1-1，而且游戏规则现在不明，没人知道人多有优势还是人少有优势。"

"嗯……不管，总之我们两个在一组。"暂安说，"或者就只有我们两人一组。其他人不管他们怎么分。"

这个主意不算糟，因为其他人的性格要么有危险的地方，要么就是胡丽小姐那种优柔寡断型的。尽管齐书别和暂安还不算熟悉，但至少他俩知道，对方是这群人里面相对靠谱的人选。

说白了他们就是对方的保底牌，其他人可就不一样了。暂安说他想看小萝莉和那个恐怖分子黎结排一组，场面肯定很壮观。

齐书别不想看，他想看周哥和黎结一组，胡丽和田有苗一组。

"为啥？"

"因为这样的话，本质其实就是我、黎结、田有苗三个人的较量，除非第二局的比赛规则很奇葩，否则我们手上就有三分之一的胜率。"

"啊，明白了。"暂安合掌，"但既然这样，为什么不换个赢面更大的策略啊？"

齐书别知道他在想什么："别……"

"你，我，小田，姓周的四个人排一组，胡大姐和黎结各成为一组。那不就是稳赢了？"

"你要防止规则的影响……"

"我也这么想。"

周哥的声音打断了齐书别的话。高大的男人向他们走过来，很有压迫感。

暂安提出的四人分组，是齐书别也想过的。但这也面临着另一种风险——人多不一定力量大。

卷毛没有公布规则，而是让他们先分组，就说明这一局的游戏规则不一定有利于多人队伍。

"分组的事情，最后集体讨论时再决定吧。"齐书别暂时敷衍了周哥，"暂安，我们去楼下逛一下，我有事要找其他人。"

他们离开了周哥，坐电梯到了一楼。这个场景和第一局的教学楼不一样，它是一家完整的医院，可以去户外活动。

黎结坐在外面的喷泉边，不知在想些什么。齐书别从远处看了他很久，突然从花坛里捡起一根尖树枝，朝他走过去。

"你想做什——"暂安以为齐书别是怒上心头，连忙把他拉住。

"我去确认一件事。"

齐书别走向黎结，在他身边坐下。暂安不知道他们的谈话内容，只看见在交谈几句后，齐书别把树枝缓缓刺向黎结的眼睛。黎结的右眼动了动，躲闪了。

"你是装瞎？！"暂安挽起袖子冲过去，"敢情你眼睛看得见？"

"不，他是真的瞎了。"齐书别说，"看不见的人才会躲，人对于接近自己的物体会有很细微的感觉，盲人会更敏锐。如果真的是装瞎，他反而不会躲。"

黎结的声音响起："你们来做什么？"

"我想和你商量分组的事。"

"想让我加入你们两个？"

"小齐，我不要加他！"

"不，我想和你组队。"齐书别说，"我和你，齐书别和黎结，我们俩组成一队。"

就在刚才，齐书别改变了主意。

他和黎结进行了简单的交谈，他问这个人，对于第二局有什么预测。其实这只是齐书别用来转移黎结注意力的幌子罢了，最终目的是用树枝测试这个人的视力。

但黎结说的话很有趣。

"第二局的结果，应该是从分组敲定的时候就注定了。"

暂安把自己关在一间空病房里生闷气。

他在生齐书别的气，这是没办法的事，在他看来，他们两个人的组合那么稳固安定，完全没有拆的必要。

现在他被甩了，齐书别和黎结组队。这要是高中女生之间的矛盾，恐怕可以直接去女厕所里哭三节课。

不仅如此，齐书别还想让他和田有苗组队。

"你，田有苗，胡丽，你们三个组一队。"他说，"我和黎结一对，周哥单独一队。"

"……"

"我不是想丢下你，只是这样分组会更安全。"他说，"现在不是耍脾气的时候。我去找胡丽了，希望她也能按照我的要求分组。"

——自从来到了这家医院，胡丽就在两层楼之间游荡。三层是产科，四层是儿科。

齐书别到的时候，田有苗也来找她。女人孤零零地坐在产房的地板上，眼神呆呆地看着产床。

"这个场景和你有关吗？"齐书别问，"因为上一个场景是小田的学校。"

胡丽愣了一会儿，她点了点头。

"……我就是在这家医院生的孩子。"

和其他人不同，胡丽的衣服很干净，打扮精致。

齐书别是坠楼后被抢救，田有苗是掉下楼梯受伤，他们都在医院接受治疗，穿着病号服；黎结也穿着病号服。周哥、暂安则是遇到事故，一身血衣。

她是怎么出事的？

## 7

胡丽说，她是自杀的。

"我生孩子是在这家医院，孩子生病时也是送来这家医院。"她苍白的脸上露出一个苦笑，"治疗的代价太大……我承受不了。孩子睡着后，我在她病房的厕所里上吊了。"

"那你想活下去吗？"田有苗问。

胡丽摇头："回去也没法面对那个局面。"

她不在乎输赢，便答应了和田有苗组队，田有苗听说齐书别和黎结组队，略一思索也明白了，提出要暂安加入。这也是齐书别想要的结果。

抱着怀疑一切的态度，齐书别之后去医生办公室用电脑查了病例——虽然电脑没法联网，但可以查到院内资料。

胡丽的女儿罹患白血病，病情严重。不过病历上，医生的态度相对乐观——"7月13日，考虑到患者的年龄和状态……建议积极治疗。"

一天后，院内响起广播，卷毛通知他们去大会议室提交分组。

"我和黎结一组。"齐书别说。

"我，胡丽，暂安三人一组。"田有苗说。

结果暂安说："我没答应。"

齐书别愕然地盯着他，他也回瞪了齐书别一眼。

"——我和周哥一组。"他说。

"等等——"

"那就算分组完成了。"卷毛根本不给齐书别喊停的时间，宣布了结果，"你们真的让我很惊讶呢，我没想到会是这样的分组。"

接下来，他开始介绍第二局的规则。

"现在有一位病人情况危急，能够救他的药被粗心的小护士和其他两种药混在了一起。"他按了按会议室里的电脑，屏幕上出现了三种颜色包装的点滴袋子。"红黄蓝三色的点滴，三种药里面有一种可以救他。请六位医生为病人试药吧。"

在短暂的震荡后，四周变成了病房的场景，大家的服装也都成了白大褂。在他们面前，站着卷毛，卷毛身边站着一个穿着性感护士服的骷髅，手中抱着药篮，里面摆满了这三种点滴。

"现在大家分成了三组，以组为单位来选药。比如齐教授和黎结是一组……"

"啊？你叫他啥？"暂安讶异，"他不是个白领吗？"

卷毛捂嘴："你们居然都没看过齐教授的刑侦技术书吗？这世界没救了。"

"我看过。"田有苗嘀咕。

"你到底是谁啊？"周哥揪起齐书别的衣领，"不是说是个自杀的白领吗？！"

"我的身份对于这个局面没有影响。"齐书别打开他的手，"而且我今年只是副教授，还没评职称……"

"……"田有苗用一种看奇葩的眼神望着他。

卷毛清了清嗓子，继续讲解规则："比如你们俩是一组，那你们俩只能选同一种药。另外两组也是同样。不可以选别的组选的药。"

暂安看了一眼周哥："那很容易起纠纷啊，万一两组都选了同一种药呢？"

"啊，你们要先决出选药的顺序——投票决定。"

场内静了静。

"这怎么投得出？！三组都是两个人啊！"周哥咆哮道。

"其实本来不一定每组两个人的。"卷毛一脸无辜。

齐书别揉着太阳穴。如果不是暂安突然乱来，这个局面应该很好破才对。

因为每组都投自己组第一个选药，投票也没意义，最后在齐书别的提议下改为了抽签。抽签的结果就是，田有苗那组第一个选，周哥那组第二个选。

"每组选哪个颜色的药也是通过投票决定的。"卷毛说，"啊……考虑到都是两人一组，如果没法达成共识，那就猜拳决定。"

齐书别想给暂安一拳。假如不是这家伙自作聪明，这一局压根没有那么多的变数。

"现在给大家介绍这三种药物。"

由于护士搞错了药品标签，现在谁都不知道这三种药的真实名称。但它们有三种不同的功效。

一种药可以让人康复，筹码增加一位数。比如齐书别现在是 2.5 的筹码，就会变成 25。

一种药毫无作用，筹码不变。

最后一种药可以致命，注射后直接致死。

"不是啊？那这局怎么算？"周哥问。

"注射到毒药的玩家被淘汰呀。"卷毛笑嘻嘻地说。

"筹码呢？！"

"筹码在这局没啥用的哦。"

"可万——次死两个怎么办？"

"谁告诉你每局只能淘汰一个人的？"他收起笑容，棕色的眼睛睁大了，静静望着周哥，"淘汰几个都可以。"

一时没人说话。忽然，黎结轻笑出声。齐书别用脚踢了踢他："别闹。"

"啊，'护士小姐'想起来一点关于药的线索了。"卷毛拍了拍手，"她只说一遍哦，请大家注意听——"

所有人的注意力都集中在穿着护士服的骷髅身上。它的白骨动了动，从里面发出了幼女的声音。听见声音的刹那，胡丽尖叫一声跪倒在地，拼命挠着自己的头——

"第一，黄色的药是安全的。"

"第二，蓝色的药如果和黄色的药一起吃就是致命的。"

"第三，在三句话里，我只说过一句谎话。"

"你是谁？！"那个端庄文静的胡丽像个疯子一样扑到骷髅面前，"你为什么会用我女儿的声音？！"

8

众人让胡丽冷静下来之后，卷毛消失了。骷髅仍然抱着药箱站在那儿，只是护士服口袋上多了个计时器。看那样子，应该是让他们在倒计时结束前选择药品。

作为第一组选药的人，田有苗毫不犹豫地选了红色药。骷髅示意她们躺在病床上，然后用白骨手将红色的药挂上点滴架，只是没有注射。胡丽全程都在哭，泪眼婆娑地看着骷髅。

选红药是最稳妥的。

黄安全，蓝有毒。这是前两句话的结论；而第三句话的意思是，前两句的结论有百分之五十的概率是假的。

如果谎言存在于第一句话和第二句话之中，那么蓝和黄之中可能存在一个毒。也有可能是蓝和黄都无毒，间接证明红有毒。但这种可能性是最小的。

如果第三句话本身就是谎言，它不止说了一句谎话，或者一句谎话都没说，那么结果大部分还是落在"黄蓝有一毒"中。

纯概率博弈。

当然，齐书别也没资格选药。他们组的拿药顺序是最后。

胡丽躺在病床上，轻声问小田："你为什么选红色？"

"红色是毒的可能性最小。"

"那哪个最大？"

她没回答。

周哥和暂安就热闹了。

"选黄！不是说了黄色是安全的吗？"

"你没听见它说这是扯淡？"

"那也可能第二句是扯淡啊？！"

"我们没办法选红啊！"

……

还有三十分钟。

齐书别看了一眼计时器，被他们吵得头疼。他想出去安静一下，冲把脸是最简单的办法。

病房里的吵闹声渐渐消失。这一局，黎结应该不至于搞鬼。首先，三组都是两个人，两组活，一组死，他不可能把所有人都弄死。

第二，田有苗已经选了最安全的红色。剩下的两种颜色，选哪种都只是拼运气罢了。

他去洗手间冲了把脸，寂静的空间里，不知道哪个水管漏水发出了"滴答"声。

齐书别抬起头看见镜子里的自己。他发现了一件恐怖的事——像所有惊悚电影里面发生的一样，镜子里有东西在动。

他在动。

镜子里的自己并不是站着，而是拍着镜子，就像是想冲破一个玻璃笼子。齐书别愕然看着这一切。镜子里的齐书别用手指在镜面上写下了……

"因"。

"果"。

"∞"。

"快回去！出事了！"

暂安的声音突然传来，把他的注意力吸引了过去；齐书别脸色惨白地看着暂安，又回头看镜子。镜面正常了，只是水雾上仍然留有那些字符。

就在他离开病房的那段时间，黎结又搞事了。

病房里，田有苗第一次出现情绪失控，她在质问胡丽。胡丽低着头，神色异常。

齐书别离开之后，黎结不知道和胡丽说了什么，后者突然要求换药——刚才选药的时候田有苗直接开口要了红色，并未经过讨论或者猜拳，所以胡丽可以要求通过讨论和猜拳重新选一次药。

"你为什么要换蓝色？"田有苗重重拍着病床的铁栏杆，"他告诉你你不想活，你就真的要拖我一起死？！"

胡丽颤抖着，看着自己的双手。

"……对不起……"

"我要换组！一个人一组！"

骷髅回答田有苗的要求："换组已经不可以了。"

"啊！"她崩溃地抱头蹲下，"这都是一群什么智商和大猩猩一样的动物啊？！"

"你到底和她说了什么？"齐书别拽住黎结的肩膀，将他推到墙上，"这局无论如何都不可能团灭，你别胡闹了！"

"但你不觉得太无聊了吗？"黎结看不见的双眼无焦点地望着身前，有些瘆人，"增加一些小趣味不好吗？"

齐书别深深吸了一口气，松开了他。除了他和暂安有些不爽，周哥完全是一副乐见其成的样子。

"我生下的是一对双胞胎……"胡丽的声音轻得像个游魂，"两个女儿，后出生的那个情况不好……医院问我们要不要治疗，他们说治疗的意义也不大，孩子以后很可能出现许多问题……"

"我不想听。"田有苗厌恶地转过脸。

"我听了老公的话，放弃了治疗。她很快就没有声音了……但我想，其实不一定啊，其实救一救，说不定她能活……"她低下头，眼泪一滴一滴落下来，"过了几年，另外一个女儿也被检查出来有问题……他和我离了婚，说他受不了了……孩子病得很重，需要很多钱，但钱并不是主要的问题。因为治愈的希望也越来越小，我女儿每天很痛苦，和我说不想治了……每次治疗的时候她都痛不欲生，所以我……"

她的双手摊开又绞起。

"——所以我在她睡着的时候闷死了她。"她说，"先送她走，我再陪她走。"

所有人都被这个答案惊到了。他们以为她只是因为负担不起孩子的医药费才选择了自杀。

"我杀了两个孩子。"她怔怔地望着田有苗，"对不起，小田。

对不起。"

骷髅发出了幼女的声音："还有五分钟，请决定选药。"

"她们不决定，我们也没法决定啊。"周哥说。

"请田有苗和胡丽决定选药，如果无法达成一致，请猜拳决定。"

她们俩必须猜拳了，这是一场随机博弈。但田有苗在猜拳前，说她会出剪刀。

"我一定会出剪刀。"她说。

胡丽愣了一下，手紧紧捏了起来。就在她们各自举起手即将挥出的刹那，黎结在女人耳边说了一句话。

"出布。"

两只手挥出，都是布。田有苗狠狠地瞪了他一眼。如果刚才没有黎结的影响，胡丽很大可能性会出拳头。

平局，那就再猜一局。

她说："我还是会出剪刀。"

她们俩的手都高高举起，田有苗根本没看胡丽，她死死盯着黎结。

但直到她们的手挥出，黎结都没有再说话。

——田有苗出的是剪刀，而胡丽出的是拳头。

9

人在猜拳时，出拳头的概率是最高的，因为握拳这个动作可以让人感到安心，在猜拳这类纯概率博弈的比赛中，没有受过训练的人本能就会出拳。

而布的概率最低，因为手完全张开，是一种没有保护的袒露。

田有苗以为黎结又会在挥拳前一秒提醒胡丽，这样，她要么出布，要么出剪刀。

但她没想到黎结这次没有说话，胡丽出了拳。

蓝色的药被挂在她们的点滴架上。周哥和暂安毫不犹豫地选了红色，齐书别他们得到了黄药。

六个人躺在病床上，骷髅依次替他们挂上点滴。

结局在此时其实就注定了，说什么都没用，病房里除了骷髅的走动声，意外的很安静。

躺在齐书别边上的暂安转头看向他："小齐。"

"嗯？"

"我好像真的误会你了。"

"你才知道？"

"呃……嗯。要是按你说的做，我应该是最安全的……"

"算了，三种药都有可能是毒，说什么都意义不大。"齐书别叹了口气，"睡吧。"

药水沿着针头进入他们的血管，让人昏昏欲睡。他听见暂安在哼歌，哼完一段，对他说："要是咱俩都活下来了，下一局之前你得告诉我你到底是谁啊。"

"……好……"

他合上双眼。梦里，厕所的镜子又出现了。他在镜子里写下了三个提示，但那到底是什么意思？

无穷的因果？

卷毛又是谁？黎结到底在想什么？为什么是这样的七个人被凑在一起？

还有，自己坠楼的原因……

困意俘虏了他。齐书别停止了思索，不知为何，在陷入沉睡的刹那，他忽然向着上方伸出手。

有人拉住了他的手。

半小时后，他们陆续苏醒了。

"呜啊……还活着……"暂安伸着懒腰，拔掉了手背上的点滴。其他人慢慢坐了起来，他们环顾四周，齐书别和黎结头上的筹码变了，分别变成了 25 和 5。

仍然躺着的是田有苗和胡丽。

和神色忧伤的田有苗不同，胡丽的神情很平静。齐书别测了测她们的脉搏，替她们取下了毒药的点滴。

几个穿着护工衣服的骷髅进来推走了她们的病床。

齐书别的内心很矛盾。说实话，如果不是黎结，也许死的会是其他两个人。这个人不断地在制造变数，不知道在下一局还会做什么。

大家已习惯在等待卷毛的间隙自己找事做了，暂安在医护活动室找到了一把吉他，居然弹得还不错，干脆中午就在广播室自弹自唱起来。齐书别没事干，去办公室找胡丽女儿的纸质资料，想看看详细的报告。

他记得上次在电脑里查到的资料，医生建议积极治疗，说明孩子还是有点希望的。

然而在几个小时的查找后，他发现了问题。孩子的病历是找到了没错，然而，和他之前看到的有出入。

"……7月13日，病情恶化速度快……考虑到病人的年龄和状态，建议保证生活质量……取消化疗……取消……"

为了确定不是他看错了，他还去电脑和档案室查了多次。

胡丽女儿的病情"变了"。

应该已经是定局的病情，在胡丽死亡后，发生了改变。

齐书别在经过一段时间的静思后，跑去了广播室。暂安正在里面调音，见他来了，很开心地抱着吉他站了起来："你来点歌？"

"开一下广播。"他说，"我们需要所有人聚在一起，交流一些事情。"

半小时后，他们都聚在了食堂里。

"把大家聚起来，主要是我发现了胡丽女儿的病历有了变化。"他说，"本来有希望治愈的病情，在胡丽淘汰后，变成了无希望治愈。"

"这能说明啥啊？医生有时候也会改口啊。"周哥并不觉得这有什么好奇怪的，"今天说治得好，明天说治不好，反正就是要你多花钱……"

"医生不会希望病人死在医院，这对他们没好处。而且就算因为一些检查报告发现孩子的病情有异变，病历上也该有体现才对。但是所有病历都变了，"齐书别将纸质病历交给他们，"所有的——从电子版到纸质版。我之前查到的资料都已经变成了这个版本。"

"……那……关我们啥事？"暂安继续低头拨弄吉他，"我们只要赢了就能活，输了就抢救无效。她和她女儿是很可怜没错啦……但……"

齐书别摇头："我怀疑我们的输赢，会和现实中的其他东西有关联。"

"这个我知道，筹码嘛。被我们填上筹码表格的人会死……"

"不是的，暂安，我说的是另一种关联。比如你曾经有一件很执念的事情，这件事情，也许也和这个赌局挂靠在一起。假如胡丽没有死，也许她女儿的病情就会是另一种局面。如果她活到最后，她的孩子甚至可能康复。"他在厨房满是油腻的橱窗上划开油花，写下了"因果"两个字，"我们在这里的赌局，可能会影响到现实中某些事的因果。所以我想问你们，你们有没有什么特别执念的事？"

一时没人开口。

齐书别擦掉手指上的油脂："反正我们在现实中是将死之人，隐瞒什么都没意义了。我先说吧。我的身份和警方有关。我是刑侦技术研究所的研究员齐书别，坠楼的原因并非自杀，而是被一位正在被调查的嫌疑人推下去的。"

其他人露出了纠结的表情。暂安举起手："我大胆猜一下，这位嫌疑人同志是不是你的筹码之一？"

齐书别点头。

"他是我的前辈，我最信任的人之一，最好的朋友之一。"他说，"在之前的调查中，有些线索就已经指向了他。我……不止一次想过，如果他和此案无关就好了。"

片刻的沉默后，暂安拨了几下琴弦："啊……我也有个类似的执念。"

"你也是警方的人？"周哥愕然。

"不是不是！那个……不知道你们看没看过我的综艺啦。我和我爸以前上过某个综艺。"他说，"但那个……不是我爸，只是请来的演员。我是离家出走搞音乐的，父母不支持嘛。就算后来成名了，也没和家里再联系过。我就有点和他们较劲，要是他们先来联系我，承认我了，我就……反正挺幼稚的念头。"

但他没等到那天。暂安的父亲其实很早就因病去世了。

"所以听见消息的时候我就想，我要是没那么犟就好了。"他抱着吉他苦笑，"要是知道他会脑出血突然走掉，我就早点回去看看他了。"

他和齐书别都说完了，看向周哥。这个一向蛮横的男人意外红了脸，嘟囔道："女人的事儿……"

大家都懂，也不追问了。至于黎结，他照样什么都没说，摸索着离开了食堂。但如果他们三个人都有执念的事情，说明黎结应该也有。

"就是说，我们的输赢情况会影响那些我们执念的事情？"暂安皱着眉头想了半天，"可是卷毛也没提……"

"你们产生这个执念的日期都是几号？"齐书别忽然问了这个奇怪的问题。

"我爸是去年的 7 月 10 日突发脑出血没的……"

"……我也差不多是去年七月份知道她出事的。"周哥说，"记得挺清楚的。"

"我也是去年 7 月 14 日得到了一些调查线索，知道我前辈和某起案件有关。"他说，"胡丽也是去年的七月份看到了女儿的检查报告。"

"好巧啊。不，这是巧合吗？"

"暂安，这不一定是巧合。"他指了指自己在玻璃上写的"因果"，"也许这些事情，并不是受我们的输赢而影响的结果，而是……"

"而是你们来到这里的因。"卷毛的声音从门口传来，"说不定你们就是对这些事情有着超强的执念，才会在生死的瞬间被传来钟摆赌场的呢？"

剩下四个人，第三局，就要开始了。

## 10

伴随着口哨声，四周的景物变了。他们四个人和卷毛站在一处高架上。高架上停满了车，就像正常堵车的道路，只是没有多余的人。

"现在还剩四个小伙伴，我决定临时来个团建。"卷毛说，"请大家步行前往下一局的地点哦。"

"刚才在医院里，我看到了另一个我，"齐书别冲他走去，"那是怎么回事？"

"是另一个平行时空的你吧。"

"如果另一个我也在参与这个赌局，既然是平行时空，我为什么会接触到他？"

卷毛苦恼地耸肩："钟摆赌场是时空中的特殊地点，时空和时空偶尔会在这儿交错……"

"那么……"

"好了好了！走了走了！"

这家伙又消失了。

"搞什么，"暂安认出了这个地点，"这不就是我出车祸的高架吗？"

他四处看了看，来到一辆黑色SUV旁拉开了车门。这是他的车，出车祸时，他就在这辆车里。

车厢内还散落着许多杂物，大多是物料和文件。齐书别往里面看了一眼，看见了副驾驶座上的海报。

估计是暂安之后要去参加公益活动，预先做了几张宣传海报的打样，海报皱巴巴地堆砌着，暂安在上面微笑。其中有张海报倒是设计得很有感觉，红蓝两色灯光下，暂安抱着贝斯在舞台上回头，台下有许多粉丝簇拥，远景是城市夜景。

齐书别的职业病犯了，反正也没其他事，他就拿着海报打发时间。周哥看着远处的黎结，嘴里嘟囔："要不就把他丢在这儿吧……"

——现在只剩他们四人，最多再比三盘。在周哥心里，其他人的威胁度排名从小到大，分别是暂安、齐书别、黎结。

人对于不正常的生物总有额外的警惕心。

暂安倒是看得开，大家都是将死之人，能赢算白捡一条命，输了也是命中注定，他在这种事上颇为洒脱。他从车里翻出了自己的外套，应该是某个高奢品牌的限量版，暂安很喜欢这件外套。

"我什么都享受过了，人生也就这么回事吧。"

暂安摸了摸外套口袋，把里面的废纸团丢了出去，离开了车。齐书别瞥了一眼地上的纸团，将它捡了起来。纸团颜色鲜艳，是柠檬黄的。

他将纸团展开，那是张名片大小的卡片，上面没有文字，只有一个奇怪的图形：一条直线连着一个圆圈。

齐书别愕然地看着这张卡片。周哥见他盯着这张纸，也凑了过来："我好像在哪儿见过它……"

"……我也见过。"齐书别跳下车，跑向暂安，"暂安，这张卡片从哪儿来的？！"

暂安不太记得它的来历了。

"有天夜里从夜店出来，有人塞给我的。"他说，"夜店嘛，大家都喝得醉醺醺的，我也记不清了。怎么了？"

"我也拿到过这张卡片。"齐书别说，"是别人摆在我办公桌上的。"

虽然不属于警方编制，但他工作的研究机构也有着严密的安保系统，办公桌上凭空出现杂物是极其反常的。

周哥也拿到过。他和哥们儿出去消夜，打包了一份带走，最后在打包袋里发现了这张卡片。因为颜色艳丽，他印象很深。

"你们还记得看到卡片的大致时间吗？"周哥问，"我记得，是七月十五日。"

"我好像也是七月份，夏季演唱会结束后大家去庆功来着。我喝得特多，因为几天前我爸去世了。"

"我也是七月……"

在遇到人生中的重大事件后不久，他们都得到了这张卡片。

黎结离他们很远，似乎不打算说话，所以也没人问他。但如果他们三人都是这样，他恐怕也是。

"这到底是个啥？"暂安拿着卡片颠来倒去地看，"一朵……蒲公英？"

"勺子？"周哥皱着眉头，"一个圈，一条线嘛。"

"……是钟摆。"齐书别旋转卡片，让圆圈在下，直线在上，"这是个简笔画的钟摆。"

七月十五日，齐书别到办公室的时间比以往早。他受托研究一桩重案，却在其中发现了某些征兆——他的一位好友兼同事也许牵扯在此案之中。

这让他心烦意乱，以至于对周围的一切都敏感了起来。当他在办公桌上发现了一张卡片时，险些将它送去检验科。

暂安刚得到父亲的死讯，悲哀如巨浪无声无息将他淹没，在演唱会的璀璨灯火熄灭后，他和团队包下了一间夜店，畅饮了一夜。他喝得酩酊大醉，第二天，在自己沾满酒气的外套口袋里发现了一张没见过的卡片。

可他并没有在意。他每天会收到许许多多的名片，外套口袋里塞满了杂物，只有实在装不下的时候才会清理一次。

周哥喜欢了很多年的女人死了。他们一起长大，她的父母嫌弃周哥没能耐赚大钱。后来她嫁给了一个商人，商人的生意在这几年一落千丈，脾气愈发暴躁。她有次深夜哭着给他打电话，问周哥能不能带她走。

周哥犹豫了。

没过几天，她和丈夫发生口角，被他用球棍砸中了太阳穴。收到这个消息时，周哥和朋友在外面消夜，他恍恍惚惚地站起来，手里拎着打包盒。打包盒里有这张奇怪的卡片，和小票放在一起。

谁把这张卡片给他们的？为什么给他们？

——但他们在那段时期，心里都有个同样的念头。

"如果一切不是这样的就好了。"

卷毛并没有说他们的目的地，也没有说什么时候开始下一局，所以四个人干脆就自由活动起来。难得有个开放世界，至少能出去走走。

无人的世界像是童话里的场景，车辆在马路上安静地停放，店铺门口的彩灯亮着，柜台上还放着外卖袋。

暂安和齐书别一块儿溜达。在发现了一家老唱片店后，这人欣喜若狂，进去玩了半天。齐书别靠在墙上看他兴奋地把唱片一张张放进播放机，放出那些小语种歌曲。

"对啦，你想去哪儿？"暂安问，"回家看看？"

"去研究所。有些东西我想查一下。"

"……你居然在这种情况下还坚持加班？"

齐书别的工作地点离这儿不远。暂安从来没来过类似的机构，一路上叨叨个不停："是不是那种地下秘密机构？表面上是废弃大楼，其实在电梯里按个密码就可以到……"

他们站在一扇铁门前，里面有门牌——刑侦技术研究所A市三部。

暂安咳了一声，跟着他进去了。

办公室在五楼，下电梯的时候，不知发现了什么，齐书别怔了一下，被后面的暂安撞到了。

"2号室挪到这里了吗？"他自言自语，"原来是在里面的……"

"这个世界毕竟是那个卷毛造出来的，和真实世界不一定百分百相同嘛。"

是这样吗？齐书别推开了办公室的门。他发现室内的布置和自己的记忆有些出入。办公桌的摆设都变了，好像完全换了个主人。

他们在现实中处于濒死状态，意识来到了钟摆赌场。那么，这里的时间和外界的时间是同样的流速吗？难道说他在医院抢救的期间，这张办公桌就换了个人？

"这是你的办公桌？"见他一直停留在原地，暂安也凑了过来，"好整齐啊……主任？"

办公桌的角落放着写了职位和姓名的工位牌，暂安拿起来看了一眼："什么？不是你的办公桌啊。李凯思……谁啊？小齐，你脸色……"

齐书别的脸色是惨白的。他呆呆看着那个工位牌，上面的名字不是齐书别，而是李凯思。

"齐书别，李凯思是谁？你盯着他办公桌看啥呢？"

"齐书别，你在听吗？"

……

"齐书别。"一个熟悉的声音传了过来，那个人把一份文件摆在他面前，"我看了这份报告。你昨天忙得很晚吧？"

齐书别抬起头。午休时间，他正趴在办公桌上小憩。面前的男人比他年长几岁，气质儒雅。

"学长怎么来了？"

"午休，下来看看你。今天你值班？"

"嗯，这周中午都是我值班，想换个周五的休假。"

"这样啊……我这周五刚好也休假……"

他们如常闲聊着，约定休息日的时候一起去附近踏青。

李凯思是他的学长、前辈，也是他的好友。

——正是那个将他从楼上推下去的人。

11

他的办公位不该在这儿。

齐书别有些慌了。暂安第一次见到他这样："到底怎么了？要不咱们换个地儿……"

"等一下！"他翻着桌上的文件，喃喃自语，"不该是这样的……这个项目是我在跟进……他上个月应该去缅甸出差了……"

那是在缅甸、老挝、泰国等地的涉外案件，有人利用这些地区进行毒品的制造和运输，其中一条运输线隐藏在中国云南。

但和一些东南亚设备原始的贩毒团伙不同，这个团伙有着一套通信加密系统，而且技术完善。对于这个部分的攻破，齐书别所在的研究所也有参与，最后是交到了他的手上。齐书别在痕迹学和通信技术上有专攻，他起初也以为这套加密系统只是初学者水平，但随着研究的深入，他似乎能透过这些解密公式看到一个熟悉的人。

这套加密系统的内容里，似乎有李凯思的编写习惯。

他和李凯思已经有很多年的交情了，无论如何，齐书别都不希望前辈牵扯其中。但越是深入，就越是逼近真相。如果他把李凯思作为嫌疑者写进报告里，调查组很快就会跟进调查。但如果是自己判断失误了呢？李凯思如果背负着这样的被调查的记录，职业也好，生活也好，都会遭受翻天覆地的打击……

齐书别决定谨慎行事，他找了个午休，约李凯思到楼上谈一谈。就在这场谈话中，那个人推开了窗，将齐书别推了下去。

此时，齐书别发现自己的办公桌是李凯思的。桌子上面的文件和工作内容也都变了。他跑到另一张办公桌前，那是负责工作记录的同事的，上面有他们的工作排期表。齐书别找到了那张表，他发现自己这个月并没有工作排期。

——"齐书别"在缅甸出差。

正当他看着表格、大脑一片空白时，暂安喊了他。

"……齐书别，你是不是……"他手上拿着一张从李凯思桌上翻出来的草稿纸，语气很奇怪，"是不是……还有其他事瞒着我们？"

"什么？"

他拿过那张纸，上面是李凯思的笔迹，潦草罗列着手上的线索和情报，最后，齐书别的名字被画了个圈。

"齐书别——嫌疑？"

"……"他丢下那张纸，浑身像散架了般靠在墙上。这个世界是他们原来的世界？也许暂安刚才猜对了，不管这个虚拟世界是怎么造出来的，它或许和真实世界有出入……

"你该不会才是那个嫌疑犯吧……"暂安嘀咕。

齐书别的语气僵硬："那我还没问你呢——你认识黎结？"

"认识啊，我们都认识他。"

"我不是说进入钟摆赌场后。我是说之前。"

"啥？！"

——在那张海报上，齐书别在背景人群里看到了黎结。

这能证明什么？也许，黎结恰好就在拍摄时经过了那儿？但还有一种可能——黎结和暂安认识。

他们为何会被带到这场钟摆赌局里，为何原来沿着 A 轨道运行的事情会突然变轨到 B 轨道，以及那时在镜中看到的另一个他……无限的因果，究竟在暗示什么？

就在这时，办公室里的喇叭响了。卷毛的声音传了出来："咳咳，请各位准备集合了。第三局就要开始了哦。请大家前往市中心的……"

半小时后，四个人聚集在了市中心的某栋商场里。商场里的 LED 大屏上显示着他们现在的筹码数量。

周文豪：50

暂安：50

齐书别：25

黎结：5

"大家的筹码差距很大啊。"卷毛站在二楼的电梯上，"所以，我们现在可以进行加注……"

　　"在开始这局前，我有些事情想和你确认。"齐书别打断了他的话，"关于这个意识中的世界……"

　　"加注规则很简单，就是用……"

　　"回答我，这个意识中的世界，是你以什么为依据造出来的？"

　　卷毛的话被打断了两次，他深深呼吸了一次："我知道你想问什么，但你不会喜欢答案的。"

　　"没错。你不会喜欢答案的。"站在齐书别身后的黎结轻声说，"先开始这一局吧。赢了之后，才有资格问你想问的事。"

　　"你又知道些什么？"齐书别转身看着他，"我能感觉到，你和我们不一样。就像新人选手和老练选手，你似乎很熟悉这个赌场。"

　　黎结没有回答他。

　　"好了好了，继续回到加注这个事情上。"卷毛清了清嗓子，"总之呢，大家可以增加筹码。条件是——"

　　当他们听见条件时，全都愕然了一霎。

　　"你们身体里的某一个部分。"

　　用一个器官，可以换到 10 点筹码。

　　"请注意，在钟摆赌场里用身体零件换取筹码，是不会对赌局里的你们产生影响的……但是，如果你们赢得赌局，回到现实世界……"

　　那么，他们用来加注的器官，就会消失。

　　人体内有些器官，哪怕缺失了，人也不至于死亡。

　　比如舌头、手指、胳膊、耳朵、眼睛、单个肾脏……

　　十个手指和十个脚趾，就可以换取 200 点筹码，如果再加上手臂、小腿……

　　"最多可以换取 300 点筹码。这个是上限。所以，有人想换吗？"

　　换掉的身体部位，在他们回到现实时会被"收取"。假如有人一掷千金做了这种事，回去后也会落下残疾。

　　"你以前参加过这种赌局吗？"齐书别问黎结，"你的两只眼睛，是怎么瞎的？因为疾病？因为事故？还是说，在你以前参加赌局时，把它们作为筹码换掉了？"

　　"你默认我不是第一次参加赌局了？"

　　"没错。既然要假设，那就假设风险最大的那个可能性。你不是第一次参加钟摆赌局，甚至我们的参加都和你有关。"

"我太喜欢你了。"黎结说。

"什么？"齐书别以为自己听错了。

黎结压低了声音，像是耳语："齐书别，我太喜欢你了。我果然没看错……你就是那个可以一直让我尽兴的人……在下一局，下下局，我们都会再见面的。"

"你是什么意思？"

"好了好了，你干吗去搭理个神经病啊！"暂安看气氛不对劲，连忙拦在两人之间，"别招惹他了，天晓得他待会儿又要怎么折腾。"

他们没人要用身体换筹码，这就视作第三局开始了。整个商场乍然热闹了起来，所有的灯同时亮了，商户的门一间间打开，中央广播响起了音乐。

"这间商场一共有五层，一百五十间商户。每间商户门口都有标记，比如B105，就是B区，一层，05号商铺。这些房间有三种类型——幸运屋，贬值屋，特殊屋。"

四个人的面前都出现了一个购物袋，里面放满了硬币，数目刚好是他们筹码的数目。

他们可以把自己的筹码硬币放在屋子里。幸运屋会让筹码翻倍，贬值屋会吃掉他们的筹码，而特殊屋则是最特别的存在。

特殊屋分成两种，齐书别听完说明后，将它们叫作"生门"和"死门"。

生门——摆放硬币在生门里的人，立刻获得这一局的胜利。

死门——摆放硬币在死门中的人，立刻淘汰。

目前，只有特殊屋的数量是确定的，为生门一间，死门一间。幸运屋和贬值屋的数量都是未知，排布随机。

卷毛说："一共有五轮摆放硬币的机会。五轮摆完后，计算你们手中筹码的数量，进行淘汰。这是第一种结束此局的方法。第二种结束方法，是有人摆到了生门。摆放硬币在生门的玩家将会立刻获得此局的胜利，接着结算筹码，进行末位淘汰。"

"那么如果有人摆到死门被淘汰呢？"暂安已经有点跃跃欲试了。

"玩家数量减一，这局继续。"

简单来说就是，摆硬币在死门的倒霉鬼会被中途淘汰。这局最多会淘汰两个人。

不对，不止两个。

"如果有人在一次摆放后硬币筹码为零呢？"齐书别问。

卷毛微笑："立刻淘汰。"

"如果三个人筹码都为零，剩下一个人，那么是否继续？"

"继续摆完五轮。"

"如果这个最后的人碰到死门了呢？无人生还吗？"

"没错，无人生还。生门和死门之中，死门优先级别高。如果一个人同时踩中生门和死门，那他也会被淘汰。"

齐书别听见这个回复时，瞥了黎结一眼。他敢打赌，黎结正在疯狂盘算打出这个全灭结局的方法。

## 12

"我们现在，所有人的筹码加起来，是130点。"齐书别找了纸笔，在上面按照商场的布局画了一百五十个格子，并给每个格子打上编号。

"可以'卖身'啊。"暂安笑嘻嘻的，"比如卖个肾啥的，又不影响身体又可以换10点。"

"这样的话我建议你卖你的两侧浮肋，又可以减重瘦身又可以换 20 点筹码。"齐书别说，"就是你以后没法太动作片里客串或者做激烈运动。"

"我知道，我知道！好多女明星都会去做手术拿掉那个浮肋，上次我演唱会的那个女嘉宾 XX，一米七的个子，体重只有四十五，腰超级细……"

暂安自顾自地叨叨，周哥的注意力也被女明星的话题吸引了过去。齐书别叹了口气，开始计算最有效的摆放方法。

这有点像经典的赌场项目大转盘。在你觉得能赚钱的格子摆上筹码，小球最后如果落进这个格子，那就是数以百计的回报。

但他们的首要目标不是为了赚钱，而是为了试探这间房间的作用。

最优解是赌中 150 分之一的概率，生门。但同样存在小概率的死门。初始筹码越多，在这场游戏里的优势就越大。

五分钟后开始第一轮摆硬币，根据卷毛的描述，全员摆完硬币后的十分钟就会开盘，如果是幸运屋，那么里面的一个硬币就会变成两个；如果是贬值屋，硬币就会消失。

根据性格，每个人的玩法也会不一样。保守的人会在第一回合摆大概四到五个硬币，找到里面的幸运屋，在第二回合到第五回合，将余下所有的硬币都丢进幸运屋。四十五变成九十，九十变成一百八十，一百八十变成三百六十……

但这样的话，初始筹码少的齐书别和黎结等于已经被淘汰了。

所以对他们来说，唯一的办法就是，找到生门。

不，也许只有齐书别想找生门。黎结更加倾向于找到死门，唆使一个人摆硬币进去被淘汰。从理论上来说，生死门都不可能被观察到，只有被摆到之后看开盘结果才会知晓。

运气的影响大于计算了，这一局要比以往的局更加像是赌命。

第一轮的摆硬币开始了，如他和黎结预料的那样，周哥和暂安两个人摆了完全一样的房间，每个房间摆了一枚，一共摆了五个房间。

黎结看不见，但他在两人摆硬币的时候说："第一轮的硬币如果铺开，收益可能会更高，否则如果两个人硬币持平，在下一局就会没有优势。"

"你闭嘴。"暂安不喜欢黎结，直接骂了回去；周哥则听懂了——如果第一局他们各摆出去五枚硬币，那么在下一局开盘，运气好的话五枚硬币变成十枚，运气不好变成零。这是不考虑特殊屋的情况。

他们的筹码就会在 45 到 55 左右浮动。

那么如果第一回合把硬币都铺开呢？运气够好，就可以踩中更多的幸运屋，翻倍的硬币更多。

这样一来，从第二回合开始，差距就会以倍数开始拉开。若是运气好，就可以以碾压的筹码数进入下一局赌局。

接着，就是齐书别和黎结的问题了。

每次摆硬币的时间是十分钟。暂安和周哥肯定上来就铺硬币，但齐书别要怎么观察这些硬币被摆在了哪些地方，以及那些房间的效果呢？十分钟，铺硬币的人可以跑大概两个区域，齐书别需要跟着他们跑，在纸上做记录，等开盘后还要按同样的路线再跑一圈——赶在暂安和周哥回收硬币之前。

这几乎是不可能完成的任务。

"管理员在吗？"在片刻的犹豫后，齐书别朝着一个摄像头挥了挥手，"我要求……增加筹码。"

他用两侧浮肋，增加了 20 点筹码。

齐书别现在的筹码是 45 点。

紧随其后，周哥也要求用浮肋增加筹码。暂安站在那里伸了个懒腰："至于吗？我见过几个摘浮肋的女星，体力差得要命，走几步就累了……"

"保命要紧。"周哥现在拥有了最多的筹码，底气也足了，"这把怎么办？大家都摆一样的屋子，最后淘汰黎结？"

齐书别耸肩："最好是这样。但我知道最后肯定不会是这个结果。"

周哥对于齐书别的提防不大。而且就算齐书别策划着寻找生门，那么被淘汰的也会是黎结。

第一轮很快就摆完了。周哥摆了三十个硬币，他们其他人各摆了二十个左右。暂安和周哥的摆放地点重合率很高，齐书别做完记录后，把自己的二十个硬币摆在了完全不同的二十个房间里。

开盘了。他们的筹码数都是减少。

周哥骂了一声："我以为幸运屋和贬值屋差不多五比五，结果幸运屋那么少？！"

——幸运屋的比例明显更小，大概和贬值屋是一比五的数量比例。

不过他们都找到了至少一个幸运屋。

第二盘，周哥和暂安带着自己的所有硬币坐进了他们找到的幸运屋。齐书别继续带着剩余的硬币去二楼铺硬币。在电梯口，他看见了优哉游哉的黎结，这个男人刚刚从一家扫地机器人的商户走出来。

黎结问："你不怕碰见死门吗？"

"你刚才也放了硬币吧？"

"嗯，不过我只放了一枚，是贬值屋。"他说。

他手中只有四枚硬币了。

"这些硬币上都写着我们的名字。"黎结摸着硬币的纹路，"你的硬币上应该写着'齐'。"

他们四个人的硬币是不一样的，大家很早就发现了。

"这个局很有意思……为什么把筹码实体化了？为什么放在这么大的商场里？"黎结苦笑，"对我这种看不见的可真是不友好。"

"纯粹只是那个人的恶趣味罢了。"

"是吗？他的恶趣味可是每次都起了作用。学校里用粉笔写下的号码，拥有胡丽女儿声音的骷髅，以及……这个看起来很适合追逐和躲藏的商场。"

这次的赌局场地不是他们任何一个人的"主场"。暂安和齐书别虽然是本地人，但对这家市中心的商场也不熟悉。

"这次获胜的人，是有机会直接得到最终胜利的。"黎结说，"齐书别，你其实也想到了。那就是让自己之外的三个人的筹码都归零。"

"不可能。"

"为什么不可能？"他问，"每轮放筹码和开盘的时间可是固定的。如果你偷走了别人的筹码……或者偷走所有人的筹码，把它们统统丢进一个贬值屋，瞬间清零……"

"管理员会把它们送回来。"齐书别的语气中有了动摇，因为他自己都不知道这个说法是否正确，"而且还可以用身体的某部分换取筹码……"

"是吗？"

"这是……违反规则。"

"规则从来都没有说，不可以抢夺他人的硬币。规则说的是，只要这个人的硬币被放进屋子里，就视作选择了这间屋子。你们在第一局被周文豪强制留在那层楼梯上，管理员有反对过吗？"

"……"

"而且，眼睛看不见虽然不方便，但还有个优势。"不知为何，黎结没有焦点的目光看着齐书别，或者说，看着齐书别的身后，"那就是……"

脚步声。

齐书别听见了脚步声，但是已经来不及反应了——健壮的人影扑向他，伴随着黎结冷静的声音。

"……那就是，盲人的听力会更好。周文豪的呼吸声很粗，我知道，他从刚才起就在安全门后面偷听。"

13

作为和警方有些许关联的研究所，其实警队过来提供过一些搏击训练。只是整个办公室没人有兴趣，都派新人做个代表过去意思意思。

齐书别没有格斗能力，他只能尽力逃跑。周文豪的身体素质很好，如果被他抓住了，逃脱的可能性很低。

但是一些应对紧急情况的措施，齐书别熟记于心。他冲入了旁边的楼梯井，一直往上跑。

追逐者在追杀猎物时，如果猎物向上方跑，追逐者会产生一个短暂的思维停顿。这个停顿替齐书别争取了时间，他跑上了三楼。但周哥紧随其后。

一边跑，齐书别一边将袋子里的硬币撒入沿途的商户。就算被周哥抓到，他还需要回收它们，能帮他争取一点点时间。

楼上的追逐战也引起了楼下的注意，暂安的喊声传来："怎么了？！"

"过来帮忙！"齐书别喊，"他要抢我们的筹码！"

暂安朝这边赶来。齐书别跑上了四楼，路上经过的商户里或多或少都被他撒进了一两枚硬币。

第二轮摆放也结束了。没有人碰到生门或者死门。

暂安赶了过来，手里拿着一个灭火器。见他主动出现，周哥改了主意，朝着暂安冲了过去——暂安比齐书别的战斗力略强些，他想先搞定这个人，再去慢慢抓齐书别。

下一秒，浓烈的白烟涌出。灭火器的干粉对着周哥喷洒，他被巨大的冲击力冲击得栽倒在地。这种干粉吸入肺部后，人会立刻开始咳嗽，甚至窒息，周哥虽然吸入得不多，但也没力气去追他们了。

"暂安，把他往旁边的商户赶！"齐书别喊道，"用灭火器把他赶进去！"

"啊？"

"别问了！照做！"

暂安不解，但还是掉转了喷口方向，灭火粉形成的呛人白烟迫使周哥跌跌撞撞进了旁边的商户。齐书别立刻将商户的门拉上，将门死死堵住。

他刚才在这里扔过硬币，第二轮开盘时，硬币不见了。这间房是贬值屋。

而周哥和暂安，都是将自己的筹码硬币直接带在身上的。被关在贬值屋里的周文豪身上背着的那个购物袋，里面是他的所有硬币。

"咳咳……"

周哥咳了很久才缓过来，他想出来，但齐书别和暂安一起拉住了门，将他堵在里面。几分钟后，广播响起了提示音，第三轮即将开盘。

一楼的大屏幕上出现倒计时。

5……4……

3……2……

屋里的周哥双眼因为粉末的关系变得血红，凄厉而可怖。

1……0。

拼命想冲出来的力量消失了。

因为来不及撤力，齐书别和暂安同时向后跌坐。玻璃门后，周哥的身影刹那消失。

他带着所有的筹码被关进了贬值屋，筹码被清空了，他也被视作淘汰。

"……呼……呼……"暂安擦掉了头上的汗，"他淘汰了？"

"……嗯……"

齐书别靠在栏杆上喘息，浑身被汗浸湿。还有两轮摆放硬币的机会，二十分钟，他们就算什么都不做也赢了。

但齐书别寒着脸往楼下走。他打算去处理黎结。

如果不是黎结，没人提醒这种非典型玩法，周哥根本不可能袭击他们。

他和暂安回到楼下，黎结竟然站在原地等他们。

暂安冷笑，将指关节拧得"咔咔"响："好胆量，居然没跑。那你就……"

"你的筹码呢？"齐书别问。

"你猜。"

黎结知道他们会来，微笑着等在扫地机器人商户的门口。他的手上没有筹码，不知是藏在身上，还是藏在商场某处。

暂安抓着他，防止他搞事。他们简单搜了他的身，确定他的硬币不在他身上。

"算了。就这样等五轮结束，他就自己淘汰了。"暂安把他推到角落看守，"累死我了……我刚才算不算杀人啊？"

人在极度紧张的情况下是感受不到愧疚的，现在放松下来，他顿时就觉得不安。刚才周哥气势汹汹，他们迫于无奈，把周哥关进了贬值屋促使他淘汰。这种行为严格来说是和杀人没两样。

"我们是正当防卫。"齐书别安慰他。

第四轮开盘了，无事发生。

距离第五轮还有十分钟。再等十分钟，就再也没有黎结这个疯子搅局了。

暂安哼着歌："最后的赌局应该就我和你了。"

"嗯。"

"我让你呀。"他说，"反正，我不是很在乎能不能回去。命数这种东西，你强求不来的。"

"谢谢你。"

可齐书别内心还是有些许不安。因为黎结太平静了，平静得不像是个要满盘皆输的人。

最后十分钟，他还想搞什么花样？

这时，黎结开口了。

"我也觉得，有些人的命数是强求不来的。比如弱者，无力改变命数的弱者，只能被命数控制一生。"

这话听着教人不舒服。但最后几分钟了，暂安懒得和他计较。

难道他还有计划？

齐书别终于开始注意这家他一直忽略的商户。

这个商场和现实中的商场一样，里面有许多卖不同商品的店，女装、女鞋、运动品牌、餐饮……但他们都无心留意，将它们简单归结为幸运屋或者贬值屋。

这家店是卖自动化家务机器人的，比如手持吸尘器、洗碗机、扫地机器人。扫地机器人应该卖得最好，占据了最醒目的橱窗。

然而，在橱窗最上方的台子上，原该放在那儿的几台扫地机器人不见了。

话说回来，黎结又是为什么要选择徘徊在这家店附近？这只是一家贬值屋，没什么价值。

"你用过扫地机器人吗？"黎结的声音带着轻快的笑意，他们第一次听见这个人的语气如此欣悦，"扫地机器人大多是圆盘形的，会自动在地上移动清扫。有些高端的机器人还搭载红外地图功能，自动判断最优的清扫路线。它们的红外功能会扫描附近的地形，找到障碍物并且提前绕过，保证自己不会被障碍物卡住。"

齐书别猛然反应过来："暂安，你看住他，我去找那些机器人——"

"从一楼到四楼，你们都有摆放过硬币，每层楼的商户数量不是固定的，一楼最多，依次递减，五楼的商户最少……在一楼到四楼，你们都没有发现特殊屋，如果，概率让它们都在五楼呢？"

"那又怎么样？你有本事去五楼啊？"暂安不以为然。

但齐书别已经知道他的计划了。

他根本不需要去五楼。他只需要提前乘坐厢式电梯把扫地机器人放到五楼，它们就会自动开始在五楼移动。

"它们通过一间房间，大概需要三分钟。"他说，"从第三轮开始，它们的清扫也跟着开始了……最后的三分钟了，你猜，它们会先碰到生门，还是死门？"

齐书别冲到五楼，他看见一台扫地机器人从一家商户门口出来，机器盖子上放着两枚硬币。他冲过去掀翻了它，同时，一楼的屏幕又亮了，最后一轮开盘即将开始倒计时。

让它们去死门吧，或者去贬值屋、幸运屋……

随便什么都好……

除了生门。

又有机器人从一间商户出来，进入了下一间商户，它的外壳上同样有两枚硬币，它们刚才应该都恰好停留在了一间幸运屋。它在走廊的另一头，齐书别已经来不及冲过去——

死门、贬值屋、幸运屋、生门。

四分之一的概率。

"……不……"

他扑入商户，眼睁睁看着它游走到了柜台下。

广播响了。

在二楼看守黎结的暂安忽然想起了什么。

"想到一串旋律。"他自言自语，"可以写进新歌里……唔……歌词的话……"

他的声音戛然而止。

扫地机器人带着黎结的硬币进入了生门。黎结获胜，赌局进行筹码结算。

黎结：4

齐书别：40

暂安：39

暂安淘汰。

## 14

在第一轮之后，暂安和周文豪都没有走最稳妥的路线——把硬币放进幸运屋，等它不断翻倍。

周文豪想去看看齐书别和黎结在二楼干什么，他以为自己能在十分钟内赶回去。暂安本来等在幸运屋里，却看见周哥追逐齐书别，于是跑出去帮忙。

"运气真好。"黎结说。

他听见齐书别归来的脚步声。齐书别走得很慢，每一步都像精疲力竭。

"你的那些问题，现在也可以回答了——毕竟现在只有我们俩，告诉你一切，不会影响游戏体验……"

话音未落，他被齐书别揪住了衣领，摁在了玻璃门上。

"……你在生气？"他问，"如果这是五楼，你就会把我推下去吧？"

"……"

"就像你把李凯思推下去一样。"

"……你在胡说什么？"

"我说，你把李凯思推了下去。"黎结笑了，"你忘了吗？和毒贩勾结、罪行被前辈发现的齐书别，你走投无路，把发现了线索的李凯思从楼上……"

"和犯罪者勾结的人是李凯思。他将我推下了楼。"齐书别说，"否则我也不会在这里。"

"那是这个时空发生的事了，亲爱的。"黎结被他松开，没有焦点的双眼注视着面前的黑暗，"在上一个时空，和他们勾结的是你，杀了李凯思的人是你。最后走投无路自杀的人是你……你已经参加过钟摆赌局了，在你自杀濒死的时候。"

人的一生，是由无数个选择组成的。

每个选择都会导致一条截然不同的分支，无数人的无数选择构建了这个人间。

"你知道钟摆赌约的获胜奖励究竟是什么吗？赢家并没有'复活'。在原来的时空，重伤的七人还是死了。赢家只是被送到了一个全新的平行时空，在进入那个时空前，赢家有依照自己喜好修改它的自由。看上去确实是'赢得赌约的人生还了'，只是背后的信息量完全不同。"黎结的双眼微微睁大了，"我已经参加了九次赌局，齐书别。而你，参加了五次。"

黎结第一次赢得赌局后，被送到了一个全新的时空。

一头棕色卷发的青年在他的身边："这是按照你的要求打造的时空，几个节点被修改了，但是之后的发展就完全不可控了。"

那时的黎结还拥有双眼的视力。他正从第一场赌局的余韵中恢复过来，但很快他就发现，自己无法再摆脱这种快感了。

"下一局钟摆赌约什么时候开始？"他问。

"你想预约参加？"

"嗯，下一次，继续让我参加吧。"

在修改平行时空时，他看见了这个时空的过去和未来。这个世界在他眼中已经没有秘密。

第二次……第三次……他都赢了。那些人不堪一击，他们只是凡夫俗子，在死前有着可悲的执念，因为这种执念，被传送到了钟摆赌场。

直到第四次参加赌局，他遇到了齐书别。

"你像个死人一样坐在那儿。"仿佛回忆起初遇的景象，黎结笑了起来，"好像生无可恋，什么都不在乎。在一次组队时，你告诉了我你的故事。你杀了你的前辈好友，杀了许多人，为了掩盖一条罪行，犯下越来越多的罪行……最后你自杀了，你根本不在乎自己能不能回去。然后你告诉我，你想……

"你想让所有人都死在这个赌场中。

"你差点就成功了。我花了很大的力气来阻止你，我从未在之前的赌局中感到如此紧张。我们势均力敌，棋逢对手，这场赌局升华了，齐书别，因为你。"

第四次参加赌局，齐书别步步紧逼，逼得黎结交出了自己的右眼来增加筹码。黎结险胜，就像瘾君子从毒品里得到了炸裂多巴胺的快感，他彻底沉迷了。

"于是我再次交出了自己的左眼，和管理员做了交换。"他说，"我得到了钟摆赌局一部分的管理权——挑选参赛者的权力。"

那张黄色的卡片就是入场券，黎结得到了它们。他来到了一个新的平行时空，当然，是修改过的，在修改这个时空的时候，他起了些恶趣味——如果是李凯思和罪犯勾结，齐书别会怎么样？

同时，他也在挑选下一局的参加者。只有拥有巨大执念的人才可以参加赌局，他们执着的精神力，就是赌局运行所需要的"能量"。

每个平行时空的齐书别都会得到钟摆入场券，进入钟摆赌局和黎结交锋。熟悉规则的黎结每次都能险胜，再开启新的平行时空，无限循环……

无尽的因果。

钟摆赌场内，时空和时空偶尔会有交错。齐书别在镜中看见的，是在另一个时空参加赌局的他自己。

是这样吗？

齐书别的脑中迅速分析着这些信息。时空、修改、真实、虚假、虚张声势、失控……医院镜中给予提示的自己……医院……

"你之前……"他终于开口了，"在之前的赌局中，有将胡丽拉进过赌局吗？"

"不，除了你我，其他人都是第一次参赛。"黎结说，"可你提醒我了。下一局的时候，说不定我会把他们五个再拉进来。你刚才失魂落魄的样子，实在是……"

卷毛的声音打断了他们的交谈。

"两位聊得够久了吧？不管怎么样先恭喜你们到了最后一把……哎，这句话我说过好多次了，几乎每次都是你们俩到最后一把。"

"我现在还能再加注吗？"齐书别问。

"当然可以呀，我们开赌场的，肯定是希望客人多多下注嘛！"卷毛从商场上方的玻璃穹顶上降落下来，停留在半空，"你想换掉哪个器官？"

"我想确认，如果我用身体部位换筹码，你收回它的时候，是收回它的功能性，还是它的存在？"

"这个啊，看我的心情吧。"卷毛摸着下唇思索了片刻，"因为要你们器官的实体，对我们来说并没有什么用……主要是功能性。比如黎结卖掉了他的双眼，最后其实收走的是他的视力。把两个眼球都挖走有什么用？我们又不是器官贩子。"

"那么我把手指卖给你呢？"

"那就没办法了，整根手指都会消失的。"

"我卖掉我右手的食指。"他说。

屏幕上的筹码计算变了。

齐书别：50

黎结：4

"你想结束这个无尽的循环吗？"黎结并不在意自己只有4点筹码，"那你要在最后这一局赢了我才行。"

"你每次都是用这么少的筹码进入终局的吗？"

"没错，这样才有意思。唯一有一次，你逼得我卖掉了一只眼睛。"

"真是无聊啊……每次都看见你们两个人。"卷毛捧着脸，在空中悬浮，"这次我们来玩个更刺激的如何？"

接着，四周的场景变了。黄铜的色泽充斥着空间，时钟指针走动的声音震耳欲聋——

一个巨大的钟摆像巨人的手臂，在空间里来回摆动。

他们在一座巨大的摆钟里。钟摆在他们头上摆动，管理员坐在钟摆上，棕色的卷发随着钟摆的移动，在风中飘动。

钟摆下的地板有两种颜色，左半边是红色，右半边是蓝色。

"两种颜色的地板，两种效果。一种让你们的筹码翻倍，一种让筹码减半。"卷毛枕在自己的手臂上，惬意地躺在钟摆的圆弧里，"一共十次，这十次里，红蓝地板的效果会随机变化，第一次也许红是翻倍，第二次它也是翻倍，第三次就可能是减半。如果左右脚分别踩在不同色的地板上，则会自动判定哪块地板上你身体的部分更多，所以没有投机取巧的可能性……那么，五分钟后开始第一轮。"

一条横贯整个地面的黄铜装饰条将红蓝地板分成两个半圆。黎结看不见颜色，但颜色本身没有意义。

黎结举起手。

"加注。用所有脚趾、所有手指、两侧浮肋、肾脏、左臂、左耳、双腿、胆囊，换取280点筹码。"

15

黎结：284

齐书别：50

"没错，这样才好玩嘛。"卷毛鼓起了掌，"就看谁先卖空身体。"

这场比拼，谁的初始筹码多，谁就能赢。筹码多者只要和另一个人永远站在同色的地板上，保持双方筹码同时减半或者翻倍，就可以稳赢。

"还有一点，请注意一下，当这场赌局正式开始后，你们就无法加注了。"卷毛说，"不过你们身上也没多少能卖的东西了。"

黎结的筹码比齐书别多。这个人在疯狂地出售身体每个能出售的部位，毫不在乎后果。

"事实上，过去的你每次都死在这一步。"他说，"齐书别，和疯子博弈，你首先也要是个疯子。你还没放开手，当你也放开手成了疯子，才可能有胜算。"

"你不在乎吗？如果赢了我，回到新平行时空的你，就是个没有手脚、残缺不全的废物，连基本的生活都无法维持。"

"我不在乎。"黎结的声音依旧平静，"如果你也看见了那些时空的起始和灭亡，时间的兴衰在你眼里是一出既定的戏剧，你知道明天会发生什么，一百年后会发生什么……你就根本不会在乎了。没有圣人将红海分开，没有半人半蛇的女人修补天穹，没有巴比伦塔，金字塔也不是外星人造的……人类在我眼里早已没有了秘密，这个人间不再有趣味。我唯一的乐趣就是参与钟摆赌约，并且带上你。"

钟摆重重晃动了一轮，发出震耳欲聋的声响。

"第一轮开始了，你们有二十五秒的时间选择颜色。"卷毛说，"是红色，还是蓝色？"

黎结看不见，他用脚确认了一下分割地板的黄铜装饰。齐书别就在他身前，没有走动。

"你不躲开我吗？"他问，"在二十五秒里让我无法确定你究竟站在哪块地板上，这才是正确的选择。"

"不需要。"

"什么意思？"

接着，他发现齐书别的双脚踩在不同的颜色里。

"同时踩进两个颜色的话，在哪个颜色地板上的身体比例多，就算是踩在哪个颜色上。"齐书别难得对他笑了，"那你猜，我的身体属于哪个颜色的地板？就连我自己都吃不准呢。"

就像是跳华尔兹双人舞，他抓住了黎结的肩膀，强迫这个人和自己一样，也跨过那条黄铜装饰，踩进两种颜色不同的地板，身体居中。

"就这样直到结束。"齐书别说，"我猜，赢的人是我。"

黎结摇头："五十对五十，我的赢面稍大些。"

"不，不是五十对五十。"齐书别笑了，"是零对一百啊——赢的人百分百是我，不可能是你！"

之前卷毛就说了，在钟摆赌场换掉的身体部位，当他们回到现实中时会被"收取"。但现在已知赢家不是被送回原时空，而是被送到下一个新的平行时空，而这个新时空里的黎结 A，也同样失去了双眼。即使这个时空中的他根本没有把双眼作为筹码卖掉。

那么可以肯定的是，被钟摆赌局收走器官这个设定，是凌驾于时空之上的。千万个时空里的黎结 A、黎结 B、黎结 C……他们身体的这个部分都会被收走，不可能被复原。

钟摆赌局作为时空之中的特殊存在，不同时空参加赌局的人也许会在赌场中的某个瞬间交错。

比如，齐书别在医院中见到的自己——齐书别 B。当他见到 B 时，其实也意味着，这一局他必输无疑。

——因为这一局黎结赢了，黎结进入了新时空，将齐书别 B 再次拉进了新的钟摆赌局。这个疯子也依照他所说的，另外拉了同样的五个人进来。在下一个时空的钟摆赌局，参与者还是同样的七个人。

两场赌局应该有着不同的发展。就像这次一样，齐书别 B 也被黎结步步紧逼，在还剩下最后两人或者三人时知道了真相。新赌局的最终局是医院，胡丽女儿待过的医院。在那里，齐书别 B 和齐书别短暂地交汇了。

平行时空本来不可能交汇，钟摆赌场类似于一个中转站。

无尽的因果。

齐书别 B 已经告诉了齐书别，黎结会把自己不断地拉进这个噩梦循环中。

通过在镜子上写字。用右手的食指写字。

"我把右手食指卖给赌场了。"齐书别像是耳语般地呢喃，他紧紧禁锢住黎结，防止这个人乱动，"下个时空的我，下下个时空的我，往后所有新时空的我……在之后，都会失去右手的食指。"

"只有赢家会被收走身体的部位，败者直接在这个时空死亡……"

"是吗？我不这样想。"齐书别抬起头，问坐在钟摆上的卷毛，"只有赢家会被收走身体的部位吗？"

卷毛摇了摇头："当然不是。你总不能说和赌场买了筹码，结果赌输了，就让赌场全额退款吧？"

"你瞧。"齐书别手上的力气加大了，"所以下个时空的我，应该已经没有右手食指了才对。原本既定的未来，被我改变了。"

"……就算这样，也不意味着你百分百会赢。"

"我会赢的。如果我没有赢，出现在医院镜子里的，将会是一个没有右手食指的我。"

钟摆响了。第一轮结算，红色翻倍，蓝色减半。齐书别落在红色地板的身体部分较多，筹码被翻倍；黎结的筹码减半。

142 比 100。

第二轮结算，红色蓝色都是翻倍效果。284 比 200。

第三轮。

"我猜这一次就是分水岭了。"齐书别用尽力气抱住他，确保他和自己一样站在两块地板的中间，无法确定究竟在哪部分的身体比例更多，"来吧……来吧……"

齐书别蓝色，黎结红色。

蓝色翻倍，红色减半。

400 对 142。

齐书别笑了，他拽住黎结拖向了红色地板，就像压制着一只发狂的猛兽。哪怕并不强壮，一个男人疯狂挣扎的力气也不容小觑，他们像是在红色的火光里扭打，姿势丑陋而怪异。

第四轮，第五轮，第六轮……

翻倍还是减半已经不再重要。

他赢定了。

16

"结束了。"

卷毛走到他身边。因为脱力，齐书别在松懈的一刹那倒落在地。他身下的黎结消失了。

在最后的几秒里，黎结没有再挣扎，他平静而满足地躺在那，甚至还想伸手给他一个拥抱，但在他伸出手的瞬间，第十次结算开始了。

结束了。

卷毛说："接下来，我给你讲解一下传送到新时空的规则。你拥有修改这个时空节点的权力，想把它改造成人间炼狱都无所谓……"

"你是谁？"齐书别打断了他的话。

"你和黎结真的很像。"卷毛挠挠头，"在第一次赢的时候，都问了同一个问题。"

"外星人？特异功能？超自然现象？"他颤抖着从地上爬起来，手脚还因为刚才的用力过度而感到麻木，"还是邪教组织召唤出来的邪神？"

"一定要说的话……我的存在也许不是你能够理解的。但你既然知道邪教组织召唤邪神之类的事，说不定还有交流的空间。"卷毛打了个响指，他的外貌变了，变成了一个女人，紧接着是老妇、孩童、猫、海豹，最后变成了一个易拉罐，"看见了吗，我的外形是无意义的。我只是存在，不以任何形式存在。在人类的认识范畴里，具有这个形态的东西是……"

"时间。"齐书别说，"你是时间。"

没错，他是时间本身。

时间承载一切。从万物的起源到湮灭，记录了每一秒中全体人类的情绪。

像一块巨大的海绵，无限地吸收。

被时间海绵吸收进来的，还有人类的意识。意识和时间一样，它只是存在，但不以任何形式呈现。数百亿、数百万兆条意识不断凝聚，在海绵的中心凝结成了第一个霉点。用久了的洗碗海绵都会发霉的，从最中间开始，慢慢向外扩散……

——被人类的意识腐蚀的时间，开始具有了自己的意识。

有意识是很痛苦的事。

有了意识会开始拥有情绪、欲望、冲动，时间是宇宙中的无形巨兽之一，它无法将自己降维为三维，去实现这些意识。它永远只是旁观者，承载、记载，而不是参与者……

于是，钟摆赌场出现了。

它是时间造就的特殊地点，拥有强烈意识的人，可以在意识脱离身体前的瞬间——也就是死亡的瞬间，来到这个赌场。时间没有逆转旧时空的能力，但它可以直接造出一个新时空给那些赢家。把原来的时空复制粘贴，按照赢家的要求进行小修改，接着将它投入运行，仿佛运营一条地铁新线路。

齐书别回到了一片刺眼的阳光下。

他过了很久才适应过来。四周有来往的路人，车水马龙，无数喧嚣涌了过来。面前的商厦上，暂安演唱会的巨型海报十分醒目，有几个女孩在下面兴奋地举起手机拍照。

他的右手少了食指。这个时空的黎结在出生后不久就死了，从此往后，不会再有黎结这个参与者了。

他回了家。傍晚的小区里处处都充满着家常菜的油烟味。齐书别推开家门，想了想，又转过身，敲响了对面邻居家的门。

门开了，李凯思穿着围裙，手里还拎着瓶蚝油站在门口。

"你想蹭个饭？"李凯思问，"进来吧，我刚好在试新菜。"

齐书别是被养父母带大的，李凯思一家是他们的邻居，两人是从小到大的好友。养父母工作繁忙，对于齐书别而言，去李家蹭饭才是日常。

在这个时空，他和李凯思都只是普通的大学讲师，一生都不会和犯罪扯上任何的关系。齐书别只做了这个修改，在查看了整个时空的起始和终局后，他有些理解了黎结。

你知道明天会发生什么，知道楼下便利店什么时候会关门，路过的出租车司机什么时候会死于心脏病，知道之后还会有几场战争，知道艾滋病被治愈之后的人类公敌是什么。所有埋藏在时间中的悬念顿时索然无味，你或是沉迷于更刺激的游戏，或是接受这些既定的事件，过完一生。

黎结选择了前者，他选择了后者。

吃完晚饭后，他们一起出去散步，沿途去超市买了些生活用品。回去的路上，两人看着购物清单，讨论单子上还没买到的东西可以去哪里买。

"刚才结账的收银员，好像是新来的。"李凯思说，"以前没见过。"

——虽然职业变了，但他的观察力还是很敏锐。

齐书别没留意什么收银员。结账的时候一般是李凯思排队买单，他在外面等。

"那个新的收银员，找零也找得不是很熟练。"

"你用现金付的钱？"齐书别随口回了一句，现在除了老年人，已经没什么人还用现金去超市买单了。

"因为他那个柜台的手机支付扫码器坏了。该不会找错钱了吧……"李凯思从口袋里拿出刚才的零钱查看起来，"数额是没问题……这张卡片是哪来的？促销广告吗？"

一抹黄色划过齐书别的眼角，他停住了脚步。

——在李凯思手中的，是一张黄色的卡片，上面画着简笔画的钟摆。

"……是我的卡片。"在犹豫了几秒后，齐书别说，"大概是随手乱放的时候放进了你的外套里。"

"你的？这是什么卡？名片吗？"

"纪念卡。"他笑着说，"还我。"

齐书别拿过那张卡片，在路过垃圾桶时，他停了停。

但最终卡片还是没有被丢弃，而是被他放进了自己的口袋。

完

## 钟摆赌约·罗生门

### 1

站在一座赭石色的古城楼下，黎结茫然了很久。

从混乱的记忆里，他勉强提炼出了破碎的片段。如果不是他记错了，如果不是噩梦之类的话……

那么，他现在应该已经死了。

黎结是一名做工程设计的程序员。

他的工作很枯燥，但收益很高。他从去年开始就已经自己带项目了，就这个年纪而言，算是小有成就。

那天去工厂看样品，他记得，是新式的便携除颤仪。医疗用品工厂总是弥漫着一种说不出的味道。

精密仪器车间里的气温很低，所有的员工都穿着防静电服，这是为了防止静电产生导致火灾。像这样的车间，一旦发生火灾，流水线上的电池会剧烈爆炸，让火势迅速失控。

所以火灾的起源是哪儿呢？

他不知道，他只是和往常一样与车间负责人讨论零件的误差问题。

突然间，爆炸轰破了办公室的玻璃，他被气浪打中，失去了意识。

黎结从回忆中回过神来。天色昏暗，红色城楼下，多了两个和他一样茫然的人。

那是两个女孩，长得一模一样，唯一的差别是一个人穿红裙子，另一个人穿白裙子。

是LO娘吗……他对那种风格华丽的裙子很好奇，但又不好意思盯着人家看。

"这是哪儿啊？"

"不知道啊，忽然就到这里来了。"

"欸，你还记不记得……"

"只是噩梦吧……"

就在她们讨论着是不是噩梦的时候，浓雾中又出现了两个人：一个人身材极其高大，比普通人高出两个头；而另一个人……

看见最后那人的眼神时，黎结的背后凉了一刹。

尽管这地方很冷，但那青年的眼神却更加让人不寒而栗。

片刻后，除了那个面无表情、一言不发的青年，其他人都做了自我介绍。双胞胎姓乔，她们平时被称为大乔小乔。那个高个子叫王楚，发现在场没人认识自己，他有些失落。

"你们都不看篮球吗？"他问，"全国大学生运动会，冠军队的队长就是我啊！"

黎结对运动没兴趣，其他人也纷纷摇头。

"喂，小哥，你看球吗？"王楚转头问那个游离于人群之外的青年——说实话，也只有他还会和那人搭话。

果不其然，没得到任何回复。

那个青年面色苍白，身材纤细，他穿着通勤西装，身上全是血。过了许久，他才缓缓转动眼球望向人群。

片刻后，大家得出一个结论——他们都死了。

双胞胎姐妹是逛街时突然死亡的，自己都不清楚怎么回事，就感觉头上被重物砸到了，失去了意识；王楚则是在打球后和哥们儿一起撸串，刚运动完就灌冰啤酒，结果胸口剧痛，昏倒在地。

黎结叹气："我是工厂爆炸。"

众人："哇哦……"

王楚又想和那个哑巴搭话，然而这时，他们听见上方有人打哈欠的声音。

一个红衣身影出现在古老的城楼上。

那人的皮肤很白，五官模糊却气质柔和，因为隔得太远，甚至让人无法确认性别。

"我睡了多久啊？"他的声音中带着强烈的困意，"啊……一、二、三……一共六个人啊。"

六个？

大家怔了怔。这次，就算是那个一直没反应的青年也皱起了眉头。

明明只有五个人，哪来的第六人？

## 2

"你们都没发现他？算了，反正客人之间的关系，我也懒得去干涉啦……他比较害羞，一直躲得远远的。"红衣人指向左边，他们扭头看去，但雾气太浓，什么都看不见。

王楚还往那儿跑了几步，最后回来说："哪儿有人啊？"

双胞胎被吓坏了，紧紧拉住对方的手："你说，我们还是人吗？"

黎结心里一沉。如果他们都已经死了，那确实也不算人了。

红衣人在城楼上舒展身子，他的声音很平静，却能传很远。

"总之，钟摆赌场欢迎各位客人的光临。这里是生死交界处，如果赢得赌局，你们就可以得到回到人间的特赦。现在，各位的身体都处于濒死状态。你们可以惊慌一会儿，反正在这里，时间是最不值钱的……"

"怎么赌？"一个冰冷的声音打断了红衣男子的话。出乎意料的是，它来自那个在此之前从不说话的青年。

"直接开始吧。规则是什么？"他问，"最后，有几个人能活着离开？"

红衣人愣了愣，这令他很意外。

"最多只能存活一个人。让我看看……你叫……"

"齐书别。可以开始了吗？"

在短暂的寂静后，城楼上的人叹了口气。同时，所有人面前都飘落了一张信纸。

第一局规则：分割
人数最少的组将淘汰。

结算时，地理位置一米以内的人，将被算作一组。

如果最少人数的组有多个，则一起淘汰。

"那就如你所愿，开始了。"红衣人的身影在城楼化为飞花消散，"北边的佛钟敲响时，就是第一局结束的时间。"

几乎是瞬间，毫无防备的小乔被齐书别卡住脖子，拖进了浓雾之中。王楚边骂边想追过去："你有病吧？！"

黎结也被这场惊变镇住了，但旋即他便反应过来，大声喊："王楚别去！"

"啊？他把那姑娘绑走了啊！"

"他为什么要带走我妹？"

黎结无奈道："因为规则。你们想想规则！"

谁也不知道北边的钟声何时响起，要距离一米以内才会被算作一组。如果王楚直接去追，那么钟声响起时，只有一人的"王楚组"就会被直接淘汰。

"最好的状况，是我们五个人中……不，六个人中的五个人为一组，剩余一个人被淘汰。假设真的还有第六个参与者远离我们躲藏着，那也是他自己的选择。"黎结和他们分析现状，结论是，他们三人应该一起行动，去寻找齐书别和小乔。

"为啥？万一那个神经病去找那个第六人，他们组成三人组，我们也是三人组，按照规则，不就一起被淘汰了？"王楚问道。

"所以他们绝不希望发生这样的事。齐书别不会去找那个第六人。"黎结安抚他，"你想，让第六人落单，然后被淘汰，他和小乔就是绝对安全的。大乔也放心吧，他为了规则，不会伤害你妹妹的。"

再说，他们都已经死了，在这个地方还能不能互相伤害都是个未知数。

"记住，重要的是不落单。人数不是最多也没问题，但绝不能是人数最少的一人组。"黎结说，"也要防止在特殊情况下形成的3+3，或者2+2+2。六个1也是不可以的。"

王楚和大乔都同意他们三人一组行动。至少在这一局他们是安全的。

昏暗的浓雾里，他们三人一起行动去寻找齐书别和小乔，顺便也想找到那个第六人。

附近都是漫无边际的古城，断壁残垣比比皆是。

时间渐渐流逝。因为无法准确判断，所以只能推测大概过了半小时。

钟声还是没有响。

"你说会不会是两个小时的时间限制啊？"大乔很在意钟声何时会响，"一般都会凑个整点吧？"

"不，还有更糟的情况——完全随机。"黎结说。这在编程中是很常见的情况。完全随机指定数字，即随机到一分钟，那么开场一分钟后就会钟响；随机到两小时，那就两小时后钟响。

对于时间的预测，也是赌局的一部分。

又大概过去半小时，事情有了突破——王楚看见浓雾中齐书别的身影一晃而过，便拔腿追了过去。篮球队员的速度并非普通人能跟上的，还好，黎结和大乔迅速追上了他。

齐书别被王楚压在身下，神色平静，两手都是泥污。大乔担忧妹妹，因为小乔并没和齐书别在一起。

"你把她妹妹藏哪儿了？！"王楚揪住齐书别的衣领，将他从地上拽起来，"你个疯子！到底想干吗？我们五个人在一起，留第六个人自己死不就行了？"

这个人只是冷笑，没有回答。

"小乔呢？"大乔急得眼眶发红，"如果找不到她，她就落单了！"

黎结猜测，齐书别的目的是尽可能淘汰更多的人，以此来提高自己的生存率。他的手微微发抖——这种情况下，一旦有人萌生出强烈的攻击性，局面就会瞬间失控。

齐书别的攻击性是毒蛇般暗藏的，假如最强壮的王楚想控制所有人，他们加起来都不一定能反击。

保险起见，他们决定带着齐书别一起去找小乔。王楚架着他，很快，他们在一处残破的墙根找到了被他用西装绑住手脚的小乔。

"居然把人藏在这么远的地方……"王楚抱怨着推了齐书别一把。大乔跑过去，替妹妹解开西装。她被打昏了，额头上还在淌血。

这样看来，他们是可以受伤的。

"我们不要再动了，就留在这里。"黎结总感觉还有地方不对劲。

齐书别的行为不正常，他为何要把小乔丢在那么远的地方？光是走过来找到她就花了那么久的时间，钟声随时会响……

只是拖延时间？那这人也太神经质了。

而且他有种感觉，齐书别是故意被他们找到的。

"这破游戏啥时候结束啊？"

又过了半小时，王楚已经开始不耐烦了。周围死寂，气氛凝滞，大家开始还能叽叽喳喳地聊天，到后来什么都聊不出了。

齐书别被自己的西装绑住双脚。大家一起看着他。不知道谁先提议的，把他给丢出去。

这种害群之马和不安定因素，在第一局就应该被铲除掉，这样对大家都好。

齐书别还是如木头般没有情感，被王楚丢出人群后，他跌坐在刚才小乔昏迷的位置，一动不动了。至此，所有人都松了口气。

没意外的话，到钟响时，齐书别和不露面的第六人就会被自动淘汰吧？

黎结和其他人一起坐在地上。他看齐书别一动不动地坐着，心里也不太好过。

"对不住啊。"他向齐书别道歉。

——这也算杀人吧。

就算这只是游戏规则限制，只是为了自保，但他们把齐书别推出去，便等于是杀了他。

身为一个普通的程序员，黎结的心里一时无法接受这种事。

可听见王楚的道歉，齐书别却笑了。不过，小乔的苏醒把大家的注意力吸引了过去。

她终于醒了，可看见齐书别，眼中还是流露出了恐惧。王楚当起了护花使者："别怕！他死定了。"

"那个孩子呢……"她问。

孩子？

大家都一愣，因为没发现有什么孩子。可小乔说，齐书别刚才把她绑住，然后从附近的墙后找到了一个小孩。

之后发生的事她就不知道了。

难道是没露面的第六人？那也确实说得通。如果是个孩子，可能会因为恐惧而远离陌生人群。

也就在这时，他们之间的土地忽然发出轻响。起初大家都不知道是怎么回事，过了几秒钟，他们才意识到，土下埋着活物。

"是你干的？"王楚揪起齐书别，"你把孩子活埋了？！"

这种丧心病狂的事，根本想不到第二个嫌犯了。

其他人一起去挖开泥土，很快，一个五六岁的小孩从里面显露出来，他拼命大口喘着气。

"就是他。其实他一直偷偷地跟着我们。"小乔说，"别怕，很快就能把你救出来了……"

黎结转头看向齐书别——因为发现有人被活埋，所有人现在都站在了一起，王楚揪着齐书别。

距离太近了。

随时会响的钟声，五个人与一个人……

怎么做才是最稳定、最不会出错的选择？

在感性之前，他的理智先控制了身体——黎结拉住两姐妹，退出了孩子一米之外；王楚虽然不明所以，但也揪着齐书别跟着他们退后。

黎结、大乔、小乔、王楚、齐书别。

不知姓名的孩子。

此时，钟声响了。五对一。

他听见齐书别的轻笑："差一点。"

3

差一点。

他突然想到一种恐怖的可能性，凌驾于理智和赌局之上，这种纯粹的破坏欲望……

这个人根本不想赢——齐书别只想造成团灭，无人生还。

如果他们不去找齐书别和小乔，那么，最后就会是齐书别、小乔和孩子三人组，他们三人组，三对三。

如果他们找到了齐书别和小乔，却没有意识到孩子就被埋在那片地方。孩子和双方的距离都小于一米，那么最后的结局就是一个六人组，直接判定全灭。

剧烈的寒意和恐惧笼罩了他的周身。真的，只差一点。

还被埋在那儿的孩子在钟响的同时消失了。红衣人的声音再次响起："第一局感受如何？好像有人故意在破坏游戏体验啊。"

王楚将齐书别摔在地上，疯狂地用拳头揍他，别人劝都劝不住。伴随着拳头落在人体上的声音和女孩子们的惊呼声，红衣人大声笑了起来。

大家七手八脚地将王楚拉开。齐书别浑身是血地倒在地上，嘴里吐出一口鲜血。

"开始第二局吧，"他说，"别烦了。"

还剩五人。

"那么，我们玩一场简单的游戏吧？"之前出现在城楼上的红衣人忽然现身在附近的一处矮墙上，盘腿坐着。离近了看，他是个面容柔和的青年，"1和2的游戏，如何？"

"我想知道，你能不能让我们离开？需不需要什么代价？只要能让我们离开，什么价格都好商量。"黎结试着和他交涉。

"可惜，不行哦。"

"你想要钱？还是想要其他的……"

"不行。"红衣人摇头，"赌局一旦开始，就不可能中止。因为，只有继续赌局，时间才能重新拥有意义。"

这是什么意思？

黎结还没反应过来，齐书别已经摇摇晃晃地起身，语气低沉："快说规则。"

"规则很简单，选1或者选2。只有这两个选项。

"如果1和2都有人选，则在5人中随机挑选一人死亡。

"如果所有人选择1，随机男女任一性别的所有成员死亡。

"如果所有人选择2，5人中随机挑选一人存活。游戏直接结束。"

大家都松了口气。无论如何，至少在有限的规则里，他们能保证只淘汰一个人。

性价比最高的选择当然是1和2都有人选。于是，众人很快敲定两人选1两人选2，不管齐书别怎么出幺蛾子，结局都不会改变。

"顺带一提，这次的游戏时间是无限长哦。当你们所有人都决定好选项，就可以呼唤我了。选择方式也很简单，不需要写在纸上，只需要同时举起手，比出你们选的数字就行。"

说完这些，红衣人就再次消失了。

"好了，我们已经决定了。"王楚喊住他。

但齐书别出声："我没有决定。"

"……"众人静静地看着他。王楚直接活动着指关节冲他走过去。"你……"

"你们以为，游戏局数拖得越长，自己活下去的可能性就越高吗？"齐书别冷眼看着众人。他脸上还有大块的淤青，嘴角淌着血，但他似乎就像感觉不到痛楚那样，依旧死气沉沉，"比五次也好，比五十次也好、五百次也好，能活下来的最多都只有一个人。"

乔家姐妹对这个阴沉青年没有好感："至于那么阴暗吗？按照红衣人的说法，我们都算死人了，就当投胎前打个友谊赛呗。"

"如果赛程够短，那么唯一幸存者活下去的可能性就越高。这些游戏可是存在全灭可能的，赛程越长，反而全灭的可能性越大。本来，说不定你们中有人能活下去——"齐书别伸出手指，比了个"1"，"但如果，随机到全体男性死亡……"

"够了！你是不是对生活很不满啊？我们可以来谈一下啊！"黎结快被他弄疯了，就差没跪下了，"大家现在都有可能活下去。她们说的对，现在气氛很好，都是将死之人何必发生不愉快的事？你非要把关系搅得一团乱、无人生还才开心吗？"

"现在你们是五分之一的概率！但我还是会不断地把这个概率降为0。"他突然冲向小乔，抓住她绣着蕾丝花的领口，瞪大了双眼——青年苍白秀气的脸因此显得神经质而扭曲，"所有人都选2才是最优解！最多只有一人幸存的情况就是绝对的最优解！"

两姐妹的性格并不同。大乔机敏，小乔温顺，相比之下，后者也更害怕齐书别。

"或者，都选1。"他笑了，"你们现在的生存概率仅仅五分之一甚至更低。然而，在50%的概率下，全体男性会死。这样，你们的生存概率会顿时激增到二分之一……并且能摆脱我……"

话音未落，王楚又将他搡开，打翻在地。

"疯子。"

他骂出所有人对齐书别的看法。

而黎结却陷入了更大的绝望之中。从乔家姐妹的表情上，他看出了异样。

她们在认真考虑他的提议，但黎结却无法反驳。

因为，齐书别的提议是对的。它不一定能让所有人的利益最大化，可绝对能让唯一幸存者的利益最大化。

即使是王楚，在几分钟后也开始思考齐书别的话。每个人都想成为唯一幸存者，每个人都想实现属于自己的最大利益……

齐书别在所有人的心里播下了恶之花的种子。

"你们知道，那个人为什么总要反对我吗？"见局面朝着他想要的方向在倾斜，齐书别笑了，望着黎结，"因为他觉得自己有很大可能会活到最后，凭借智商——他看不起你这个运动肌肉男，也看不起你们两个年轻的女孩子，在智商领域，他在五个人中有着绝对的自信。"

"大家别忘了，在第一回合，他可是想让所有人团灭的。"黎结提醒其他人。

"我只是想大幅度减少人数，增加幸存者活下来的概率而已！"

齐书别的笑声中充满令人发毛的嘲笑——挑衅，这是毫不掩饰的挑衅。

可黎结却一点儿办法都没有。

"我们准备好了。"齐书别向城楼喊，"可以结束游戏了。"

概率！必须尽快把概率推出来！

黎结脑内不停计算着几种结果发生的概率："延迟选择！我还没有决定！"

姐妹俩选1的可能性更大。三男二女，就算两种性别随机一种全员死亡，但如果轮到男性死亡的那50%可能性，她们就能成为仅存的两个选手！

王楚和齐书别呢？！是2，王楚的倾向绝对是2！

齐书别的挑拨让这个血气方刚的年轻人瞬间对黎结起了敌意。这不是球场，比的不全是体力和技巧，在智商这盘棋上，王楚也知道自己胜算渺茫，在五分之一随机幸存的概率上搏一把运气才是他的风格。

是安全的。

黎结下了判断——局面安全。

可就在这时，齐书别幽魂似的声音又在昏暗的古城中响起。

"全都选2，是最好的。全都选1，如果我还活着，就会不惜一切代价制造团灭。"

黎结一开始本能地想，不管其他人选什么，只要自己坚持选1就没事。可突然之间，他想到另一种可能性。

那就是，也许所有人都会选1。

黎结是搞编程的，他不是学心理的。只不过有时候，代码要比弗洛伊德更能描绘人心。

学生时代，他参与过一次线上促销活动的后台设计。

"用户真的愿意每天花那么多时间去积攒打折日的优惠券吗？值得吗？"他问甲方。

对方的回答是，当然不值得。

每天，一个用户至少要在这些促销游戏里花费半小时，才能得到差不多五角钱到一块钱的折扣，也就是说，如果参加全部的促销游戏，半个月每天花费半小时，那也就是花七个半小时去弄一张十五块的优惠券。

"但是，他们花费在这些游戏上的时间越多，他们就会越有负罪感。"甲方说，"这时候，时间本身的价值反而是次要的，重要的是必须得到那张一块或者五角的优惠券，来填补浪费时间的负罪感。"

负罪感！负罪感！负罪感！

——自身生命的价值在已经濒死的时候反而是次要的，这群人的选择，可能被负罪感影响！

4

全部选2，五个人里面随机一个人活下去，其他四个人死亡。

这是个诱惑性很低的选项，只是被齐书别渲染得很美好。但冷静下来就能想通——拼五分之一的概率是很不划算的买卖。原本的存活概率明明高于五分之一，何必为了唯一的"保送"名额送命？

而且，负罪感也会极高。

如果其他人选了1，自己却选了2……投票结果是所有人都能看到的。假如被发现选2，等于把野心展示给了其他人——"想自己活下去，想其他四个人去死"。

不是每个人都能变成齐书别那样的疯子的，大部分人还处于人类社会的守法思维里，绝不敢去想杀人的事。不管怎么看，男大学生王楚、打扮光鲜的姐妹花，都不像来自远离法治社会的地方。

所以，"全都选1"变成了最美丽的选择。

既不会背负"1个人杀4个人"这样巨大的负罪感，也可以随大流，证明自己还是集体动物，愿意和大家团结一心……就算所有人都选1，造成单性别存活的情况，自己也有50%的概率活下去。再说，他们也不觉得大家会全体都选2。

无尽的痛苦中，黎结只能自我调侃，还好这群人里面没有跨性别者。

他得选2。

在举起手的前一刻，每个人都在互相猜忌。黎结的太阳穴在突突地跳——他几乎能预见到待会儿的情况。齐书别的目的达到了，这局不存在团灭可能，这个人的目的，就是诱导黎结做出错误选择。

选择开始，伴随红衣人的倒计时，每个人的手都比出了一个数字。

齐书别，1。

小乔，1。

王楚，1。

然后是……

黎结，2。

大乔，2。

他很意外，竟然有人和自己一起选2。

"都在想什么？"大乔双手叉腰，目光犀利，"都在等别人选2吗？等别人当坏人？我说了，这就是友谊赛！"

"选2又不是什么好事。"王楚嘀咕。

"我和黎结都是为了防止……"

大乔的话语戛然而止。

她的身影迅速消失，化为虚无。小乔愕然地捂住嘴："不——"

而其他人的内心，或许都是同样的想法——幸好不是自己。

黎结的后背被冷汗浸湿了，他看着大家神色各异的脸，胃突然一阵绞痛。齐书别赢了，他逼黎结选了2——从此，在其他人眼里，黎结就是敌人。

"还剩四人……"齐书别低声笑着，"最多还有三局……很快就结束了……"

"……你不想活下去吗？"黎结问，"还是说，你也想活下去，只是装模作样而已？"

"活下去？就算回到人间，我也不可能回归普通生活了。"

黎结在内心骂了一句——这家伙，难道是亡命之徒吗？

那真是无所谓能不能活了，甚至是恨不得多拉几个人陪葬。

这个真相让黎结忍不住笑出声："我开始以为你只是神经病，搞了半天你其实是暴民？"

他笑得停不下来，边骂边笑："搞什么，我还挺认真地对付你……好，既然你就是来找陪葬品的，那我就不客气了。"

"不客气？你能怎么对我不客气？"齐书别冷笑，"对了！杀了我，你就是胜出概率最高的人了。"

黎结有一种被蛆虫纠缠不休的感觉。

红衣人再次出现，但这次不在城楼上，而是出现在他们身后。

"我想要一个能干掉他的规则。"黎结说。

"我想要一个他有机会干掉我的规则。"齐书别挑衅地抬起头。

"这样啊……那我们玩丢手绢吧？"

小乔"咦"了一声——对十女孩米说，她对这类游戏更加熟悉。

真的就是字面意义的丢手绢——每个人都会得到一条没有特色的白手绢，在上面留下自己的记号，然后四个人面对面围成一圈坐下，不许回头看手绢。

由红衣人将四条手绢随机丢在他们身后。

"不能看。你要判断出自己背后的手绢是谁的。"

小乔很不安："啊？那万一四个人全猜错呢？"

红衣人模仿小乔温柔、怯懦的语调："那就四个人全死掉呀。"

黎结看到了曙光——如果只留记号的话，他至少有把握拉其他两个人一起对付齐书别。

"对了，这个游戏，一共有三局，"红衣人提示他们，"三局两胜——不，不该这么说，应该说，如果三次里猜错一次，就算作被淘汰。"

齐书别迎着黎结咬牙切齿的神色，笑得很可爱。

黎结非常不希望单次游戏的赛程变长。

小乔和王楚显然都不是脑力型的，他们很难迅速适应这类烧脑的规则。但这两人也不是智障，只要给足够的时间，他们就会反应过来，让战况发生改变。

——如果真的只是这样，那倒好办了，大家良性竞赛，各凭各的本事。恶心之处就在于，还有齐书别这个梦魇。

梦魇会把游戏导向哪个方向，根本无法预知。

"怎么了？你好像很失望？"梦魇见缝插针地恶心他，"是因为赛程拖长了，没办法让你碾压另外两个傻子了吗？"

"你说什么？！你再说一遍？！"王楚又要揍人，被小乔拖住了。

时间不多，他们得尽快策划好。黎结把另外两人拉到一边："只要留下记号……"

王楚一根筋："啊？不是要写名字吗？"

黎结叹气："不是。只要留下记号，比如打湿、打结、撕破……甚至往里面包石头。"

"哦哦！那太简单了！我们三个约定好，剩下那家伙，他就死定了！"

他们很快约好，三人各自在手绢上留下特殊记号——打湿或者包石头太难了，很容易被齐书别看见，他们最后选择了打结。

小乔一个结，王楚两个结紧紧靠近，黎结两个结分别打在两端。这样，就算看不见，用手一摸就知道；而且将手绢交给红衣人时可以捏成一团，不会被看出来。

他们交了手绢，四人面朝里围坐成一圈。红衣人哼着《丢手绢》，在他们身后踱步。

有东西落在身后。

王楚第一个伸手摸，他不能回头看，但是摸到了长结的手绢，毫不犹豫道："黎结！"

黎结摸到了短结，是王楚的，但是他没立刻说。

问题就在于小乔。在她开口前，齐书别说："我背后的手绢打了结呢。"

小乔一怔，本来脱口欲出自己的名字，现在却迟疑了。

只有一种可能，她背后也是打结的手绢。

短暂的安静中，齐书别幽幽叹了口气："我很失望，还有点生气。"

5

"干掉我？凭这点小聪明？"齐书别神色平静，仿佛这个游戏已经胜券在握，"怎么想都知道，这么短的时间，能做出三种区分的方法就是打结了。"

打结有很多种可能性，比如在四角打结，在三分之一处打结，打死结，卷成一卷后再打结……

王楚先说了黎结，也就是说，黎结已经被排除了。

黎结也排除了王楚。但不是百分百——他不知道齐书别给手绢打了什么样子的结。

红衣人拍了拍手："你们也太急了——当然是三二一一起说啊，要不然最后说的那个岂不是太简单了？"

倒数三秒，不说的人，将被视作猜错。

王楚说了黎结。

黎结说了王楚。

齐书别说了小乔。

令人意外的是，小乔毫不犹豫地说出了齐书别的名字。

四人都猜对了第一轮。

情况并未变好。事实上，通过这一次，齐书别获得了巨量信息。

第一，他和小乔都给手绢打了一个结，但打结方式不同。

第二，黎结和王楚不会使用这两种单结的打结方式。

"小乔，告诉我们，你的单结有什么特征！"在红衣人收走第一轮手绢后，黎结立刻问小乔。女孩子的心思比他想象中更细，并未傻傻地只打一个简单的结。既然她打单结这件事已经被齐书别知道，索性彻底公开。

齐书别低笑道，神色游刃有余："小乔，别告诉他。这是你的优势。"

"不说也没事，"黎结担心引起小乔的逆反心理，"我应该能摸出来。"

"黎结，你的手绢是什么样的？说不定是两个结？真的是吗？"那人如附骨之疽，纠缠不休，"说不定不是呢……说不定你把王楚的手绢给拆了？说不定你的手绢才是一个结，而我刚好打了两个结？哎呀，好险！你如果骗他们，那么第一回合就能把小乔和王楚淘汰出去了……"

"别信他的话！"

"你们一直觉得我是坏人吧？可我从未针对过你们。你们俩只提防我却没有提防他，小心啊……"

随着他渐渐低下去的声音，第二局开始了。

"绝望才刚刚开始，黎结。"

闭上双眼，手指碰触到柔软的布料。几秒后，黎结的手微微颤抖，浑身瞬间遍布冷汗。

可现出惊愕神色的只有他，小乔、齐书别和王楚都神色镇定，王楚甚至还面露喜色。

"黎结，怎么了？"齐书别这个男人的声音带着种令人火大的阴阳怪气，"啊……该不会是……一个结都没有？"

——他说对了。

黎结背后的手绢，是散的。

它的结在上一局被人解开了。

确实，规则没有规定，拿到手绢的人不能改变其他人手绢的形状。

上一局，小乔和齐书别互相拿到对方的手绢，黎结和王楚互相拿到对方的手绢。

齐书别对小乔的手绢动手脚的可能性很高，他说不定为了造成混乱，把小乔的手绢解开了。

这块没有结的手绢是小乔的？

黎结微微松了口气。不管如何，至少有这点线索可以追寻——如果没有其他的附加条件，他就决定猜小乔。

可就在这时，小乔喊了他。

"黎结，你考虑一下。"她说，"我刚才……把那家伙的手绢解开了。"

什么?

黎结怔住了。这是他没想到的发展。

"对不起,我只是想帮大家……"

"搞什么啊!女人!"王楚差点跳起来。

场上至少有一条确定的无结手绢。

齐书别的鬼话只有一半可信度,说不定他只是放烟幕弹。

但如果他真的解开手绢,那就有两条无结手绢,除了自己,还有人拿到了无结手绢。

"还有人拿到无结手绢吗?"黎结问。

王楚点头:"我我我!"

小乔摇头,她拿到的应该是已知答案的手绢。

那么现在有两条无结手绢,一条已知手绢。变数在他和王楚身上。

"王楚……"黎结转头看向身边的青年。也许是紧张,王楚满头都是汗水。

"刚才摸到自己身后是无结手绢,你为什么那么高兴?"

黎结意识到自己犯了个很严重的错误。

他把所有的注意力都放在齐书别身上,忽视了另外两人。可实际上,越是被忽视的,越容易成变数。

王楚在上一局,解开了黎结的手绢。这个年轻人以为只有他这么做了,所以当第二局拿到无结手绢时,他欣喜若狂,以为手里的手绢绝对是黎结的。

"知道还有其他人这么做,顿时就不确定了,想让我帮你推测?"黎结怒极反笑,"怎么会有你这么蠢的人……"

"那这里谁不想活下去?!少在这儿装圣父!"

"你不明白吗?我们谁回去都无所谓,关键是决不能让这家伙回去!"

场上有两到三条无结手绢,没有特征。

片刻安静后,黎结长长叹了口气。

"到了这一步,推理已经无关紧要了。齐书别,你在上一局拆了小乔的手绢吗?"

"是。"

"好。"黎结点头，转头对王楚说，"王楚，既然你那么想活命，我就给你机会。我的那条手绢，比其他手绢……稍微柔软那么一点儿。"

顿时，王楚背在身后的双手开始动作。他拼命揉捏那团布，想感觉出一点儿与众不同的地方。

黎结没有再看王楚一眼。在他心里，王楚基本等同于死人。

直到红衣人宣布倒计时前，王楚还在反复揉着那团手绢。

小乔选了王楚。

黎结虽然摇摆不定，但选了小乔。

齐书别毫不犹豫地选择了黎结。

王楚也选了黎结。

红衣人站在王楚身后，没有再离开。

第三局并未直接开始。

"就算是纯粹比运气，你也输了呢，小朋友，"他苦笑，"大人的世界可是很可怕的。"

在撕心裂肺的哭叫中，王楚的身影消失为灰烬。黎结定定地注视着齐书别，他在对方的眼中找到了一种快感。

"爽吗？"齐书别笑问。

"……"沉默数秒，黎结嗤笑，"爽翻了。"

6

一人淘汰。手绢被发回给剩余的三人，重新做各自的记号。黎结让小乔做了件事——把手绢打一个结。

"不用做任何特殊记号，只需要一个结。"

然后，他的手动了动："齐书别，我也把手绢打了结。"

齐书别微笑："那我也……"

谁会真的这么做？谁只是嘴上答应？

第三局开始。手绢落于身后，光是听声音，黎结都知道，它打了个结。

而且，是死结。

它被用尽力气打成一个死结，很紧很紧，几乎无法不动声色地解开。

小乔的额头有细密的冷汗，她在微微颤抖。

"……我怕要是被他拿到，结又会给解开了，"她露出一个苍白的微笑，"所以，我打了死结，让他没办法解开。"

黎结点头："谢谢。"

他能确定，身后的手绢是小乔的。

"小乔，你背后的手绢是什么样的？"

"平摊的，没有结。"

不知为何，一种默契在他们之间迅速地弥散、稳定。哪怕齐书别告诉他们，他背后的手绢也是平摊的，黎结都没有手足无措。

黎结背后的手绢肯定是小乔的，他安全了。但，齐书别和小乔背后都是平摊的手绢，五十对五十。

"你学坏了，说着打结，其实根本没有——如果你把手绢打结，她至少就有活路，"齐书别惋惜地叹了口气，"那样，我就要面对一条自己的平摊手绢和两条不确定来源的打结手绢。"

"是，我赌错了第一步，我以为你会把手绢打结。你说你没有，说你背后是平摊手绢……可是，这些并没有证据。"黎结语气坚定，小乔的支持给了他一丝底气，"如果，你实际上把它打了结呢？"

"那你大可赌一把，用她的命。"

必须赌了。

赢面很大，将近七成的赢面。黎结没有打结，小乔打了死结，齐书别未知。

让小乔赌黎结。这是胜算最大的选择。

如果齐书别将手绢打了结，那么，场上的分布就是黎结－小乔，小乔－黎结，齐书别－齐书别。

如果齐书别没将手绢打结，分布则是黎结－小乔，小乔－黎结／齐书别，齐书别－齐书别／黎结。

假设后者，那么小乔选什么，齐书别很可能就跟着选什么，这样二者会有一者存活，不会两人都恰好猜错。

可还存在将近三分之一的可能性，小乔的手绢是齐书别的，齐书别的手绢是黎结的。这是最惨烈的结局，也就意味着队友死亡、敌人存活。

这是赌徒的穷途末路。

黎结的手微微颤抖，他应该告诉小乔，选"黎结"。但这个答案将决定她的生死，他无法轻松地说出自己的名字。

"用她来杀我吧，黎结。"

"没事的，黎结，我相信你！"小乔也很害怕，身体微微颤抖，但眼神坚定，"不能让他活着回去。"

黎结的呼吸变得急促，这是他生平第一次，要决定一个人的命运——自己不想伤害的人。

"无论结果是什么，我都不怪你。"小乔笑了，来到这里之后，大家都没怎么笑过。黎结第一次见到小乔的笑，她笑起来很甜。

他告诉她，选黎结。

小乔和齐书别，都选了黎结。

第三局结束，小乔的身影化为灰烬，消失在他眼前。

齐书别微笑："你杀了她呢。"

数秒的死寂后，黎结却松了一口气。没有暴怒，没有谩骂或者暴力，他轻轻松了口气，神色平静。

他似乎听见自己脑中有根深藏的弦断裂，像保险丝到了极限，电流在断裂处做出最后一丝火色的挣扎，从光明坠入黑暗。

7

红衣人再出现时换了身打扮——普通的现代日常装。他抱怨自己睡得太久，语言系统和时代检测系统全部停工。

"等你们也睡三百年七十一天六小时零五分，就知道我的感受了。"他吐吐舌头。这人的气质变了，就像从一个AR投影渐渐成了活人，"只剩两个人了啊……那么无论如何都只剩一场了。"

古城场景变幻，赭石色的城楼陆续崩塌，在这片浓雾中化为幽暗的在海上浮动的巨大石船。

"欢迎来到四维世界的挪亚方舟！"他吹了声口哨，"最后一场，赢家可以回到人间，拥有一次控制时间的权力！"

他们都没有明白这句话的意思——什么叫控制时间的权力？难道赢家不仅仅是从重伤中幸存？

"钟摆赌场的奖金可是很高的。你可以拥有一切，你想要的一切，都可以像涂鸦一样写进你的新时间里。如果胜利，原来的时间轴将会复制粘贴出一条新的来，赢家能对它进行任意修改——你喜欢没有人类演化的世界？喜欢遍地圣洁天使的世界？喜欢尊自己为神明的世界？什么都可以！就算是你们原来所身处的时间线，那也是被上一位赢家修改后的结果哦。"

在听见这番话后，齐书别的神色变了。他是亡命之徒，只是回到原来的世界，对他毫无吸引力——但如果，他能修改时间轴呢？

把自己过去做过的事情，像纸上的铅笔痕迹一样用橡皮擦抹除，恢复正常的生活……

他的眼神在闪动。黎结看见了，冷冷道："既然会后悔，当初就别犯法啊？"

红衣人点头："而且他知法犯法，理由还很可笑。"

齐书别根本不辩解："为了钱，很可笑吗？"

这世上有很多人愿意为了钱铤而走险。其中，许多人是迫不得已。

但齐书别不是，他只是单纯地想不择手段拥有更多的物质。

"如果我能回去的话，会把这个世界好好修整一下吧？"他开始思索，"在那个新世界，为了欲望，人做什么都是无罪的。"

黎结根本没想过怎么改变世界，他现在只想赢下最后一局，回到人间。

这条船内的结构和游轮一样，下层是巨大的货运仓库与运转室，中层和上层都是空荡荡的客房、宴会厅与酒吧。现在是短暂的休息时间，在这艘无人游轮上，他们可以自由活动。

虽然在这里的自己已不是真正的肉身凡胎，但黎结还是感觉饿了。酒吧里有食物，都是准备好的半成品，放进烤炉热一热就能吃。

窗外是纯黑的海与天际。这场景很容易让人联想起关于地狱或者黄泉海的传说，可此时，他却感受不到恐惧，只是觉得宁静——这是一种彻底的宁静，仿佛一切生灵都是从这片黑海中诞生，又归于这片海。

"喜欢吗？这就是时间。"

不知何时，红衣人出现在他旁边的座位上。同时，船内的水晶灯次第亮起，尽管没有宾客，周围却响起了欢笑声和喧闹声。钢琴声、小号声与歌声从宴会厅传来，但因为没有实体的寄托，显得格外诡异。

"时间？"

"嗯，时间的本质。一个四维的世界，物质意义上的三维寄身于时间，衍生出你所知道的一切。但就像万物有生灭，时间也有它的终焉——到那时，我就要创造新的奇点。"

他离开座位，走向宴会厅，和进入酒吧的齐书别擦肩而过。黎结不想和他同处一室，丢下吃了一半的餐盘准备起身。

齐书别问："你是做了什么才会来这里的？"

"都是濒死之际被送过来的，有什么好问的？"

"我是说，每秒钟死去的人那么多，为什么是我们几个？"

被随机选中的吧？

黎结这样想。但不能排除他们几个人有共同点的可能性。

"是不是和我一样，都做了很……"齐书别的声音低了下去，宛如自言自语的呢喃。这个人的眼神第一次流露出一种生动的痛楚，"……我啊，做了很无可奈何的事。"

"我就是被炸死。工厂爆炸，我很倒霉，刚好在那儿。"

"……他为什么会猜到是我呢……我明明没有露出破绽，他只要视而不见，再过不久，我就能拿到那笔钱了……"在柔软的椅子上，齐书别仰起头，自言自语道。就在黎结想丢下他离开时，却发现这个人在哭。

齐书别仰着头，像个小孩子一样哭得很伤心。

"一直像个垃圾一样寄人篱下……被他照顾着……我拼命读书，和他上一样的大学，进同一家单位，其实我一点儿都不喜欢这份工作和这个专业……"他伏在桌上，精神崩溃地痛哭起来，"我就是想让学长知道，我也能做出超过他的事……"

就算这家伙本身就不太正常，但真的失声痛哭，还是吓到了黎结，他手足无措地说着："你别发神经了！能正常点吗？"

结果，那人突然爆发，冲他扑了过来。黎结吓得倒退，跌坐在地，被齐书别抓住脚踝。对方满脸是泪，用哭腔哀求他："求求你，黎结，让我回去好不好！让我把一切恢复原状！我后悔了，我不想杀他！我知道自己做错了，只要让我回去，这次我一定会在被他发现前把那些线人都杀掉！"

——这算哪门子的后悔啊！

黎结挣扎着想要逃跑，一脚踹开齐书别，却又被抓住，再次被扑倒在地。他看见齐书别的眼神——那人的眼神变了。

黎结像被毒蛇盯住的青蛙，瞬间浑身冰冷，动弹不得。

"……我都这样求你了哦。"齐书别细语，"没办法了……没办法了……"

这时，船上的广播响了。黎结像抓住救命稻草，连滚带爬地靠近音响。

"最后一局即将开始喽。不过在此之前，请黎结先到我这儿来取一下你寄存的东西。"

红衣人说黎结在他那儿寄存了东西，但黎结自己都不知道这件事。

"没事！取回去之后你就能想起来了，是很厉害的东西哦。"

这样说着，他丢给黎结一块怀表。普通的银怀表，没有任何修饰。

"这是……"

"你前三次参加赌约时都赢了，离开前委托我替你保管的，每次我都会在最后一回合前把它给你。"

黎结还来不及反应"前三次参加"这句话，就已经打开了怀表。表盘上没有指针。

他看见了一只眼睛。

怀表里的圆形表盘是一只眼瞳，微微转动着。

黎结呆呆与它对视。不知为何，他知道，这道视线来自过去的自己。

当他在看怀表的时候，红衣人开始宣布最终回合的游戏规则。"很简单，在这艘游轮上活下去。"他说，"不择手段地活下去。"

半分钟后，黎结合上怀表，静静地抬头看着齐书别。这是他第一次主动对齐书别露出微笑。

他们的笑容很相似。

8

这是黎结第四次参赛了。

在此之前，他修改过三次时间线。除了第一次是因为意外死亡而进入钟摆赌场之外，包括这次在内的三次，都是他自己预约参赛的。他修改了时间线，确保在未来的某一天，自己会因为意外死亡。

当然，每次离开赌场，他都会委托红衣人替他保管参赛的记忆。

"这样下次才会有刺激感。不然就麻木了。"

之所以会麻木，是因为那些被随机选进来的赌徒很无趣。

他们的求生欲望就像即将熄灭的火，他们会迅速陷入绝望，放弃抵抗；他们的思维透明得像鱼缸，里面只有金鱼在游荡。

齐书别则是脱颖而出的那个人。

"如果每次都能和你一起进入赌场，我可能会选择保留记忆，"黎结一边梳理规则，一边微笑着和他打招呼，"说不定你能赢。"

"这个赌局有什么乐趣，让你这样反复参加？"

像听见了某些荒谬言论，黎结愕然睁大了双眼："你不觉得有趣？它比所有的事情都有趣。"

"无聊。"

"很快就会让你兴奋起来的。"

齐书别的目标，仅仅只是修复自己的生活，他对钟摆赌局本身没兴趣；但黎结显然对这个赌局带来的刺激感成瘾。

他们唯一相同的是目的——赢了这场赌局。

游轮上一共有一百五十二间房间，两人都拿到了布局图。

每间房间都会出现"乘客""船员"等 NPC，他们和两人只会发生一种对话——回答五分钟后这间房间里的 NPC 是否会变成怪物。

每隔十分钟，会有一半的房间里的 NPC 变成怪物，等于说，这一半的怪物房成为不可进入的禁区，如果他们在里面没出来，就会被怪物杀死。

每十分钟游戏结算一次，每次结算时，两人都必须待在任一一间房间中；结算的同时，怪物房的 NPC 会兽化，之后这间房间将不可进入。

两人不可身处于同一间房间，否则视作一同淘汰。

听上去似乎不难，十分钟一次结算，结算前五分钟 NPC 会告知这间房间是否安全。只要能在剩下五分钟里找到安全房就可以。

但他们的移动是有限制的。限制是，离开一间房间后，活动范围为这间房间在布局图上位置三格之内的其他房间，也就是最远能走到上一间房间外的第三间房间。如果还想移动，就必须进入第三间房间，再出来时，移动范围就会被重置为这间房间外的三间房间。甲板视作一整间房间。

"对啦，我们毕竟是赌场，所以也是可以兑换筹码的。"红衣人拿出一枚红色筹码，上面有时钟的标记，"一枚筹码能够引发一次'完全随机事件'。"

根本没有必要对"完全随机事件"进行解释，因为它真的就是完全随机。

也许会把N间怪物房变成正常，也许把N间普通房间变成怪物房，也许全部的房间都会发生异变……

这是一个不可控的因素。

"换筹码可以用器官交换，因为只能换一次，所以指定是两眼中的一只眼睛。那么，最终赌局开始。"

两人路线相同，都走向游轮的中心。布局图上，游轮分为三层，他们都在第二层中间的客房等待第一个五分钟的到来。

每间房间都有时钟用来看时间。当时间到了五分钟后，黎结问身边的NPC："这里是否安全？"

那是两位穿着晚礼服的贵妇，端庄地靠在窗口。当她们听见这个问题时，轻轻点了点头。

这间客房的NPC不会变成怪物。

五分钟后，安静的游轮里响起了清脆的银铃声。两人走出各自身处的房间，他们相距四间房。

接下来的五分钟有许多要做的事。第一，要尽可能确定附近有多少房间变成了怪物房，找到怪物房稀少的区域；第二，至少要找到两片怪物房稀少的区域，用来确定下一局转移的路线。

附近两个房间都不是怪物房，当打开第三间房门时，里面的灯是暗的。

黑暗中，两个诡异的黑影占据了室内，绿色的双眼静静注视着黎结。

黎结不动声色，关上房门。

齐书别向另一侧走去，统计安全区。他去甲板看过，那里已经变成了怪物房，几十个高瘦的巨大黑影在甲板游荡，仿佛百鬼夜行。

正当他想在楼梯上转身回去时，背后无声无息地站着黎结的身影。

"嗨。"黎结对他笑了笑。

下一秒，黎结将他向后推去——甲板的舱门还未关上，齐书别倒向后方，重重跌在甲板上。瞬间，所有的黑影如嗅到血的鲨鱼，同时转向齐书别。

"原来可以这样玩！"黎结笑着，抓住他的双腿，防止他逃脱，"不知道它们是慢慢把你吃掉，还是直接把你拖走？"

"滚！"

人在绝境时的挣扎具有很强的爆发力，齐书别用力蹬开了他。黎结摔下楼梯，齐书别从他身边跑过，向下回到二层。

还有三分钟时，他们都确定了各自的房间。随着时间截止，又有一半的房间成为怪物房。

齐书别在自己的布局图上做下记号。因为每次都会有一半房间变成怪物房，他们的可活动区域已经被局限在三层左侧和二层右侧了。

并且，因为每次移动的距离是有限制的，如果旁边的三间房间都是怪物房，就成了周围没有空隙的跳棋，只能被困在棋盘中。

最多还能进行两回合。齐书别做了粗略计算。

三层左侧，是齐书别现在的所处地，他推测黎结会待在二层右侧，接下来又是纯粹的运气博弈。

"……我必须要回去，"三层大多都是工房。他在热水间蜷缩着，喃喃自语，"不能让学长一个人……我必须要回去……"

又是"叮"的一声轻响，这局结束了。

齐书别查看附近的房间，第三层也沦陷为了怪物乐园，他只能选择往左侧第二间房走，再往外是连续的三间怪物房，无法通过。

五分钟后，他问NPC："这里是安全的吗？"

这一次，NPC摇了头。

齐书别只能转移到左侧第二间垃圾处理室。窗边的焚化炉里火光黯淡，一名形容枯槁的老水手蹲在旁边。

"这里是安全的吗？"他问。老水手点头。

就在这里吧。

根据随机分布，黎结那边也好不到哪里去。这回合安全，下回合只要这里还是安全的，他的胜算就大于百分之八十。

"你们真的不会对其他话题有反应吗？"他伸出手，手指轻轻刮过老人黝黑的皱纹，再抚摸着他的喉结。汗水、疤痕、皱纹，甚至是爬过衣领的小虫……这些 NPC 那么真实，让他有些难立起来。

"好想学长啊……"他依偎着老人蜷缩下来，"想学长做的消夜……喂，你有家人吗？"

老水手像一具会呼吸的雕像，没有回应，只有火光在他眼中闪动。

铃声响起，又是一局结束。

9

"我都不记得爸爸妈妈长什么样了，是学长的爸妈把我带大的。后来只有我和他了。"齐书别喃喃道，"我们一起上学，一起工作，破案子，去大卖场买打折的牛肉……我一直都被照顾着……可我这么大了，想告诉他我已经不是小孩子了！我可是凭自己创造了一条完整的流水线啊，菲律宾、泰国、缅甸、老挝，一直到云南，从种植到运输都那么完美！"

火焰在锅炉中"噼啪"作响，成为唯一的回应。

"……我杀了好多人啊。明明不是很想杀的，但最后都迫不得已。告密的卧底、背叛的助手、想黑吃黑的收购人……还有几个目击者……"他紧紧捂住头，拽着头发，"最后是学长。我把他推下去……可他好凶！他第一次对我说话那么凶！"

突然，舷窗发出了闷响。齐书别猛地回头，不可思议的画面出现了——黎结在窗外，用一盏煤油灯烫着玻璃。

那人是抓着一条绳子，从上面荡下来的。游轮的舷窗玻璃是抗高压的，但是在高温之下，抗压能力会减弱，最后达到用硬物用力砸就会破碎的程度。

黎结把左手缠在绳子上，丢开油灯，拿出放在口袋里的铁质摆件，砸开了舷窗。

"你可真是个人渣啊。"破碎的玻璃沾着他手上的血，血滴甚至溅到脸上——黎结露出一个带血的微笑，"真棒。"

齐书别愕然退后——本局还有九分钟，距离确认这间房间是否安全还有四分钟。

两人在同一间房间会被视为一起淘汰，齐书别没有浪费一秒钟，扑向黎结，想阻止他进入处理室，但沉重的铁摆件重重砸在他头上，他跌坐在地。齐书别又低吼一声，抓起处理室用来铲煤块的铲子，狠狠甩向黎结。

然而黎结已经从窗户进入室内。

将他赶出去？

两个健全的成年男子，在战斗力持平的情况下，胜败是很难推测的。还有四分钟就到了揭晓这里是否还安全的时间——他不能冒险。

齐书别的反应极快，他脱下外套冲向破碎的圆形舷窗，不顾碎玻璃刺破身体，抓住了飘荡在窗外的绳子。

他至少暂时摆脱了黎结。

齐书别抬起头，他惊讶地发现，绳子的尽头并不是在二层的舷窗，而是来自一层的甲板。

甲板已经是怪物房了，那人怎么来去自如的？！

没有时间犹豫了。

黎结移动的方式是纵向的。他们每次移动的范围是"三间房"，不仅是水平移动，也可以是纵向移动。

二楼没有窗子破碎，齐书别只能攀爬到甲板上。成为怪物房的甲板到处游荡着黑色的怪物，当它们注意到齐书别的出现时，立刻朝着他聚拢过来。

五分钟到了！

他没有退路，只能从它们的包围间隙中冲向楼梯。黑影的速度却比他预想得慢，和成年人全力奔跑的速度差不多，并不是瞬间扑杀。

原来如此。

只要胆子够大、速度够快，是可以在怪物房中存活的，另外还有一个前提——怪物房的面积足够宽敞。

齐书别平安抵达二楼。他找到了黎结过来的二层客房，距离甲板三间房。但那间也即将变成怪物房。

难怪那家伙要鸠占鹊巢，冒险下到三层去找安全房。但说不定齐书别之前待的垃圾处理室也即将成为怪物房……

二层无法移动了，只有两间即将变成怪物房的客房。怎么办？再回到三层和他抢地盘吗？

走廊的挂钟显示还有两分半。

齐书别冲回怪物遍地的甲板，冲向系着绳子的地方。他掏出刚才在餐厅拿的牛排刀，开始切割那条绳子。绳子是甲板上的缆绳，根本无法切断。

他看见了下方的黎结——黎结抓着缆绳荡在游轮外，苦笑着看他。齐书别的计划很明显，他想防止黎结上甲板。

甲板虽然是怪物房，却是唯一有机会存活的怪物房，他们能够靠速度和怪物周旋。

眼看朝他冲来的黑影越来越多，他只能放弃，退回楼梯。黎结爬上甲板，立刻也被黑影盯上，他冲向了甲板的另一头。

还剩一分钟。

齐书别再次进入甲板。此时，所有的怪物都追赶着黎结。

"那就一起死。"他咬牙切齿，"谁都别回去。"

黎结转头对他笑了。他冲向甲板的另一侧，却并没有在边缘停下，而是直接翻过围栏坠下，像跳海自杀一样；齐书别与那些黑影周旋，还剩一分钟，无论如何，他们俩都死定了。范围里没有安全房，要么在房间以外的地方被直接判定出局，要么两人同处甲板一起出局，要么第一个人先坚持不住被黑影吞食。

齐书别冲向黎结坠海那侧的护栏。黑影追逐着他，还有最后的三十秒。

然而，他在那儿，又见到了一条绳索。绳索垂下，通向游轮另一侧的下层。

黎结用外套裹着绳索飞速下滑，跳进事先打破玻璃的二层舷窗。这里还不是怪物房，但当他和 NPC 确认是否安全时，NPC 摇了头。

甲板上的齐书别不知道，他以为那是黎结的安全房。但其实那里是不是安全房，黎结一开始也无从知晓，他是在新局开始五分钟前去垃圾处理室找齐书别的。

只是，齐书别绝望了，他放弃了挣扎。

在二层的黎结听见甲板传来了惨叫声。

他不确定齐书别多久会死。

还有十秒。

"要求交换筹码。"他做出这个选择，"用我的一只眼睛，交换筹码。"

一枚红色的筹码出现在手中。同时，美丽的 NPC 肌肤撕裂，露出了獠牙。

"使用筹码。"

随机事件筹码被使用。此次的随机事件是……

重置船内所有的房间为安全房。

已经开始异变的 NPC 骤然恢复成美丽的少女，对他甜甜微笑着。

"这里安全吗？"还有五秒。

她点了点头。

甲板上，已经被撕下双腿的齐书别苟延残喘。

刚才，所有黑影突然消失，变成了游客和水手。一个水手用拖把擦洗甲板，经过他身旁，拖把延伸出一条血痕。但是在这里，受再重的伤都不会死，所以他还有余力问："这里安全吗？"

水手还没来得及回答，五秒过去，铃声响起。

甲板上所有人同时肢体撕裂，露出了獠牙。

### 尾声

赌局结束了。

黎结对着镜子看着自己的右眼。他没有感觉出任何异样。

"我不是挖走你的眼球，只是拿走了它的功能。"红衣人出现了，他又换了身衣服，还染了头发、换了发型，和 21 世纪的青年没有差异，"回去后才会体现出来。你失去了一半的视力。"

"这样啊。"

他的脸上还有微微的潮红，那是因为兴奋而产生的余韵。当被问到还想不想预约参加时，黎结毫不犹豫地选了同意。

"不过，这次的记忆就不存放在你这儿了。"他没把银怀表给对方，"而且，我还想和你交换一点儿东西。"

他用自己的左眼，交换了选择赌徒的权力。

"你还想要齐书别继续参赛吧？"

"嗯，他太棒了。"

黎结查看了过去的时间线，知道了关于齐书别的一切——这是个迷人的动物，他不择手段、肮脏、自私，却又和孩子一样敏感而脆弱。

"我想修改一些关于他的事。"他笑着打了个响指，"这次，让他最重要的学长背叛他怎么样？"

《钟摆赌约》前传《钟摆赌约·罗生门》

完

## 门主被吃了

### 1

我们的门主被吃了。

我是这个门派的大弟子，门主也就是我师父。有天早晨我去向师父请安，见到一只怪物躺在她床上。发现我进来了，怪物立刻变回了师父的样子。

怪物："你什么都没看到吧？"

我："我师父呢？"

怪物："被我……吃……吃掉了。"

我们这个门派，是江湖上最不起眼的杂鱼门派，全派就四个人，每天都在倒闭退市的边缘徘徊。

现在门主被怪物吃掉了，要不就地散伙吧？

我说我去通知两个师弟，让他们收拾东西各回各家。

这家伙叫住了我。

"怎么？撞破了就想跑？"

### 2

那天小师弟正在泉水边凝神定气，就听见师父惨叫一声，抱着头从卧室里衣衫不整地冲出来，我慢悠悠跟在后面。

小师弟难掩激动："大师兄，这多不好意思，我才十四岁，见不得这场面……"

小师弟别的都挺好的，就是脑补能力强得让人害怕。

我没有理小师弟，跟着那怪物进了旁边的林子，这家伙缩在山石底下瑟瑟发抖："别打我！"

虽然它现在是师父的样子，我也毫不怜惜，踢了它一脚："刚才不是还要杀我灭口吗？吓成这样干什么？把衣服穿好，装成师父的样子，出去教他们练功。"

"师父"："我哪知道你也不是人啊！"

吃掉师父的这个怪物是一只傻乎乎的虎妖，至于我，我不吃人，只是化为人形加入了这个江湖小门派而已。

要说为什么，也就是动了凡心。有的仙灵动凡心是为了爱情，有的动了凡心纯粹只是为了进江湖爽一把。怎么样，不行吗？

我本来想自己开山立派当个江湖霸主的，结果实践起来远远要比想象困难，于是就退而求其次想加个武林第一的门派或者名震天下的魔教，结果现在的大门派挤破头都进不去，必须要走后门托关系送介绍费……

最后我只能进了这个刚创立的小门派。门主自己才三十岁，原来是武林盟的香主，出来自立门户，一个徒弟都收不到。

有了我之后，又有个逃家的富家子来这儿，成了二师弟；再收养了一个孤儿，也就是那个脑补能力过人的小师弟。

说是四个江湖人，其实我们每天都在为钱发愁。现在好了，师父都被老虎吃了，这个门派里人类占比只有 50% 了，更没有江湖门派的样子了。

我说："要么你继续装门主，要么我就干掉你。再说你借了高利贷逃了，这个门派也解散了算了。"

"师父"哭哭啼啼穿好了衣服，去喊其他徒弟练功。

我的二师弟，是一个逃家的富二代。

因为是逃家，所以身无分文。没钱的富二代，就好像法力槽空

空的魔法师一样没有人喜爱，而且这人实在矫情，白天从不出门，昼伏夜出，说是为了防晒美白。

自从捡到了他，我就开始留心有没有寻人启事，好送他回家领一笔赏钱，解决门派内的温饱问题。盯了两年了，啥线索都没找到，我怀疑他家是不是也受不了他，把他扫地出门了。

总之，我的目标就是搞清他从哪里来的，再把人送回去。我们江湖门派不养闲人。

虎妖太傻了，演不好师父。小师弟很快就察觉到不对劲："师父你别伤心了，大师兄不是那种人。"

"师父"："哪种人？"

小师弟："始乱终弃的人。"

鬼知道他脑补了什么。

下午武林盟的人来讨债。师父自立山门，盖屋子的钱还是问武林盟借的。盟里派人来催了好多次了，要是再还不出，可能会让师父卖身还债。

使者笑眯眯地问："你准备好了吗，是还钱还是卖身？"

"师父"："没准备好……"

顺带一提，师父——真正的师父，不是这只虎妖——也算是曾经有点背景的女人。她和武林盟主是发小儿。按理说以后要么领大女主的剧本要么领盟主夫人的剧本，怎么想都该飞黄腾达，结果不知道怎么得罪了盟主，就一直在鸟不拉屎的地方当个香主。

武林盟的使者笑得很讨打："羽姑娘看起来有觉悟了，那就随我走吧。"

"师父"："走？去哪？"

使者："把你对半劈的肉铺。"

我怀疑这个使者可能也误会了盟主的意思，真的打算把"师父"论斤卖了。

不管怎么样，我们好歹是个江湖门派，门主被送去肉铺砍了也太没面子了。

于是我插手了："钱我们会想办法还，今年年末，最少一定会还上五成。"

使者："这套说辞之前已经用了几遍了，你记得吗？"

我："不记得。"

"师父"："不记得。"

小师弟："用了七十五……唔唔——"

我捂着这孩子的嘴，把他塞到桌子下面。

4

晚上我去找二师弟。

太阳下山了，这家伙醒了，摇摇晃晃地出来对月吟诗。我拉住他："二师弟，麻烦你给家里写封信，换点生活费。"

二师弟："回首已是月中影，故乡老树不识君……"

我："问你家要五百两银子赎你，否则我就撕票了。"

二师弟幽幽叹气："师兄啊……"

这家伙话还没说完，头就被我按进了池塘里。在一阵挣扎之后，二师弟抱着头缩到一边。

二师弟："师兄你今天为何如此粗鲁？！"

"师父"就要被抓去卖身了，我没心情和他一起念酸诗："你到底是不是真的富二代？你家就不能寄点钱过来帮我们一把吗！"

二师弟："我已经为了梦想和我家断绝关系了，不会为了五斗米回去要他们的臭钱。"

过了几天，使者又来了："不好意思，我们盟主不答应。要么给钱，要么给人。"

我："没其他办法了？我们也可以替你们打工办事啊。要说战斗力，别看我们门派小，但是浓缩就是精华，很能打的。"

使者眯着眼看了一圈。

一个哭唧唧的"师父"，一个看起来仙风道骨的大弟子，一个脑子里不知道在想什么的小师弟，至于二师弟，压根没出现过。

使者："那要不这样，你们替我们武林盟去灭了魔教，债务就一笔勾销了。"

我考虑了一下："我看你还是把我师父带去卖身吧。"

不是我无情无义。虎妖的战斗力本来也就比江湖人强一点儿；

我则有仙规束缚，不可杀害凡人；小师弟能好好活到成年就不错了；二师弟……就当他不存在吧。

这个组合去灭魔教，成功的可能性比裸考高数及格还要低。

不过使者降低了任务要求："最近我们得到消息，其实魔教教主早已离开了魔教本部，去外界执行机密任务。你们只要能抓住他，就可以抵债了。"

这个行。

我说："那你给我们任务指引，去哪片地图找人？有坐标吗？有教主的照片吗？

"啊？都没有？还是让师父去卖身吧。"

5

魔教教主，真名不详，性别不详，师承不详，外貌性格统统不详。

唯一的特征就是背后有五颗朱砂痣。

目标最后出现的地方是姑苏。我们打算四个人一起出动去找。

小师弟："大师兄，但是二师兄怎么办？你是不是打算先把他卖了换点盘缠？"

我怜爱地摸摸他的头，真是个贴心的孩子啊："放心吧小师弟，只要大师兄还有一口气，就不会把你们卖了。"

我想了个办法，弄来一口棺材，白天赶路就让二师弟躺在里面，晚上就放他出来活动。

"师父"负责拖棺材。她想抗议，但是我告诉她，要是拒绝，我就以食人的名义直接把她就地五雷轰顶了。

过了几天，我们一行人风风火火地上路了。我制定了完美的身份隐蔽计划——这是一家三口在送父亲的尸首回乡。

不愧是我活了几百年的智商，完美，太完美了。

有一天，我们在客栈投宿，深更半夜，衙役突然冲进我们屋查人。

店小二跟在后面："两位官爷，就是这鬼鬼祟祟的三个人！肯定是走私贩子，哪有儿子会把老爹的棺材直接放马厩里的！"

我们只好带上二师弟的棺材落荒而逃。

这样走了半个月，教主的毛都没见到一根，盘缠却快花光了。我实在没办法，只好让小师弟暂时照顾一下师父和二师弟，自己去想法子。

出了城，到了没人的地方，我化为原形去了南海，找我三哥借点钱。

四兄弟里，三哥相对比较好说话，不像其他两个，问他们要点钱和扒了他们的皮一样。三哥还是老样子，在自己的宫殿里清修。见我去了，忍不住叹了口气："润儿啊，你年纪也不小了，快五百岁了，该收收心回北海了。"

"我不要。现在不要和我谈感情，我只想要点钱。"

从三哥那儿拿了钱，我再屁颠屁颠赶回去。回去的时候差不多是天亮，正看见二师弟慢悠悠爬进他的棺材里。

我一把抓住棺材盖子："你干啥呢？我从兄弟那儿借到钱了，今天可以吃肉了。"

二师弟慌了，太阳照到他，他身上开始冒起白烟。

哦，搞了半天原来你也不是人。

6

在室内，二师弟和我们坦白了身份。

二师弟："我打西边来的……就是……西域城堡里……"

反正就是在城堡里待得太闷了，所以跑出来浪一圈吧。大家想。

二师弟："不是，是逃婚。"

居然有人肯嫁给他，是何等深明大义自我牺牲的吸血姑娘啊。大家想。

二师弟："不是吸血姑娘……"

哦，理解了。行吧。

二师弟："是狼人大妈。"

大家散了，把他装回了棺材里。

我买了点牛肉和肉包子把小师弟喂饱了。看他狼吞虎咽的样子，我挺心疼的："慢点吃，想吃多少都有。"

小师弟吃着吃着哭了出来："大师兄你别那么辛苦去借钱了，咱们把二师兄卖了，可以买多少车肉包子啊。"

这孩子谁养的，那么贴心。

我们就这样拖拖拉拉到了姑苏。其间，我和"师父"抓了几个魔教的人想问线索，结果这群人自己也不知道自家教主长啥样。有说是男的，有说是女的，有说教主闭月羞花，也有说教主是个胖子的。

问了半天越问越糊涂。"师父"叹了口气："要不我还是变成老虎归隐山林吧，还能当个百兽之王。"

我："你敢？"

"师父"哭着摇头："小的不敢。"

不过这些人也提供了一些线索："教主失踪前，说自己查到了武林盟主的弱点……好像是个人，叫羽什么……羽姑娘的……"

羽姑娘，听起来挺耳熟的。

我想了几秒，突然扭头瞪着"师父"。"师父"一脸蒙："啊？"

我："你就是羽姑娘。"

"师父"："原来我叫羽姑娘？"

魔教教主从江湖情报贩子那儿买了很多武林盟主的资料，查到他有个青梅竹马，叫羽缥缈，人称羽姑娘。

他再查了查，羽姑娘已经不在武林盟了，这意味着她身边没有保护，也就意味着，如果他抓了羽姑娘，就等于抓到了武林盟主的弱点……

我也不知道他是问哪个情报贩子买的情报，师父八百年前就和武林盟主闹翻了，这么重要的事，居然都没同步更新进情报网，业务能力实在堪忧。

"师父"："所以他失踪前应该是想来抓我的？"

虎妖的智商难得上线。

"但是很显然没抓到，或者没找到我们。"我思索，按理来说魔教教主亲自出马，怎么着都该找得到吧？

"师父"："也可能我们住太偏了。"

我："嗯，可能。"

我们门派在山沟沟里，就算是自己人下山买东西，天色暗了都不一定找得到回去的路。魔教教主很可能也在山沟沟里绕了半天，最后遇到了什么狮子老虎之类的，惨遭不测……

就在这时，"师父"突然叫了一声，把我吓了一跳。

"师父"："我想起来了！我还没变成羽姑娘之前，在山里修炼，饿到不行。有天晚上，我看见一个人经过我的巢穴！"

晚上会没事出去溜达的只有二师弟，但"师父"很确定不是，是个她没见过的人，穿着素白的衣服，特别仙气，看不清男女。

我怔了一下，然后掐住她的脖子猛摇："你把他吃了？！"

"师父"："咳咳咳，没有。咳咳咳，我想吃但是他用轻功跑了——"

我松了口气。

"师父"："但我怀疑他被老袁吃了。"

我："谁？"

"师父"："山里的另一个大妖怪，也是逮谁吃谁。要是魔教教主从此失踪，很可能就是在山里遇到了老袁。"

我瞪了她一眼，化为原形往回跑。现在只能指望那个叫老袁的大妖没吃了教主，或者还留了点尸骨啥的能验明正身。

7

我独自回了门派旁的山林，循着妖气找到了老袁。

这不难找，只是我从来没兴趣找。对于我们来说，妖怪、人类、飞禽走兽没有本质上的区别。

老袁的洞穴在山北，很隐蔽。他也感觉到什么玩意儿出现在自家门口了，板着脸跑出来。

这是只巨猿怪。

我："和你打听件事，你记得曾经有个晚上一个白衣服的人经过吗？"

老袁："记得。"

我："你吃了他没有？"

老袁："吃了。"

我："……"

我："还有剩不？"

老袁瞪着我，瞪了很久，久到我都怀疑他会不会胆大包天来袭击我，结果他脸红了："我告诉你，你别说出去。"

我心里有不好的预感："难道你和他……"

老袁脸更红了，连连摆手"不不不，都这把年纪了哪还能想那个，我和他又不熟，这样多不好，不好。"

我："不是，我是说难道你和他打了一场，结果被他跑了？"

我猜对了。老袁和那个白衣人打了一场，结果被对方跑了。这对于大妖来说是奇耻大辱——连个人类都干不掉，说出去很丢人的。

老袁："他跑了，不过也受伤了。"

我："那你记得他长啥样吗？"

老袁："记得，男的，三十岁上下，挺好看的。"

我趁着夜色赶回姑苏。二师弟正在对月吟诗，我从天而降，他吓得跳进棺材里。

我把大家都叫起来："情况不好，我刚才查了一圈，线索又断了。只知道魔教教主三十岁上下，男，长得好看。"

"师父"目瞪口呆："能从老袁手里逃脱，该多强啊。"

我："差不多是人类极限的那种强吧。"

小师弟："大师兄，我之前看一本演义小说，里面也有个强到不像人的魔教教主，又男又女，不男不女……"

我摸了摸他的头顶："先别说了，可能会侵权的。"

可这事儿从逻辑上讲不通啊。

按理来说，魔教教主重伤逃离了，那应该立刻回魔教吧？可他没有，为啥？难道魔教讲究弱肉强食，他重伤回去，可能手下会反水，趁机干掉他篡位？但伤重了也能养好啊，这都失踪快两年了，怎么还没回去？

大家一起想了半天都想不通。

这时，客栈外面传来喧哗声——有个俊美的蓝衣侠士器宇轩昂地走了进来，直直朝着我们过来了。他身边跟着许多人，都恭恭敬敬喊他：张盟主。

8

这位便是我师父——原来的师父——的青梅竹马，武林盟主张公子。

说不心虚是不可能的。毕竟师父现在已经不是师父了，是一只傻乎乎的虎妖。我在想张公子几秒钟会看穿，十秒？五秒？

武林盟主站在我们面前，盯着"师父"。"师父"也傻乎乎地盯着他。就这样互相看了快两分钟，师父先心虚了："你……你谁……"

张公子一怔，然后冷笑："好，好，看来你真的想和我恩断义绝，直接装作陌路人了！"

我立马冲过去插话："师父，这可是你从小穿一条裤……不，裙子的兄弟，武林盟主张公子啊！就算为了钱的事儿闹不开心，你也不该装作不认识人家啊！"

小师弟点头："人家还想要你的身子呢，师父。"

这孩子！

我捂着小师弟的嘴，把他塞进二师弟的棺材里。

张公子很在意那口棺材，没人会不在意的："这谁的棺材？"

"师父"正要解释，张公子抬手："算了，不用说了。你肯定说这是给你自己准备的，行，羽缥缈，你一心寻死就去死吧，我也无所谓了。"

"师父"："不是，这个是……"

张公子："但你给我记住，你欠我的钱还没还清，你不许死。"

"师父"："但其实我已经……"

张公子走了。

小师弟从棺材里爬出来，已经脑补了两百万字的剧情了："师父，你好刚啊！"

"师父"痛哭："他催我还钱！"

我拍拍她的背："行了别哭了，我觉得钱根本不是重点，找没找到魔教教主也不是重点，咱们要不要直接和盟主谈谈？"

"师父"："人都走了！"

没啊。虽然张公子刚才转身就走，其实走的速度慢到令人发指，现在都没出客栈的门。

小师弟："师父，我觉得他在等你追上去。"

"师父"："哦。"

"师父"傻乎乎地追上去："盟主。"

张公子顿时两眼放光，回头道："怎么样？想道歉？不管你说什么我都不会听的。"

"师父"："哦。"

"师父"傻乎乎地回来了："他说他不听。"

我想哭。

## 9

最后是我去把盟主留住的。我说您别生气，师父她前些天大病一场，脑子有点不清醒。

张公子："缥缈病了？什么病？严不严重？"

我演技惊人，眼眶一红："重，可重了，病得迷迷糊糊的，还拉着我的手，喊你的名字……"

张公子眼眶也一红："来人啊，把这人的手剁下来——"

我："？？？"

张公子："问一下，拉的是哪只手？"

酒过三巡，盟主也不提那砍手的事儿了，拉着我的手，哭着喊羽缥缈的名字："我和缥缈从小青梅竹马，天天晚上看月亮，比亲人还亲……"

小师弟："亲过吗？"

张公子："你再问下去就不像话了知道吗。"

小师弟："对不起，我没想到你和师父曾经那么亲近，但为什么现在闹掰了？"

小师弟："因为亲过吗？"

喝了酒，大家也就敞开了说了。

原来有一年武林盟需要派人去魔教卧底，摸清魔教教主的身份，张公子本来想派别人去，但羽缥缈却主动请缨前去。考虑到应变能力和武功，她确实是最合适的。

尽管不舍得发小儿，但为了大义，张公子还是和羽缥缈演了一场闹掰的戏，好让羽缥缈被魔教接受。

人顺利混进去了，身份也顺利打探到了。但就在羽缥缈准备传信回去，说教主究竟长啥样、练啥功、豆腐脑吃甜的还是吃咸的时候，意外发生了。

羽缥缈有次出任务，受了重伤，九死一生之际，被魔教教主救了。

本来打算传回去的情报也不传了。羽缥缈觉得，教主救她一命，自己不能忘恩负义。一边是恩人一边是发小儿，情义难两全，索性假死离开魔教，隐居山林，从此不管两派争斗的事。

又因为这次重伤，她的武功也废了。否则我们山门现在还能多一张虎皮卖钱。

我猜魔教教主以为羽缥缈真的死了，后来从情报贩子那里查到这女人还没死，回过味来，准备来找这个二五仔算账。

盟主叹了口气："是我不好，其实不该让她独自走的，应该把她留在武林盟里好好保护起来……"

小师弟："亲……"

我捂住小师弟的嘴，随便找个地方把人一塞："那要不就让我们四个人一起回武林盟吧？"

这样既不用考虑还钱，又能加入大门派，一举两得啊！

可张公子摇头："羽缥缈不会愿意的。"

我："不不不他愿意的！师父！你愿意的！"

"师父"："啊？"

我："快点说'我同意加入武林盟'啊！"

"师父"："哦，我同意加……"

话没说完，突然小师弟惊叫一声——二师弟好像太久没吸血，饿极了，终于忍不住了，扑住小师弟想喝一口。

10

大家七手八脚把二师弟拉开，把他塞进棺材，再往里面丢了两只老鼠一只鸡。棺材里响起了令人安心的"咕咚咕咚"声。

小师弟看着被撕得破破烂烂的衣服，特别委屈。

我替他拿了件新衣服："好了，换上，别乱脑补了，他就是饿了。"

但我发现在场所有人都在直勾勾地看着小师弟。我吓得用衣服包住他："看什么看！"

张公子："那个……"

我："别找借口，看你的羽缥缈去！"

张公子："不是，那个，他的背……"

我："看背也不行！"

张公子："他背上有五颗朱砂痣……"

所有人都点了点头。

我把小师弟翻过来，少年的背脊上真的有五颗朱砂痣。

我："那又怎么样？我小师弟今年才十……你十几岁？"

小师弟是我们在路上捡的乞儿，看样子才十四五岁。

小师弟："五十七。"

我："什么？"

小师弟："我五十七岁。"

所有人都盯着他，他只好承认："嗯，我就是魔教教主。"

魔教教主练的功法，叫梅花开。

攻可杀人，守可苟命。练到最高境界，背后会有五颗朱砂痣，就像梅花花瓣。

只要有了五颗朱砂痣，就算受了极重的伤，也可以满血复活，但是容貌会完全变成另一个人，记忆也会消失。每次复活后，朱砂痣都会消失，然后随着时间推移重新出现，等五颗全都恢复，记忆也会恢复。

小师弟也不是故意想骗我们的。

他被老袁重伤了，情急之下耗费了所有梅花开的功法保住性命，容貌也因此变成了现在的样子。

全场静了静，紧接着武林盟顿时剑拔弩张："除恶务尽！"

我把小师弟护在身后："谁敢动我师弟！"

小师弟感动："大师兄谢谢你，抱歉占用你一点儿时间，你愿意听一下我们魔教的教义和理念吗？"

一边是武林盟几十个人，另一边是我们四个。我护着师弟，"师父"化为猛虎，还有一只蝙蝠叽叽喳喳从棺材里飞出来。

小师弟："原来师父也不是人啊！就我和大师兄是人了……"

我："不好意思，我也不是。"

小师弟："啊？那你为什么不化为原形？大师兄你这样没排场。"

我化为原形这里装不下啊！

张公子本来还碍着羽缥缈在场不敢动手，一看羽缥缈居然是假的，瞬间怒上心头："杀！和这些邪魔外道讲什么江湖道义！"

对了对了台词对了！就要这种江湖感觉！

我一激动，没控制住，额头"吧唧"一声出来了一根龙角。小师弟很贴心地替我遮住，然后按了回去："行了，我知道你是什么了，这里装不下的。"

小师弟："但我觉得咱这门派都现原形了，以后也混不了江湖了啊。"

好像是哦。

大家突然反应过来。

武林盟不愧是武林盟，面对面前四个……不，三个妖魔鬼怪，还能保持气势汹汹。张公子眼眶红着："羽缥缈呢？我发小儿去哪儿了？！"

"师父"傻乎乎低着头认错："我吃掉了……"

别啊！火上浇油啊！

下一秒，武林盟的侠士们齐刷刷扑向我们。

不能杀也不想打，只能逃了！我把三个人揪到背后："抓紧了！"

深夜姑苏现龙影，一条白龙从客栈里冲天而起。

11

我的江湖生活体验也到此为止了。

当众现了原形，近一百年内是不可能再去人间了。我把大家在北海边放下："就送到这儿了，以后有缘再见吧。"

虎妖继续傻乎乎地回山林里修炼，吸血鬼往东边飞，继续躲家里的催婚。

海边就留下我和小师弟了。

"你不走吗？"我问他。

小师弟耸耸肩："我当教主也当腻了。你准备去哪儿？"

　　我："回北海龙宫。这次现了原形，估计要被三个哥哥关一百年禁闭。"

　　小师弟看着我："三个……监禁……"

　　我怀疑他又在脑补什么可怕的东西。

　　过了一会儿，他踮起脚摸了摸我的龙角："大师兄，我能和你走吗？"

　　我："你不混江湖了？"

　　小师弟："江湖混烦了，想跟着你闹海。"

完

## 勇者离开后的世界

### 0

存档 1 莱米高地 时间：2015/3/2 10:03

存档 2 仙德纳皇族城堡遗迹 时间：2015/3/5 21:18

……

存档（自动） 终末屠魔战场 时间：2017/9/20 00:31

存档（自动） 终末屠魔战场 时间：2017/9/20 00:31

存档（自动） 终末屠魔战场 时间：2017/9/20 00:31

……

卡留息多坐在悬崖上看着远方，他终于确定了一件事。

勇者离开了这个世界。

### 1

贺昼是出地铁准备进公司的时候被人拦住的。

拦路的是个 COSER，COS 的是一款游戏里面蛮族首领的形象。不得不说，服化道太棒了，简直百分百还原。

如果她还处在大学时沉迷那款游戏的疯狂状态，恐怕会尖叫着扑上去求合影、交换微博。是叫《勇者异世界》吧？名字虽然老土，但当时风靡全球。

可自己毕竟已经工作了，穿着通勤的西装制服，踩着黑色中跟鞋，成了别人眼里的"社会人"。再对着 COSER 失态，要是被同事看见了……

贺昼对他友好地笑笑，绕开他，去上班了。刚刚走到刷工牌的入口，就听见保安大喊："给我把那个……那个野人拦住！"

"女的是市场部的小贺吧？"

"感情纠纷？"

"看起来像外国人，我第一次看到真的古铜色皮肤啊……这汉子该有一米九了吧？"

"看五官好帅啊！但为啥穿成这样？贺昼去原始丛林相亲了？"

"估计是 COSPLAY，就是那种疯魔的粉丝……"

"他那肌肉是怎么练出来的？那是腰刀吧，能带上地铁？"

……

在公司的出入口，贺昼近乎崩溃。这个 COS 蛮族首领的男人拦住她，叽里呱啦讲了一堆，当她想绕开他刷卡进去时，自己居然被拦腰抱起——游戏里的蛮族首领就是这样的设定，主角和他成为挚友后，一见面他就会仗着身高优势，把主角拦腰抱起，举起来转一个圈。

"放手！我叫警察了！"

"#￥……￥%……&@￥%￥@……"

"别给我装外宾！保安，报警！"

这人 COS 得也太像了吧？！就连蛮族会说主角听不懂的语言这一点都模仿出来了？

所幸对方没想伤害她，只是防止她走远。

主角最后是怎么听懂蛮族话的？哦对，是去远古深山的山顶找到一块石碑，解读之后就懂得了蛮族的文字语言……

不对！现在不是想这个的时候！

保安和几个男同事想一拥而上将汉子拉开；汉子皱着眉头，像巨兽看着围着自己打转的羔羊，一手一个把那些人提起来，往远处随便一扔。人们惊慌失措，直到警察冲过来：“警察！不许动！”

最后，这位“首领”被电击器打昏，然后被警察带走了。

这件事还上了新闻，在老玩家中引起了轰动——蛮族首领，卡留息多·波格，《勇者异世界》里面人气最高的NPC之一，当主角旅行到城堡遗迹外的草原时就会与波格部落相遇，被当成奴隶，绑去见首领。

褐色皮肤，黑色长发，高大健美，身上用植物染料画着原始图腾。用粉丝的话来说，那种野性的气息几乎可以让人闻到阳光落在牧草上的味道。

主角最后会通过波格部落的勇者试炼，得到卡留息多的认可，与这位不善言辞又重情重义的首领成为挚友。而根据选项的不同，卡留息多会有两个结局。

贺昼看着书架深处的游戏设定集，她当时也和大部分玩家一样，疯狂地喜欢这个角色，每次进游戏都要去刷首领的好感度，然后在被他拦腰抱起转圈圈的时候兴奋尖叫。

尖叫声旋即响起。

2

卡留息多坐在浴缸里，神色肃穆：“……￥￥#*@&！@……”

贺昼走出浴室关上门，恹恹地拿手机报警。浴缸里的人站起来，努力想让她听懂自己的话。

这时，伴随着玻璃破碎声，浴室门上的磨砂玻璃被敲得粉碎，破洞中间伸出一只肌肉结实的手，递了个吊坠给她。

粗糙的皮绳上系着块蓝色圆形石头。贺昼翻了个白眼——真的是狂热粉丝啊，连这个道具都做出来了。

游戏中，当主角与首领的好感度达到挚友级别，可以选择送一个吊坠给卡留息多，并且在吊坠上刻一句话，内容完全自由。

所以玩家们五花八门写啥的都有。她当时输入的那句话是……

“卡王我要给你生孩子！”

蓝色吊坠在眼前微微摇晃，这句话在石头上明明白白，方正黑体。

为什么？

贺昼的脑子空白了，放空的速度比脸红的反应来得更快。在她回神前，手就自己去接过了石头吊坠……

"挚友！"

完全听不懂的叽里呱啦，在下一秒就变成了中文。

干。

她猛地想起，主角送首领的石头吊坠是怎么来的。

——是从那块拥有语言转换魔法的石碑上凿下来的。

卡留息多是为了寻找自己的挚友——拯救了世界的勇者，所以才来到这个地方的。

他和部落的长老与族人讨论了最近附近的怪异现象，决定出发找寻失踪多时的勇者。没人知道勇者在哪儿，有一天，他突然消失了，从此再未出现。

"魔族再度崛起了，大陆上空处处弥漫着魔王云，"他神色凝重，帅气逼人，达到了"完全不知道自己有多帅"的境界，"于是我作为首领，登上了雄鹰也难以逾越的雪山峰顶，向象征智慧与友情的雪山女神祈祷，希望她降下神谕，指明你的行踪。"

"……"

"挚友？"

"啊！没事，你说，我在听……"

真的好帅啊……贺昼忍不住捧着脸，心里小花朵朵开，完全听不进去他在讲什么。

"然后我就来到了你的面前。这是女神的指引。"

"欸？"

她呆住了。所以，这NPC是为了找到主角，于是爬到那个哪怕在游戏里也要爬半小时的雪山顶上祈祷，接着"嗖"的一声，从游戏里穿越到了现实世界？

虽然这人很帅，帅到让她心里小鹿乱撞，但她的精神还是正常的。

贺昼从抽屉里找到了《勇者异世界》的卡带——她很久没玩了，花了点时间才进入游戏。进入存档，传送，来到波格部落，按照常理，NPC 卡留息多要么在周围狩猎，要么待在族长王座那边……

可是，没有。

她原想打开游戏，给他看真正的卡留息多，让这个帅到窒息的幻想狂认清现实。

然而游戏里，原该有他的地方，此刻空空如也。

3

贺昼第二天上班的时候，顶着两个遮瑕膏都遮不掉的黑眼圈。

朋友小心翼翼地问她，是不是遇到偏执狂男友了。上次有个从原始部落来的男人在门口对她纠缠不休，全公司几乎都知道了。

"有人留意了后续，他被警察带走后，居然从警车上跳了下去……大家都担心他会不会去找你。"

昨晚她教育了这位首领一夜，自己上班的时候要乖乖待在家里，不许出门。

应该没问题吧？

她一边处理今天的报表，一边回想卡留息多说的话——她不玩游戏之后，等于说勇者从异世界消失了。与之对抗的魔族重新崛起，试图复活被主角干掉的魔王。

贺昼问他是怎么认出自己的。

——主角可是个精灵族的汉子啊。

"波格一族从不会被眼睛蒙蔽。"他说得很认真，"挚友，尽管你的容貌改变了，但是我不会认错你的气息。"

"性别也改变了。"

"改变了吗？我一直不太会分辨精灵族的性别。"

"改变了。"她的微笑渐渐无力。

贺昼告诉他，第二天她还要上班。他问上班是什么意思。

"就是替老板干活。"

"有人将挚友你当作奴隶？！"

"不，不是奴隶，就是我替他干活，他给我报酬……"

"草原众族也会给奴隶报酬。你忘了吗，你替我们搬完木材之后，我们给了你一碗鱼汤。"

"……好像本质差不多。不，我不是奴隶。"

上班就已经够悲惨了，要是再有这样的认知，恐怕挤地铁的时候都会不受控制地哭出来。

午休时，贺昼和同事去附近的服装店闲逛，她去男装店买了套便装，准备回去让卡留息多换下那身蛮族的兽皮服装。

同事很惊讶："你什么时候有男友了？莫非是那个原始部落的汉子？"

要怎么说啊，说"我曾经疯狂地想给他生一堆孩子"吗？她干笑几声。

结果，下午出事了。

因为工作交接的问题，她核算错了一张订单。老组长过来训话："你最近事很多啊？听说有男友了？我本来就不想组里招女的，一恋爱一结婚全都乱套了！贺昼你看看，你这个数据……"

话没说完，"哗啦"一声，一个人影直接撞破窗子扑了进来，一脚将组长踢飞了出去。

"挚友，你没事吧？"

她也没料到，卡留息多一路跟踪她来到了公司，一直趴在十二楼的窗外。

"立下挚友誓言的时候我对女神起誓，会成为你最坚实的盾……"

"让你说话了吗？继续反省。"

停职回家，她的太阳穴突突地跳。另一个人完全不觉得自己做错了，像一只大型犬一样坐在地上，不知道哪里出了问题。

"听好了！下周一起去医院给王组长道歉，一定要得到对方的谅解，我才可能解除停职！"她戳着汉子的胸口，手感很弹，"态度要好！"

"为什么？"

"这就是人类社会，真实世界。"她深吸一口气，"不是游戏世界——我不是勇者，不会魔法和剑术，砍了人要坐牢，乱穿马路要罚款。不能想干啥就干啥，有很多的法律法规要遵守。"

卡留息多瞪大了眼睛。

"但是你打倒过魔王……"

"那是因为我是游戏的主角！游戏，游戏你懂吗？"她将抽屉里的游戏卡带举到他面前，"你所知道的我也好，魔王也好，波格族也好，你也好——统统都是这片卡带里的数据！"

次日醒来的时候，卡留息多不见了。

也许是回游戏里去了。

贺昼看着地上的游戏主机发怔。随后她想起来自己被停职了，今天不用上班，于是打开了机子，想进游戏看看。

不在。

卡留息多没有回游戏，波格族的帐篷里没有NPC。而且，主角不见了。

本来，游戏画面里会有她控制的游戏主角，现在没有了，只有画面变化，看不见自己的人物。哪怕经过NPC身边，也不会出现互动选项。

"出BUG了吗？"皱着眉头，贺昼重新进出游戏，问题依旧。她去微博上搜了搜，其他人并没有遇到这种问题。

但也无所谓吧。反正现在重要的是工作，以后也许不会有什么机会玩这款游戏了……

她走向门口，决定去楼下咖啡厅度过上午。刚刚开门，就撞在了一个坚实的胸膛上。

阳光和牧草的气息……

——卡留息多站在门口，手里捧着一团意义不明的东西："我

给你去找了早餐，挚友。"

早餐？

好像是水果和某种肉类的混合物。

她还想仔细分析成分，就听见楼梯口传来邻居的怒吼："贺昼！你男人偷了我后院的苹果！还抓了我养的仓鼠！"

"你偷仓鼠干啥啊？"她拨弄那团东西，"这个肉是哪来的？"

"……"

"等等，这是什么肉？"

"……"

"……卡留息多？"

## 4

赔了邻居钱，再鞠躬道歉，总算是把这事摆平了。

现在该问问家里这位的事了。

"回不去？"

"嗯……"卡留息多忧愁地看着电视，"昨天什么方法都试过了，无法回去。我一直向雪山女神祈祷到早上。"

贺昼也理解了为什么电视屏幕中间有个奇怪的凹陷："我们这不流行和雪山女神祈祷，要不带你去庙里面拜拜吧？"

她确实要带他出去走走。凭感觉买的衣服尺寸太小，紧绷绷地卷在肌肉发达的身躯上，再一出汗，十分少儿不宜。

他也不习惯这种衣服："挚友，很闷，心口像是被梦魇之爪盖住了。"

你的挚友现在心口也有一万只恶魔在尖叫啊！贺昼努力装作淡定的样子，不被荷尔蒙影响。太可怕了，不愧是《勇者异世界》票选连续三年人气前三的NPC。

去商场的路上，有五个求街拍的，三个星探，六个突然瞎了往他身上撞的妹子，以及两个同样症状的汉子。

　　游戏里，有次卡留息多和玩家在星空下聊天，说起自己怎么一统草原众族："凭借女神神圣的庇护，以及波格族不畏死亡的勇士。"

　　不，凭借美貌就足够了。当时的贺昼在内心这样吐槽。

　　"挚友，为什么你离开了我们的世界？"他问，"我不喜欢这个地方。"

　　他们刚才等了第三个红灯。空气不好，没有马骑，要等红灯，马路上还有一堆奇怪的铁壳"轰轰"往来，对他来说宛如地狱。

　　"因为这里对我来说才是现实世界啊，就好像游戏世界才是你的真实世界一样。"她说，"这是没有办法改变的。"

　　好像人们年少时都有过这样的幻想：穿越到魔法世界，成为斩杀魔王的勇者。

　　但大家后来都会成为写字楼里的工作党，每天按点打卡，穿戴整齐。

　　因为工作党是不会从悬崖上坠落的，不会被魔物追杀，也不需要在空中躲避魔龙的火球。

　　贺昼看了一眼他的神色，一如既往的严肃，只有面对挚友时才会爽朗地笑。


　　卡留息多回不去，贺昼也"回"不去。既然这样，那就过几天悠闲日子也无所谓。

　　不行。他非常焦急地想让她开始调查魔族的事情。

　　"这个世界没有魔族。"不管她解释几次，他都认为每个世界都会有魔族，就好像人类觉得每个世界都会有绝症一样，"安心住几天吧，我给游戏公司写邮件问问情况。"

　　"可是……"

　　"就算有魔族，那也是警察的事情吧。我只是个普通的被停职的女白领，当务之急是要去和组长道歉。"

　　"白领是什么？"

　　"奴隶的一种雅称。"

　　她带着男人往医院走，让他抱着果篮。在得知从家到医院需要一个小时，卡留息多在路边沉默了。

"没办法啊，我家住得偏。"

"骑马去吧。"

"没有马啦……啊啊啊！"

她还没反应过来，就被卡留息多像老鹰抓小鸡一样地提起来——这家伙居然抓住路边一辆货车的车镜，直接翻身跳到车顶。

"这样就快多了，而且比马稳……啊，挚友，你为什么打我？"


接受完治安教育，贺昼垂着头走出派出所。本来约定的探病时间超过了一个小时，抵达病房时，她几乎是立刻九十度鞠躬："组长，非常对不起！"

王组长躺在病床上，还没说什么；他床边站着个皮肤白净的黑发青年，带着细边眼镜，模样文气。

是儿子吗？

贺昼正要问，旁边的卡留息多一把将她推开，直接冲向青年："魔族出现了！"

数秒后，一声惨叫，青年被打翻在地。

5


青年小王是王组长的儿子，来看望被"莫名其妙的黑恶势力"打伤的父亲，结果父亲的病床旁边添了张病床。

"轻微脑震荡。其次就是面部的击打伤，眼镜碎片的划伤……"医生柔声和贺昼解释小王的伤情，他也忌惮女人旁边站着的酷似游牧民族头目的汉子，"需要观察两天……"

"挚友，你听我解释，他真的是复活后的魔王！波格族曾受到他的袭——"

"闭嘴。"

她浑浑噩噩地离开医院，没搭理他。

"他真的是……为什么你不相信我？我们发过誓，是彼此的挚友！"

马路上行人纷纷扭头看他，贺昼忍无可忍，当众失态。

　　"这里不是大草原！你也不是蛮族首领！你只是个没有身份证的黑户，不断给我添麻烦，每天还要被拖着才去洗澡！"

　　"但是沐浴是需要雪山女神的神谕的，有神谕了才能去圣湖沐浴……"

　　"我就是雪山女神，我让你每天洗澡你就要每天去洗澡！"

　　不！重点不是洗澡！

　　为什么自己像个"结婚七年后面临夫妻危机看老公处处不顺眼"的家庭主妇一样啊！明明一开始就应该将他丢给警察，而不是因为颜值就把人带回家啊！

　　不知为什么，她委屈得眼眶红了。曾经多喜欢他啊，喜欢到幻想有一天他来到自己身边，觉得世上没有任何人比这个套马的汉子帅，哪怕自己在大学班里算是班花，追求者无数，她也没有多看别人一眼……

　　根本就是孩子的想法嘛。

　　不懂现代文明，只知道骑马砍杀，老家还在奴隶制，洗澡都要等神谕……

　　完全无法当成正常人来对待。

　　她擦干眼泪，勒令他不许跟着，她要独自回家。他是个NPC而已，穿越到这个世界，只是个没有身份的黑户，很快就会被警察带去收容吧？不管怎么样都不关她的事了。

　　游戏中那段大草原上让人激情澎湃的剧情，只是代码的呈现罢了。他的性格，他的台词，都不是"卡留息多"，是游戏公司的制作者写的，可能是个三十岁满脸痘的眼镜仔。

　　年少时的幻想，到此结束吧。

　　回归一个人的生活，有些不适应。

　　家里还挂着那件蛮族的皮草，非常霸气。洗手间里也摆着男用的洗漱套装……

　　一开始这人不肯洗澡，严肃地说没得到神谕就去沐浴是玷污圣湖。拖进浴室之后，费了好大工夫才让他坐下被洗。

　　沐浴露和洗发水也不知道怎么用，看到泡沫，还会惊讶地睁大眼睛。

可爱的时候还是蛮可爱的。

但是，不行。

她在垫子上翻了个身，看着自己衣架上的通勤西装——女白领可不该找个这样的男友啊。

都毕业五六年了，不是孩子啦。那种幻想，只会平白消耗精力吧。

这时，电脑里传来提示音，她收到了一封邮件。

"欸，回信？"

一看来信人，贺昼不禁感到意外。她之前把自己遇到的事情写了邮件，寄给了《勇者异世界》的游戏工作室。对方居然这么快就给了回信。

"希望能见面，明天下午一点方便吗？地址是……"

她原以为会收到一堆官方说法，比如重启游戏，或者将游戏卡带寄回之类的，但竟然是直接约见面！

话说回来，工作室会接受 NPC 来到现世的说法，本身就很魔幻了啊……

不过，还是去见一下吧。

对方的联系人叫作"木呆"，显然不是真名。贺昼按时到了咖啡店，对方表示自己路上耽误了，会迟到一会儿。

这家游戏工作室也是个业界谜题。当年《勇者异世界》爆红，揭秘整个工作室只有一名成员，所有人都表示不可能，还有专业人员从各方面证明无法单人成功制作这款游戏。

贺昼等来了对方，一个半秃而精瘦的男人，肤色暗淡，戴着过时的眼镜。

"你好，可能我说的事情很离奇，但是……"

"哦，你就是那个拿到了'通道'的玩家啊。"

木呆推了推眼镜，没有等她说完。

"通……通什么？"

"通道。"他苍白的脸上露出一个怪异的微笑，"这个世界，和异世界的通道。"

6

　　木呆今年三十八岁，不管怎么看，中二病都应该过了才对。

　　贺昼目瞪口呆地听他讲完了《勇者异世界》开发的经历。他原来是一家游戏公司的程序员，有天闲来无事在一个叫"老怪"的网站乱逛，看到了那串代码。

　　"你可以理解为一个平台。在那个平台里，可以查询到许多服务器的代码，只要有耐心慢慢逛，什么服务器都能进得去。当然，只能看，不能动。"

　　而这串代码之所以引起他的注意，就是因为，这代码根本不像正常的代码。

　　"服务器这东西，可能难以和你解释。总之，就像贺昼小姐学的是金融，金融就有金融模型，无数精密的数据构架成一个结构，服务器则是个高度精密的复杂结构——你也不知道它里面的代码有多复杂，更不知道问题出在哪儿。"

　　但那串代码则根本不该出现在这精密的结构里——它像一串乱码，毫无章法。木呆索性查下去，发现那是台虚拟机。

　　它们都在支持一个程序运行。

　　"当我试图在自己家里建立那个程序时，'通道'就在我的家里打开了。"他说，"然后，我看到了那个世界。"

　　他可以通过电脑屏幕看见异世界：魔法，魔族，精灵，草原的部落，鱼人族……浏览后，电脑里也会留下对应的痕迹，沉迷于那个世界的木呆，就用留下的痕迹制造了《勇者异世界》。

　　"……等等，你能在电脑里打开异世界通道？那为啥不告诉媒体？"

　　"我才不要让世俗的污浊玷污了这个世界！"

　　……中二期根本没过去啊！贺昼扶额。

　　"我在发行的卡带里，混入了一张特殊卡带。"木呆对她竖起拇指，"这张卡带里面包含了'通道'的数据！也就是你的那张！"

"也就是说……"虽然不懂程序，但贺昼不笨，很快反应过来了，"别的玩家玩的是仅为游戏的《勇者异世界》，我玩的那个异世界，却是真正的异世界？！"

"没错！你经历的一切都是在异世界真实存在的！"木呆点头，"尽管我还没有搞清最初的通道服务器是谁建立的，但在我们这个无聊世界之外，真的存在另一个次元的魔法世界！"

下一秒，她骤然起身，桌上被晃得"叮咚"乱响。贺昼冲出咖啡馆，在马路上匆忙找寻——那家伙在哪？！

他不是代码的呈现，他是真的。

在自己无数次游戏之中，他们的相遇，全是真实的。

她沿着医院到家的路来回找寻，直到深夜才精疲力竭地回到家中。

崩溃的邻居等在门口，见她回来了，瑟瑟发抖地拉她去自家后院——一个满身尘土的男人蜷缩在果树下面，静静睡着了，手里还拿着一颗苹果。

贺昼醒过来的时候，觉得胸口很闷。睁开眼睛才发现，昨晚不知道什么时候，卡留息多又睡到自己边上来了。

毛茸茸的脑袋枕在她身上，睡得很沉。

贺昼反而很安心。波格族奉行着"成家前一定要向雪山女神报备"这一守则，这家伙身为族长，完全不必担心乱来。

"总之，把你捡回来啦……"她的手指在他的长发上划动，"下一步该怎么办呢……"

木呆那边的说法是，卡留息多不可能再通过通道回去了。

通道也是有极限的，将一个人类送来现世完全超出极限了，之后就崩塌了。不管是贺昼还是卡留息多，都无法再回去了。

"挚友，只要打败了魔王，世界就能恢复和平。"他被她摁着洗头发，满头的泡泡，"我记得他的气息，他现在很弱……"

"住口，我赔了很多医药费。"

而且下周还要向王组长以及小王道歉。

"听好啦，以后不许随便打人。如果你想打这个人，动手前必须问我，明白？"

他茫然，不过乖乖点头。

"我会听你的。"

贺昼呆呆看着他的侧脸，陷入回忆。

主角之所以回到草原，是因为在皇城被人诬陷，成为通缉犯，只能落魄逃亡。

后来主角来到波格部落，和卡留息多成为挚友。然而皇城的使者也来了，他们告诉年轻的首领，只要把主角交出来，部落就可以得到无数的黄金与珠宝。

但是，卡留息多毫不犹豫地将使者们驱逐了。他无条件相信自己的挚友是无辜的。

"挚友。"他喊她。

"啊？什么？"

"我不懂你们的文字，所以一直不明白，挚友，你送我的吊坠上刻的是什么？"他拿着吊坠，上面是那句"卡王我要给你生孩子"。

贺昼微笑："'你是我最好的挚友'。"

"原来如此！真是令人感动！贺昼，你也是我最好的挚友！"

看着他天真无邪的笑容，她不禁愧疚，自己是何时变成这样的？社会真是催人老啊……

7

凌晨三点，他们被窗外的喧哗声吵醒了。

最初发现这个现象的是一群泡吧青年，他们看见天空异变时，都以为自己喝多了。

附近的居民被尖叫声吵醒，旋即，越来越多的人都见到了异象——

天崩了。

天空就像是一面浴室瓷砖，一块一块呈正方体状剥离，露出底下的黑色。人们惊愕地望着这一幕，直升机在崩裂处盘旋……

卡留息多望着远处崩裂后留下的黑影，眉头紧皱："魔王云。"

——魔王云，《勇者异世界》里的特殊现象之一，代表灾厄。这原本是游戏里才会出现的现象，如今，却转移到了现世。

卡留息多坚信，小王就是魔王，跟着勇者来到了现世。

"求你别再揍我上司和他儿子了！"尽管也不知道该怎么解释这种现象，贺昼还是希望能保住工作，"可能只是天文现象罢了。"

"为什么？他是魔王。"

"你也是啊。"

她苦笑，揉揉他毛茸茸的脑袋。卡留息多安静片刻，问："挚友，在你现在的种族，你是什么性别？"

"……你别说话了，谢谢。"


转眼又到了去医院探病道歉的日子，贺昼嘱咐到嘴皮发干："不许揍小王，听见没有，不许揍！"

天崩现象还在继续，闹得人心惶惶，什么核战争预测、世界末日说全都出来了，但到目前为止只是天上缺了一部分，直升机天天在那儿晃悠，也没得出结论。贺昼也联系了木呆，但木呆对现世的事情毫无兴趣——这家伙就是个异世界中毒的重度中二，天崩了不算啥，天塌了都无所谓。

可道歉还是逃不掉的。

贺昼给小王打了电话："你好，我是贺昼，说好今天来医院探病的……我们在路上了，快到医院门口了……"

"好的。"小王的语气听起来很平静，"那位先生没来吧？"

"呃，他也来一起道歉……"

"不不不，不用的……"他有点急，估计卡留息多给他留下了深刻的心理阴影，"哦，还有件事情，忘记和你们说了。"

贺昼拉着卡留息多走出地铁，眼前就是医院。手机里，小王略带为难的声音传来："……我确实是魔王。"

小王还是老样子，文文气气，白白净净。

房间里的气氛略尴尬。王组长躺在旁边的病床上，整个人却像凝固了似的，一动不动；小王拨弄半天手指，最后还是叹了口气。

"先说一下，虽然是魔王，但我不是什么坏人。"

这句话很没有说服力。贺昼还记得自己在游戏里被魔族追杀了半片地图。

"贺昼小姐，我们也并非没见过面。"他说，"你砍了我好多次，那时候我带着魔王的面具。"

木呆发现了可以窥视异世界的通道代码，将这些代码放入了一张特殊的游戏卡带，拿到这张卡带的人，就可以控制主角，在真正的异世界里生活。贺昼就是那个幸运儿。她总共通关八次，等于砍了魔王八次。

通关后她去游戏群吐槽："这个游戏就是满地 boss 和一个小怪。"

意思是魔王很弱，比魔族的小喽啰都弱。

但事实不是这样的，其他人的游戏里，魔王都是最强的存在。

"接下来和你说的事情，大概有点惊悚。"他说，"总的来说就是，你们所处的现世，即将毁灭了。"

话音刚落，窗外传来人们的尖叫声——远处的天幕又崩塌了一块，露出了不祥的黑色。

卡留息多一声不吭，迅速跃到病床上，试图将这家伙揪住；小王吓得抱住头，一团黑色的烟雾凝成盾牌状，挡开了卡留息多的攻击："你好歹也是波格首领，有点耐心好不好！"

小王是魔王暂时的虚假身份，王组长没有儿子。

魔王活了很多年了，四舍五入，三万岁左右，还是魔王界的一枝花。

高处不胜寒啊。有无边法力，但也没啥用，三万岁的孤寡老人，闲出屁来，每天在火山口吃烤串都吃腻了。

"所以我就无聊到……想创造一个异世界。"

魔法太无聊啦，这个异世界不能有魔法；飞龙太无聊啦，这个异世界也别有什么龙了……

精灵啊，矮人啊，巨人啊，鱼人啊……创造起来也太麻烦了，统统替代成普通的人类好了。如果这个世界只有人类，没有魔法，它最后会变成什么样呢？

最后，它变成了这样。

"你们所以为的现世，其实是我创造的一个异世界，"他伸手指着窗外的天空，又是一片蓝天变黑，"维系于我的魔法。用更加简单的说法来说，这个世界才是一个游戏，你们都只是游戏里的NPC。"

## 8

魔族的力量，是通过不断地杀戮去积累的。在小王看来，这和人类吃鸡牛羊没什么差别。

"每个种族都有自己存活下去的办法。但有一条定理是不会改变的——有形之物终将凋零。"他扯了扯自己脸上的纱布，"啊……这么点伤，到现在还没好……果然啊，老了。"

贺昼背后发毛："……你……你是来毁灭人间的吗？"

"啊？不，你完全说反了。"他摇头，"勇者贺昼，我的力量在一百年前开始急剧减弱，现在，如你所见，它已经衰弱到无法维持这个世界的地步了。"

——人间的存在，是建立在他的魔法之上的。魔王的力量减弱了，他所创造的魔法产物自然随之消亡。

"我就要死了。"

他耸耸肩，神色显得很轻松。

"活了足够久，就会知道自己的死期。所以我在死前将通道的代码留在了人界，想看看会不会有人发现……是叫木呆吗？真的很有趣啊！居然能注意到那串代码。然后，来到我们的世界的人就是你。尽管你就没那么有趣了，看上去好像就是个普通的女白领……"

"不许侮辱我的挚友！"卡留息多一拳捶在墙上。

不，本来并没有感觉被侮辱，现在却很想哭。

在死前，魔王来到了现世人间，想看看这个他所创造的世界。魔族意识到他的衰弱，试图维持他的生命。

"没有意义啊，我在这里养老，过得很愉快。"他拍拍旁边王组长的肩，"哪怕是假的回忆，他也真的将我当作自己的孩子了。有许多人喜欢《勇者异世界》。每天有人遇到幸福，或者不幸……平时在魔王云上，从未注意过这些事。我之所以选择这个人类身份，也是对贺昼你感到好奇。砍了我八次的勇者……你应该很喜欢异世界吧？"

来到这儿的短短两年，他喜欢上了这个世界。

然而，现在说什么都没用了。魔王要消逝了，人界也会毁灭……

贺昼支支吾吾了一会儿，还是问："那你有办法让卡留息多回去吗？"

"可以把他送回去，但我还以为他准备在这儿定居了。脖子上那块吊坠太露骨了，'卡王我想给你生孩……'"

"啊！总之，总之把他送回去就好了！"

她打断他的话。卡留息多已经露出迷茫的神色，琢磨起那行字了。

"我还有一个月的寿命，在这一个月里，你们随时都能来找我。波格首领，我只能把你一个人送回去。"他苦笑，"她，不行。"

"为什么？我不能接受挚友和我分开！"

"因为，她在异世界，只是一串'代码'——仅仅是一缕魔法的残留罢了。"

响指过后，周围的时间与空气重新开始流动。王组长打了个哈欠，不满地看着神色不安的贺昼与卡留息多。

"人界"这个游戏，还有一个月就要关服了。道歉还是不道歉，重要吗？

贺昼仍然把果篮留下，毕恭毕敬道了歉，按着卡留息多的头，让他一起鞠躬。

天崩的速度越来越快，仿佛是裂开的手机贴膜。

贺昼看着天空，是知道这一切更安心，还是不知道更安心？如果自己带着刀去医院杀了小王，只要一瞬间，现世就结束了。不会有惶恐和痛苦……

卡留息多坐在一边，大概在纠结该说些什么。原本以为他只是一串代码，结果搞到最后，自己才是。

或许这就是佛祖说的人生如梦一场吧。

贺昼叹气道："有什么想吃的想玩的，我陪你去，然后就拜托魔王送你回去啦。"

"吊坠上……写的是什么？"

"都说啦，我是你最好的挚友。"

"……我昨天问了你旁边的居民，他说不是，是另一个意思。我确定他不敢骗我。"

怪不得昨天邻居窝在走廊的角落瑟瑟发抖，原来是被很和善地逼问了问题啊。

但，反正他也要回去啦……


"就是……喜欢你嘛。"她挠头笑笑，"你超帅的，很多女玩家都对你一见钟情。"

"是吗？"

"嗯，不知道自己有多帅的人最帅了。而且还是无条件地站在挚友这一边的猛犬系，女孩子对这种类型是没有还手之力的。"

"我不打女人。"

"……不，还手之力不是指的那个……算了，至少不会家暴，也是个加分项……"

天幕缓慢崩塌，贺昼说着说着，把头埋进了胳膊里，声音带了哭腔。

"你超好的……我们都特别庆幸，喜欢过你这样的角色……"她边说边蹲下身，泣不成声，"卡留息多，不要忘记我。"

9


送他回去的那天，三个人在深夜的小公园碰头。小王准备启动传送魔法，将卡留息多传回异世界。

"挚友真的不能和我一起回去吗？"

"她也是这个世界的一部分，由我的魔法构成。我死后，她也会消失，无论身处哪个世界。"

　　法阵在深夜微微发光，卡留息多迟迟没有进入其中。贺昼推了他一把："快去吧，送走你，我明天还要早起上班。"

　　"她不能和我回去吗？"

　　"波格首领，我说得够详细了吧，连草原上的淤泥怪都该听懂了……"

　　"那我也不会回去的。"

　　他对贺昼单膝跪下。

　　"波格族的男人一旦对人立下挚友的誓言，就永远不会违背。从向雪山女神立誓那一刻起，我们就不会背弃对方。"

　　"……那个，虽然很感动，但是对我来说，其实只是游戏剧情到那一段的时候随便按了个确定键哦，我是唯物主义者，不信神仙的……"贺昼很不忍心打碎他的淳朴信仰。

　　"事实上雪山女神究竟靠不靠谱，在异世界还是个未知数啦。波格族在魔族看来就是一堆绕着雪山'嗷嗷'叫搞迷信的野人而已……"

　　"为你侮辱雪山女神而拔剑吧，魔王！"

　　"不不不！为什么！她等于也在侮辱雪山女神啊！为什么只打我！"

　　"别打了！别把人打死了！"

　　……

　　争执之中，伴随小王一声痛叫，他被卡留息多打翻在地。

　　——刚好跌坐在法阵里。

　　法阵银光一闪，带着魔王消失了，留下黑夜中呆站的两人。

　　最后十天。

　　两人去了已经停止营业的游乐园。贺昼一直想坐摩天轮，但没有同去的人。

　　天空碎片如雨洒下。他让她坐上去，然后在下面推着摩天轮转动。

　　"啊……不是这种啊！"她拍着舱门，"你也要坐进来！"

　　"可是那样的话，它就不会转了。"

　　"重点不是转啦！"

最后五天。

天空只剩下最后几片蓝色了。

话说回来，那些即将关服的网游，在关服前的最后时刻，NPC们会有什么想法呢？

贺昼揪着波格首领服装上的毛毛，找到一只跳蚤。

卡留息多又被她按去洗了澡。

最后一天，贺昼盯着那块石头吊坠发呆。

"本来是在屏幕前面尖叫'我要给你生五个孩子'的……"

"那就需要雪山女神至少降下五道神谕，挚友。"

"……波格族这么多年都没有灭绝，雪山女神可真是仁慈。"

从昨天开始，不仅是天空，物体也都开始崩散。这个世界很快就会陷入黑暗吧。


她换上通勤西装，画了个日常妆。

"这样的话，就算后来世界没有毁灭，也可以立刻提起包去上班哦。我睡啦，晚安。"

"晚安，挚友。"

"……"

贺昼坐起来。

"不行，睡不着！"她把卡留息多也推醒，"世界就要毁灭了！就在今晚！'人间'服务器就要关闭了！魔王就不能多活个几千年吗！我不想死！"

他怔了怔，然后伸手拥住她："不要怕。"

"……就这样抱着我哦，这样我就稍微不怕了……"

"好的，挚友。"

"不许放开哦。"

"好的。"

……

温暖的怀抱，带着阳光与牧草的气息。

好像第一次来到异世界的大草原，游牧的部族骑着马飞驰而过，马蹄溅开昨夜的露水。

　　如果真的能遇到这样的人就好了，可以带自己远离这个烦琐人世的一切苦恼。

　　主角与卡留息多在女神像前立下挚友的誓言，她其实真的在心里立誓了。

　　哪怕天崩地裂，也不会和我最喜欢的你分开。

　　最后一点微光崩散。魔王的魔力耗尽了。

　　这个被魔法塑造出来的人间，终于结束。

END

　　好冷……

　　贺昼睁开双眼，先是见到了茫茫的白雪。漫天飞雪落在她的西装上，唯一温暖的就是那个怀抱。

　　她没有死？

　　相拥着的两人惊愕对视。所处之地似曾相识，卡留息多转头，向雪山冰壁上的一座纯白神像行礼。

　　——雪山女神！波格族的神明。

　　"向雪山女神立誓之人，魂魄也将回归神座。"他呢喃着部族的誓言，露出了难得的微笑，"原来如此。"

　　因为誓言，女神的力量将他们的魂魄引回了异世界。

　　卡留息多抱着快要被冻死的贺昼走下了雪山。清晨第一缕熹光铺满金色的原野，黑色高跟鞋磕磕绊绊地走在草原上。族人们在欢呼首领的回归，以及魔王的逝去。

　　"所以，我现在的身体与生命，是雪山女神给予的吧……"贺昼若有所失，望着远方云雾缭绕的雪山，"听着好冷，大姨妈来的时候会不会痛经啊？"

　　"什么意思？"卡留息多将她抱上马，波格族即将更换驻扎的地方，去水草更丰茂的草原。

"关系到我能不能给你生五个孩子。"

她凭着在游戏里骑马的操作，策马飞奔出去。

勇者回到了这个世界。

完

Shi Nian Meng

后妈
失眠梦

## 长安梦师
### ChangAnMengShi

　　长安有处宅子，叫轻寒洞。姑娘叫昙笼，总是一副没睡醒的模样，就住在轻寒洞中。

　　有天，一个江湖侠士听说了昙笼的名号，从洛阳骑着匹枣花马来到长安，他要和杀父仇人决斗，想求昙笼为他造一把无往不胜的宝剑。

1

　　昙笼打了个哈欠，看着对面正襟危坐、剑眉星目的少年。

　　她眼神困困的："你要什么？"

　　"神兵利器。"

　　"多神的？"

　　"无往不胜。"

　　"没有哦。"昙笼低头喝了口碗里的酸酪，"你要求的那种兵器，我没法梦见。"

　　昙笼可以把自己梦见的东西取出来。

　　这是她家族世代独有的能力，有时候被认为是妖人巫术，也有时候被认为是祥瑞仙术，躲躲藏藏几年，众星捧月几年，到她，已经是第三十三代梦师传人了。

　　这个叫作田云偃的少侠一连来了三天，到第四天，昙笼被他磨得受不了了："那我试试吧。"

　　田云偃欣喜若狂，跪下行了大礼："谢娘子大恩！"

"这个价。"

昙笼推了写着价格的卷轴过去，田云偃瞬间站了起来，面无表情。

"……娘子是写错了吗？"

"轻寒洞从来明码标价，童叟无欺。"

"但本人不是童也不是叟，还是有被欺的风险的。"

"没有。"

"不，你自己看看这个价格……"

"没有。"

"……"

2

什么样的兵器可以称作无往不利呢？

它削铁如泥？它坚不可破？

昙笼躺在榻上翻来覆去很久，她梦见了一把剑，它在剑匣中微微鸣动，可削铁石。第二天，这个剑匣被放在了田云偃面前。

他拔剑出鞘，用它劈断了一块熟铁，就像削豆腐般轻易。

田云偃觉得，他赢定了。正当他狂喜的时候，昙笼又推过去一个卷轴。

"之前是定金，这是尾款。"她说，"还有一件事要嘱咐你……"

没等她说完，田云偃看了眼价格，毅然选择了欠钱跑路。

昙笼无奈，冲着他的背影喊："少侠，我真的不建议你欠钱就跑……"

田云偃直接拿着剑，快马加鞭跑向仇人的所在之地。杀了他父亲的是个白衣女人，尽管好男不跟女斗，但杀父之仇不共戴天。

仇人家在青城山。他赶了一天路之后，发现剑不见了。

就是一觉醒来，不见了。

——被偷了？！

无奈，田云偃只好垂头丧气回长安。枣花马刚到城门口，一群朱甲玄袍的龙策军将士把他团团围住。

田云偃傻眼了。他虽然是江湖人，但从未招惹过朝廷的兵马。

一位臭着脸的将领从士兵身后走出来，神色不善："你就是田云偃吧。"

田云偃怔怔点头。

将军不耐烦地问："你欠了轻寒洞的钱？"

田云偃点头。

"带走。"

## 3

少侠被那个臭脾气的年轻将军丢回轻寒洞时，昙笼姑娘刚午睡起来，正在喝下午茶。那茶也不知道怎么煮的，气味清甜，教人闻着都心旷神怡。

"是这小子吧？"

"是。"

"欠了多少？"

"三千两的尾款。"

田云偃大喊："你们这是官商勾结——"

"勾结？怎么勾结了？"昙笼茫然，"息将军是我的好友，只是帮个忙罢了。"

"滚，你算什么，敢这么和本将军说话？谁和你是朋友。"

龙策将军息霆雪把他一扔，寒着脸走了。

屋里就他和昙笼两个人，对坐着谁也不说话。过了一会儿，昙笼打了个哈欠，"喝茶？"

"……剑被偷了……"

"不会的。"

"真的被偷了……"

田云偃眼眶一红，差点哭出来。昙笼拍了拍他的头："不是被偷的，我从梦里取出来的东西只能存在十二个时辰，时辰过了，它自然而然就消失了。"

他呆住了，怔了很久："为什么不告诉我？"

"想说的，你跑了。"

"钱能退吗？我仇家在青城山，我大概要花两个月才能赶到那儿。"

昙笼为难："万一息将军还觉得你欠我钱，恐怕护城军不会放你走。"

"你和息将军说一声不就完了？！"

"息将军很忙的，这种大人物岂是说见就见的。我算什么，和他又不是朋友。"

"……"

"少侠，你要不给你仇人写封信，约她来长安决斗吧。"

也只好这样了。

4

过了一阵，田云偃去轻寒洞找昙笼："我仇人到长安了。"

"嗯，那你说个日子，我把剑从梦里取出来给你。"

"但是出了点意外。"

仇人接到他的飞鸽传书，确实到了长安。

但是到的当日就在街上遇到了长安出了名的登徒子，御史大夫家的三公子容哥。容三少平日里见惯了长安城里的庸脂俗粉，乍一见那来自青城山的白衣与幂篱，哪里把持得住，当街就拦住了那白衣姑娘的马，想邀她去长安的惊鹊楼共饮一夜。

仇人也是个江湖侠女，废话不多，下了马就把容哥痛打一顿。

这如何使得。

现在全长安城都在抓这个当街打人的女侠，田云偃觉得，如果现在和她约决斗，实在是胜之不武。

昙笼想了想："没关系，我可以拜托息将军，让全国的龙策军一起来追杀你，这样，她被通缉你被追杀，不是更好吗？"

"这不太好吧，息将军那么忙。"

"别客气。"

"不不不不，真的不用了……"

又过了几天，息将军难得休假，来找她喝茶。

这人不穿铠甲，穿着日常的便装，看上去就没那么凶神恶煞了。

他坐在廊下看庭中转红的枫叶，问帘后半睡半醒的昙笼："那家伙没再来找你？"

"他说他的仇人还在被通缉，不方便约决斗。"

"等他来找你，你告诉我决斗的时间地点，我派人蹲着——反了他了，杀人用得着他自己报仇吗？国有国法！这群莽夫，自诩什么江湖人，只知道你杀我我杀你……"

"小雪……"

"放肆！"

"息将军，你觉得什么叫作无往不胜的神兵利器？"

她还是忍不住问了这个问题。自从田云偃提出要求之后，昙笼就一直在想，什么样的兵器才是真正的无往不胜。

是削铁如泥的剑？不是的。只要她再梦见一把可以把这柄剑斩断的剑，削铁如泥也不代表无往不胜。

"自然是兵法。"息霆雪对单打独斗的兵器嗤之以鼻，"兵者，万人敌也。一柄剑再怎么锋利，都不可能和一支军队抗衡。"

昙笼不懂兵器也不懂兵法，她不会武功，没杀过人，鸡都没杀过一只。

一万人的军队会遇到十万人的军队，十万人的会遇到百万人的。

百万人的军队，又会遇到一个散布疫病的巫医。疫病巫医又无法敌过一只野狼……

"人为什么总喜欢互相残杀？"她问，"江湖人用自己手里的剑，将领们用自己的士兵……你们明明知道，没有什么会永胜不败的。"

息霆雪笑了，他掀起帘子，用力戳了几下她的额头："我们自相残杀，就是为了保护你们这些连鸡都不会杀的人！"

5

有天夜里，昙笼正熟睡着，难得做一个安静的梦。结果屋外闹了起来，看门人拦着田云偃，不许他进去。

"都这么晚了，谁也不准打扰昙笼姑娘！"

他还是强行闯了进来："昙笼姑娘，我需要那把剑！她来找我了！"

——就在刚才，客栈里的田云偃从熟睡中惊醒，发现自己的仇人就站在床边看着他，眼神冰冷。她杀了他父亲，现在准备对他动手了。

"我马上就需要那把剑！"田云偃冲进她的寝台，紧紧抓着她的手腕，吓得昙笼尖叫，"求你了！否则她也会杀了我的！"

"你现在这样闹我，我也没办法马上替你从梦里取出来，至少要等一晚上……"

"等不了了！"

屋里闹得不成样子，没过多久，轻寒洞外面火光烈烈——息将军带着一队龙策军赶来救人。息霆雪板着张脸，他正睡到一半，轻寒洞的用人就来将军府求他救姑娘。

"吵什么！"他一把将田云偃拎了起来，"半夜私闯民宅，我看你就是想进刑部大牢蹲几天牢房！"

"他说，他的杀父仇人来找他了。"昙笼捂着胸口，惊魂未定，"就是长安城现在被通缉的那个白衣姑娘……"

息霆雪略一想，厉声问田云偃："你住哪家客栈？"

田云偃住在惊鹊楼旁的小客栈里，等息霆雪赶到时，白衣姑娘早不见了踪迹。

他火气很大，把少侠往榻上一扔："说清楚了，你们两家到底有什么仇怨，别和本将军来江湖人的那一套，什么江湖事江湖了，在我这边只有杀人偿命！"


——田家是个极小的江湖世家，不起眼，也没什么上天入地的家传武学。田云偃的父亲叫田浩行，几年前就弃武从商了，但仍用江湖人的那一套在教导儿子。

有天深夜，田云偃路过父亲屋前，听见里面有怪声。从门缝看进去，屋里早已是一片血色。

田浩行倒在地上受了重伤，挣扎了几下就死了；一个白衣少女站在他身边，冷冷地看着尸体。她看见田云偃站在门外，只对他说了四个字。

"杀人偿命。"

然后她飘然而去。

"那你怎么知道她在青城山的？"息霆雪问。

田云偃低着头："让府中家丁打听到的……具体是谁告诉我的

我也忘了……"

"若是真事，我会让衙门的人调查清楚的，你不许私下报仇。"

"可江湖规矩——"

"在本将军这儿没什么江湖规矩！"息霆雪大喝，"一个个都无法无天，不拿国法放眼里了吗？！"

田云偃不吭声了，低着头。将军长舒一口气："行了，你就待在客栈吧。别再去轻寒洞吵她睡觉了。"

息将军带人走了。长安城的夜恢复了寂静，不知道昙笼今夜在梦里掏什么东西。他回了将军府，卸甲休息，第三百七十二次后悔认识了昙笼……

就在他准备闭目休息的时候，一个白衣女子出现在他的榻边。

6

昙笼刚睡下不久，又被吵醒了。

这次冲进她屋里的是息将军。

昙笼睡得迷迷糊糊："小雪……"

息将军压根没兴趣管她怎么喊，面色苍白地坐了下来："我刚才见到那个白衣女人了。"

"人抓到啦？太好啦。"

"不，我让她走了。"息霆雪揉着脸，"她……和我说了一些事。"

次日，昙笼从梦甲取出了那把削铁如泥的剑，她还梦见了一只毛茸茸的奶猫，穿着套小小的盔甲，朱甲玄袍，一碰就炸毛。昙笼把它一起取了出来，抱在怀里逗着玩。

田云偃来取剑，他觉得今夜女子还会再来。他抱着那把剑睡下，等她到了床边，他就一剑刺出去。

长安城里，容哥还在寻找那位美人，尽管他被揍得不轻，但色心不死，昙笼很是敬佩。

"少侠，"他走的时候，昙笼喊住了他，"能问一下，田家在经商之前，是做什么生意的吗？"

田云偃不明所以："田家以前是江湖人家。"

"江湖人家也要吃饭的。"

"我没问过爹爹。"

他带着剑走了。

今夜，息将军回府时候，被轻寒洞的用人喊去了，说是"小姐今晚害怕"。

他跑去陪昙笼，带了点消夜，嘴里骂骂咧咧。昙笼正陪小猫玩，他双手提着食盒，用脚踢开了门："你麻烦不麻烦！"

紧接着看到了那只爹了毛的奶猫。

息霆雪总觉得那只猫很眼熟，心里莫名火大。

晚上，息将军在昙笼姑娘榻边打了个地铺，中间还让人展开一层屏风。屏风下面的空当里，奶猫钻来钻去。

时至月中天，昙笼一场梦醒，她从梦里带出了一样东西。这时，身边的息霆雪大喝一声："谁？！"

她转头，月色透过屏风，廊下立着一个女人的身影。

7

她便是田云偃的杀父仇人了。

息霆雪问："杀田浩行的是你？"

女人点头："是。"

"你那夜同我说的事，可有虚言？！"

昨夜，她闯入息霆雪的将军府，同他说了杀田浩行的真相，诉了冤屈。

尽管息将军是个不信空口白话的人。

"若有半句虚言，小女子愿受五雷轰顶。"她发毒誓。

"那你来做什么？"

"我来找昙笼姑娘，"她看向屏风后昙笼的影子，"想求你让我再看一眼姐姐。"

白衣姑娘名叫苏屠，也是江湖世家的女儿，但她的父亲在比武会中得罪了一位大人物，对方买凶杀人，在一天深夜杀尽青城山苏家满门。

苏屠从杀手的剑下幸存下来，她原还有个姐姐，但却不知所终。

"灭门的那个凶手，其实就是……"

"田浩行金盆洗手前，是江湖上的杀手。我长大后为家人报仇，尽管他已经退隐从商，仍然难逃一死。"她面容冷峻，"这都是旧事了。昙笼姑娘，我知道你能从梦中取物，能让我再看一眼我的姐姐吗？"

昙笼看着苏屠，片刻后，她点了点头。

"可以。"她说，"我刚刚从梦里取出了她。"

昙笼从枕下把那样东西取了出来，交给了苏屠。

清晨一场小雨，息霆雪从轻寒洞出门上朝，半路被人拦住了。

拦路人是御史大夫家的容哥，仪仗兵也不敢轰人。息霆雪昨夜没睡好，太阳穴突突地疼，一把扯开轿帘："容三，你别给我太放肆！本将军要去上朝的！"

容哥一屁股坐到地上："息哥救我！"

"你不缠着人家姑娘，人家也不会来揍你。"

"我又见到那个白衣姑娘了，息哥，我现在三魂七魄都是她，见不到她我会死的！"

"满口胡言！"息霆雪出了轿子，把人从大马路上提了起来，"卫兵，送他回御史府！"

"可我就在红泥坊见到她了，息哥，我求求你，你帮我找她好不好！"

容哥死死抱着息霆雪的大腿，当场跪下。路边百姓纷纷驻足围观，指指点点。这场面不是第一次发生，但也不常见，足够成为接下来一个月茶余饭后的话柄了。

为了个女人要死要活，容三少至少每个月闹三四回。息霆雪拿他没辙，只好把人塞回轿子："去红泥坊。"

红泥坊里住的大多是工匠，早上都外出干活了，坊里冷冷清清的。

息霆雪拖着容哥往里走，没走几步，就在一道小巷里见到了熟悉的身影。

"是她！"容哥激动不已，"息哥，她女扮男装还是那么好看！"

——田云偃靠在小巷尽头的墙上，神色呆滞，手上拿着那把剑。

他的声音微微颤抖："她刚才来找我了……她和我说，我不是田浩行的孩子……"

地上有一摊积水，映出田云偃秀气的脸庞，和苏屠的一模一样。

息霆雪拎住色欲熏心的容三少，警惕地看着田云偃手中的剑。

不是女扮男装。田云偃是个少年。

"你差不多该清醒些了，"他说，"昙笼不想强硬地把你从幻想里揪出来，但我不一样。你如果再清醒不了，就别怪我不客气了——你还要假装苏屠假装到什么时候？"

8

在田云偃第一次夜闯轻寒洞的时候，息霆雪已经派人去洛阳调查过田家的事了，尽管查到的东西不多，但是也翻出了许多旧事，一路查到了苏家。再结合苏屠说的话，他和昙笼大致明白究竟发生了什么。

——苏家在许多年前被田浩行灭了门，当时家里有两个幼子，是一对姐弟，姐姐叫苏屠，弟弟叫苏偃。

田浩行杀了苏屠，也许是因为膝下无子，所以放了苏偃，把当时只有六岁的男孩收养为自己的孩子，改名田云偃。苏屠早已和苏家其他人一起葬了——从头到尾，出现在世上的白衣女子都是田云偃伪装的。

"六岁的孩子刚开始记事不久，你当时受了惊吓，时间又过去那么久，很多记忆就错乱了。你一直记得自己有个姐姐苏屠，以至于在有些时候觉得自己就是苏屠，身上背负灭门之仇。"

"不可能……"田云偃警惕地朝他举剑，"她杀了我父亲！"

"杀了田浩行的人是你。"息霆雪从袖中取出了昨天昙笼从梦里带来的东西，"你昨夜去找昙笼，已经分不清自己是苏屠还是田云偃，想让她从梦里把你的姐姐带出来见一面——昙笼让你见到了她，用这个。"

——那是一面铜镜。

"我猜你每次看见镜子，或者水中的倒影，记忆就会开始错乱。"他说，"你养父田浩行的屋子里有镜子，客栈的房间里有镜子，至于这里有清晨落雨的积水……"

"住口！父亲待我无微不至，我怎么可能杀他！"

剑光寒冽，杀向息霆雪，那是被曾经的杀手教授出来的杀人之剑；息霆雪抽刀欲挡，军刀却被宝剑一斩为二。

他骂了一句——这把剑是田云偃委托昙笼从梦里取出来的，削铁如泥。

轻寒洞每天交货的时间是辰时三刻，现在应该刚过辰时——还有三刻时间，这把剑才会消失。

一声轻响，被当作盾牌的刀鞘也被斩断。容哥躲在其他护卫兵身后惊恐不已，息霆雪制止其他士兵上前。那把刀不是人间之物，其他人上前只能送死。

能撑一刻都是奇迹了，别说三刻了！息霆雪不能放田云偃走，这人已经几近疯魔，要是冲到大街上，不知道会做出什么事来。

就在这时，旁边传来了昙笼的声音。

"小雪，用这个！"

有什么东西被她抛了过来。息霆雪接住，发现这是一把军刀，和他的军刀很像，用起来十分顺手。

他来不及思考为什么在这么紧急的时候昙笼会过来，还丢给他一把军刀——论单打独斗，息霆雪自认不会输给江湖少年，但田云偃的剑法刀钻狠辣到近乎妖异，他竟落了下风。

剑锋被劈落。金属交击的刺耳铿锵声在红泥坊里回荡不息……

田云偃的剑断了。

"还好赶上了……"昙笼捂着胸口，她本来就喜静不喜动，大清早急匆匆从轻寒洞赶过来，现在累得有点心悸，"我担心你和少侠发生冲突，所以特意从梦里取了把刀给你……能够打败削铁如泥的宝剑的刀。"

没了兵器，田云偃被逼到了绝路。他的神色变了，现出了凶相，仿佛有什么纤细晶亮的东西在他身周隐约浮现。息霆雪正在劝他投降，脸上一阵刺痛，左脸颊出现了一道极细小的伤口。

是丝线模样的兵器。

息霆雪意识到了，和他小心保持着距离。无论是刚才的狠辣剑法，还是现在这种歪门邪道的招数，都让田云偃显得丝毫不像一个寻常江湖人家的孩子。

"什么'弃武从商''金盆洗手'……"他擦掉脸上的血，心里的狠劲也被勾出来了，"你根本就是被当作下一任杀手养大的吧？！"

## 9

在江湖里当过杀手的人，能善终的不多。想抽身而退的时候，往往江湖不会让你退。

田家的作风，一贯都是把孩子培养成下一代杀手，父辈退隐，子辈继续做同样的生意。田浩行究竟有没有亲生儿子？或许是有的。他只是不忍心自己的儿子成为杀手，所以把苏家的苏偃培养成了下一任，让亲生孩子远离这个江湖。

田云偃发现了这件事。

从小到大，他一直以为自己是田浩行的亲生儿子，父亲待他极好，将武功倾囊相授，培养他成为下一代家主……

只要自己学成出师，父亲就可退隐，从此颐养天年。

直到他发现，田浩行在外面还有一对亲生的儿女，这两个孩子被寄养在故友家里，所有的黑暗都和他们无关。而田浩行退隐后，就会去故友家接走他们，从此共享天伦。

苏偃脑海深处的那些记忆重新被唤起。盛怒之下他杀了田浩行，又无法面对自己弑父的事实……

苏偃和苏屠的记忆在他的脑子里开始扭曲，以至于他无法分清自己到底是谁。

"你要用那把无往不胜的剑去杀谁？"

"我的仇人。"

"谁是你的仇人？"

那是他和昙笼初见时的只言片语。

——白衣女子。田云偃说。

但不是，白衣女子根本不存在，他真正想杀的人，是那两个不曾谋面的田家之子。

田云偃和息霆雪交手片刻，便不再恋战，凌空而去。一切幻象被撕裂，他恢复了清醒，想起自己为何往长安跑——

因为，田浩行的一对儿女就在长安！

杀了他们！只要杀了他们，他就会成为田浩行真正的孩子，杀害田浩行的凶手永远都是"苏屠"！

他走了。

容哥这才颤颤巍巍从士兵身后钻出来："息哥，美人去了哪……"

"美人美人，满脑子就知道美人！他是男的！"

容三少震惊了一会儿，勉为其难："那位美男……"

"士兵，把容少爷拖回御史府！"

处理完了容三，息霆雪强压着内心的火气，瞪了一眼地上的断剑。时间到了，从梦里取出的剑正在消失。

要尽快找到那家伙。

杀手或者疯子都不算可怕，但一个疯子杀手就不一样了。

10

田云偃在红泥坊的巷子之间穿梭。据他调查，那两个人就在红泥坊里。

他毫不忌惮息霆雪手上的刀。自己手里的金丝以柔克刚，纵然那把刀削铁如泥也奈何不了。

工匠聚居的红泥坊里寂静少人，他闯入一间又一间民宅，寻找着那对兄妹。然而寻觅无果，两人似乎不在坊里。

难道接到了田浩行的死讯，被人转移了？

不远处传来人声——搜捕他的龙策军越来越近，他不能再拖延了。

田云偃恨恨地瞪了一眼门口，翻窗离去。

卫兵们没有找到田云偃。

息霆雪的头痛越来越严重。尽管田云偃不至于无差别杀人，但这样一个神志异常的杀手流落在外，终究让人不放心。朝中下了通缉令，让各地留心此人。

"你说他到底想杀谁？"他和昙笼聊起这件事，"他来长安，显然是为了某个目的，不是单纯疯疯癫癫来找你的。"

"你们查到了什么？"

"田浩行有两个亲生孩子，但他不想让两个孩子涉足江湖，把他们寄养在朋友那儿。我怀疑，田云偃想杀他们。"这是龙策军的情报网查到的事。亲生的孩子安然平凡度过一生，苏偃却在失去所有家人后被培养成杀手，"那两个孩子和苏偃同龄，这些年都生活在长安，我想拨人保护他们，结果却找不到……"

他们正说着话，外面就响起了容三少的嚷嚷声。

"昙笼姑娘！求你了，让我再见你一面吧！"

对，那天这家伙见到昙笼之后，顿时见异思迁，开始天天往轻寒洞跑。昙笼皱着小脸："他吵得我都睡不着觉……"

息霆雪派人把容哥拎进来说话，狠狠训了一顿。容三少拼命往昙笼那爬："昙笼姑娘，我一天不见到你，心就好像不会跳了一样……"

昙笼吓得缩在房间的角落泪眼婆娑。息将军拽着这色鬼的脖领子："你给我坐好了！"

容哥叹气："要说美人，其实前些日子借住在容府的田姑娘也是美人，可惜她身边总有个哥哥，没办法时时刻刻互诉衷肠……"

"什么甜姑娘苦姑娘的，你纳人进府了？"息霆雪没听说这件事。

"还不算纳进府……"

容哥近期收留了一对兄妹。

有天夜里他顶着宵禁出去幽会美人，就在路边遇到了两个神色仓皇的人。一男一女，是兄妹，妹妹虽不算绝色，但也清秀可人。容哥肯定是凑上去问了，刚好，两人在找住的地方。

"好像是家里出了什么事，让他们不能再住在红泥坊了，正在犹豫出城还是另寻住处……"

息霆雪和昙笼一惊，猛然反应过来："等等？！那两人还在你家？！"

"一直在啊。他们想走，我苦苦挽留……唉，田姑娘总误会我有非分之想，怎么会，在下只是发乎情而……"

——他们把城里的民居都找遍了，还以为两人不在长安！居然被容三少救进了御史府，难怪，田云偃也好，龙策军也好，谁也想不到人会在那儿。

估计是两兄妹接到田浩行被杀的消息——如果田浩行被仇杀，那作为儿女的他们也不安全，在红泥坊确实危险。

"留在御史府，应该算是安全的……"昙笼松了口气。

"安全个屁！"

那可是御史府！要是田云偃盯上了那儿，殃及了御史大夫，后果不堪设想！

再加上这地方也不是龙策军能随便进出的，就算在外面安排人盯梢都不行。可现在田家兄妹还是安全的，息霆雪要是贸然把人接去其他地方，反而可能被田云偃发现……

"容三！你给我等着！"

息霆雪恶狠狠捶了容哥的头——把局面变得那么复杂，这家伙就是罪魁祸首！

至于接下来怎么办……

只能先找个安全的收容地点，再从长计议了。

## 11

在哪里……到底在哪儿……那两个人……

七夕节的长安城解除了宵禁，鱼龙舞过光影，掠过人们脸上的笑容。

他在无人注意的角落呆立，时而勾起嘴角，神色有一丝疯癫。倏忽，变戏法的罗摩人向夜空吹起一团火球，火光刺痛了他的双眼。变戏法者身上挂着粼粼闪片，宛如碎镜子，映出他破碎的脸。

他是苏偃，苏家的孩子，有个温柔的姐姐，有家人的宠爱。他也是田云偃，杀手世家的传人，他的父亲亲自指导他的武艺，关怀无微不至。

"……杀了那两个田家的人，我就是田浩行唯一的儿子了……"他低下头喃喃自语，双手颤抖着捂住面颊，掩住之后发出"咯咯"的笑声，"苏偃没有疯，田云偃也没有疯……我会找到他们的……我很清楚我想做什么……"

他又回到了红泥坊。几天前，这里附近埋伏着许多士兵，试图将他守株待兔。但埋伏是杀手的基本功，他根本没有进套。

如今，这些埋伏都被撤走了。息霆雪不会为了个微不足道的杀手继续浪费兵力。

　　田云偃摇摇晃晃地行走在安静的坊间。人们都去外面参加夜市了。忽然，他的脚步在其中一间房前停下。

　　里面有灯光，也有男女说话的声音。

　　"哥哥，杀了爹的那个人真的是苏偃吗？"
　　"说不准。我们不该回来的。"
　　"可是娘留给我的簪子应该落在这了……"
　　"他说不定还在附近！"

　　——是他们！
　　田云偃不知道该怎么描述此时的欣喜若狂。他踢开纸窗从外翻入，里面是一男一女，与他调查的那对儿女肖似——

　　没有任何的迟疑，他动手了。血溅上纸窗，屋内的灯火熄灭，再无声响。

　　紧接着，屋子的正门打开了。田云偃怔怔地从屋里出来，一脸不敢置信，就像孩子意外得到了朝思暮想的玩具。他终于意识到自己的目的达成了，蹲下身把头埋在臂弯间大笑，笑了很久很久，终于深吸了一口气，释怀离开。

　　第二天，昙笼轻装从简，带着两名龙策士兵，送田家兄妹离开长安。
　　"往北走会比较安全，不管是苏家旧址还是田家的势力，大多都在南边。"她说，"一路平安。"
　　两兄妹还有迟疑："他真的……不会追杀我们了？"
　　"只要他不知道你们还在世。"

　　——那夜，屋里的两个"人"都是昙笼从梦里取出的人偶，有着田家兄妹的外貌，只会反反复复重复那段对话，目的就是被田云偃"杀死"。
　　那个人一定还会再回红泥坊查看的，息霆雪撤走守卫，让昙笼取出人偶，放在里面当靶子……没过几天，如息将军所料，田云偃动手了。

　　尽管息霆雪想用这个做饵，直接诛杀前来的田云偃。但无奈此人警觉性太高，周围无法埋伏士兵。而且昙笼说服了他——和这个杀手打，打赢了还好，打输了就没命了。这家伙的执念就是田家兄妹，执念了结，对普通人其实就没了威胁。接下来，龙策军想追杀也罢，想查田家也罢，都能从长计议。

　　现在人偶"死"了，为了做戏，之后还佯装展开了调查，最后宣布调查无果，把两口空棺送去火化。

　　昙笼亦喜亦忧，喜的是田家兄妹暂时无事了；忧的是，假若日后田云偃知道被耍，她恐怕也吃不了兜着走……

　　但，谁知道以后会如何呢？

12

　　深夜，青城山。

　　循着过去的记忆，田云偃来到了苏家的废墟。当年灭门后，田浩行一把火烧了这里。苏家人的尸骨被亲友们收拢，葬在北面的山坡上。

　　杀了田家兄妹后，他想回来看看。

　　息霆雪说，他分不清自己到底是苏屠还是田云偃。但他错了。在田云偃看来，他觉得自己既不是苏屠，也不是田云偃。

　　他走向北山的坟堆。月色下，四周凄切幽暗，可却令他觉得安心。

　　他是来和"苏偃"这个身份告别的。今夜之后，他身体里的苏偃就再也不存在了。

　　田云偃在乱坟前坐了很久。

　　"那边冷吗？"忽然，不远处传来了一个少女的声音，"你坐在那儿，过不了多久就会满身露水，着凉感冒的。"

　　他转过头。那个姑娘穿着白色裙裳，神色温柔。

　　"我这有些热粥。你是旅人吗？这附近没有地方落脚。"

"是吗。"他接过竹筒，里面有温热的茶粥，"谢谢你。"

热粥驱散了些许寒气，让他的精神也微微涣散。姑娘和他一起坐在山道上，问："萍水相逢，你叫什么？"

"……田云偓。"

"是田浩行的儿子，对吗？"

什么？

田云偓觉察不对，他猛然转头，发现少女被秀发遮住的小半侧脸有着火焚的伤疤。同时，他的意识开始模糊起来。

——粥里被下了药。

"田浩行想不到，我幸存了下来。"她笑着抽出匕首，抵在他的胸口，"我叫苏屠——你父亲肯定没和你提过我。我跟踪你很久了，一直找不到下手的机会……田云偓，父债子偿，你就替你父亲偿还我苏家上下三十余口的人命吧。"

夜鸦飞散。一段江湖的恩怨，在此时无声无息地了断。

……

完

Larva

## 1

17 世纪初，东城。

孙灵武是天监所的主事，之前坐在这个位子上的是他的父亲，但在五天前，父亲被押解离乡了。

朝廷在东城设立南天监所是六年前的事，有经天纬地之异能的孙家成为这个部门的主事，但瞬息风云万变，孙灵武的父亲被人弹劾"曲解天象，以谋私利"，被判秋后问斩。

尽管如此，孙灵武还是成为继任者。

孙灵武从小就被人当作怪胎。因为他对学业和女色皆无兴趣，甚至连寻常富贵公子的玩物丧志也没有。有长辈觉得，或许是孙母经历的那场难产，导致孩子有些"先天不足"。在众人眼里，这个年轻人总是呆呆地看着天幕，不知在想什么。

而让孙灵武在父亲出事之后顺利成为天监所主事的一个重要契机，是当年孙家招待帝王南巡时发生的某件事。

孙家乃东南之地的名门望族，皇帝南巡，孙家有接待圣驾的殊荣。天子在孙家的南湖别苑待的那一夜，是个圆月夜，这让皇帝有了趁月游湖的兴致。南地多名湖，这事不难，孙家连夜派人准备了莲湖泛舟。

就在出门的时候，皇帝见到角落里站着个锦服幼儿，和孙家其他垂首恭迎的人不同，这个孩子仰头看着夜空。

他笑问孩子为何如此，小儿却答非所问，淡淡道："时隔二十余载，东南之地将大寒。"

这完全是无稽之谈。

就连不识字的幼儿都知道，东南气候湿热，夏长冬短，就算一年之中最冷的天气，也不会令人觉得冰寒刺骨。

皇帝笑道："若二十余年后东南不寒，你这便是欺君之罪。"

孙家人噤若寒蝉，想解释少爷有些痴傻疯癫，却又不敢吱声。但皇帝并不是和幼童置气，只是说玩笑话。

孙灵武道："会大寒的。"

孙家有辨通阴阳、经天纬地的家学，京城多位观天象的大家都出自孙府。所以这孩子的童言也引起了皇帝的注意，他问："那就来赌，二十余年后，东南若无大寒，灭门如何？"

抛下身后呆若木鸡的孙家人，他大笑出门。身后的总管太监了然，不禁轻笑："这东南怎会大寒。陛下是看上孙家这千年阴沉木的莲花木雕门罢了。

"明着要可不成，等个二十年，让孙家把这门送过来也是美事一桩。"

孙家的正门是由整块阴沉木雕成的。说来也是鬼斧神工，偏偏有两块巨大的阴沉木，长得如同道家阴阳鱼，一左一右，刚好拼合，便是浑然天成的门扉。这种东西可遇而不可求，阴沉木也非甚名贵物件，开口要也不好，不开口又心痒。

二十余年后，京城来了御信，问已经成人的孙灵武："天监所主事之子，今年大寒否？"

孙灵武认真回信："东南将大寒。"

孙父用家法把儿子打得爬不起来，然后颤抖着回信："童言无忌，望陛下宽恕。臣为天监所主事，不敢懈怠，如今天象平和，万物有序，南地今年将谷满千仓！"

17世纪初，东城，夏七月。

大寒。

南天监所孙主事玩忽职守，曲解天象，未能预兆天灾，即日押解赴京。南天监所由其子孙灵武代为主事。

曾有古籍中记载了 17 世纪的小冰河期异象。东南七月飞雪，几个粮仓近乎颗粒无收。一个叫孙灵武的人在字里行间留下了姓名，那是封还未写完的信："东南将大寒……"

"这个叫孙灵武的人，虽得皇帝重用，但一生都不曾入京。"我和面前的人解释，"究其原因，便是天灾致使朝政动荡。古代帝王尤其注重天象，负责监视星象、解读天机的天监所是权力中心的一个重要组成部分。动荡的朝政之中，纵然是皇帝，也不敢贸然召一位名不见经传的外官入京，进入京城的天监所。"

那人安静地听着，一句话不说。这让我心里没底，可一想到对方也许从头到尾都不知道我在说什么，顿时又有了些底气。

"孙灵武这个人没留下什么著作，只有一本半自传性质的书，《大寒传》。在这本书里，他说自己在小冰河时期灾变的二十年前就预言到了东南的气候将异变。"我装作低头翻资料，一边偷偷用眼神瞥着对面，"这本书……记载很少，文字质量也很差，叙事混乱，所以一直没有什么关于它的系统性研究……目前历史研究普遍认为这只是孙灵武用来自吹自擂的传记……而且作为自传，这本书记录的内容只到他二十六岁为止。"

那个人——罗杰先生，仍然一点反应都没有，低头看着自己的手机。他的翻译张小姐站在一旁，轻声转达我的话。

这人特别像那种朋友圈富二代。高个儿，瘦，梳一个清爽的背头，皮肤很白净，我总担心他下一秒就会从那个名牌包里掏出一双莆田鞋，或者推荐我他朋友开的怀石料理店。平心而论，我对这位美籍华裔商人没什么好印象，我们现在在做的勾当也是在灰色边缘疯狂试探。

但一切都只是为了钱。

"《大寒传》珍本就保存在我这里。"我说，"您什么时候拿钱来，什么时候就能把书带走。"

我爸病了，我需要钱。

所以我现在在倒卖他半生收藏的古籍珍本，只要你带钱来，不管你从哪儿来、买它干什么，我通通卖。

铺天盖地的风雪里，孙灵武眯着眼睛站在雪中。这个富家公子比寻常青年来得瘦弱，看着像个吃不饱饭的书生。

东城里的夜很静。以往的这个时候，应该是夏末花市的时节。但此时的城市却是一片茫茫雪景，连夜里的灯火都没有。家家户户门扉紧闭，路上无一行人。

唯有他与侍卫千铃儿站在雪里。

孙灵武抬头看天。大雪夜，夜空灰蒙蒙的，可他的眼睛微微眯大了，在冰天雪地里呵出一口一口的白气。一阵风过，孙灵武的雪斗篷被风吹落下去。

"还有蝶在。"他说。

随着细软的声音飘散，雪地里有一片积雪突然抖动起来，像是有什么活物在下面。千铃儿把主人护在身后，右手按在刀柄上。飞雪更大了，好似一群群扑面而来的白蝴蝶。

倏忽，就在呼吸的刹那，有人形的白影从雪中蹿出，如蜿蜒闪电般贴地游向他们——数十米的距离，它只弹指工夫便来到他们面前。孙灵武依旧看天，面无表情。

刀光与雪光交织。千铃儿的刀不知何时出的鞘，又不知何时归的鞘。

人影倒地了，宛如冰融为水，尸体在雪里散了。

"还有蝶在。"孙灵武重复着这句话。

风雪中，他们继续往前走去。

3

罗杰忽然把手机收了起来，调整了一下坐姿。我有些担心，这个富二代看着不像是自己对古籍有兴趣，可能是替长辈来收购。我刚才和他解释那么多，也许在他听来全是废话，而且早就听得不耐烦了。

他如果要走，我也没办法。

可他调整了坐姿，重新把身子陷在沙发椅里面，神色平静地看着我："季小姐，你是学什么的？"

这句话用中文问的，我愣了一下才反应过来。

"地质……"

"为什么会成为古籍研究中心的副主任？"

我哑口数秒。用体面的解释可以说，我考研的时候对古籍研究产生了兴趣，加上我父亲是古籍研究所的主任，受家学影响。

但事实上是因为那一年我没考上地质学的研究生，古研所的老教授给我爸面子，当了我的老板。毕业后也没地方就业，于是就借着爸爸的关系当了个副主任混日子。

他对我的回答好似也没什么兴趣："那你对生物应该不太了解。但是蝴蝶的情况，和你的情况有些像。原来是一样东西，后来变成了另一样东西。"

"请稍等一下，"我打断他，"我以为张小姐是你的翻译？"

罗杰看着我，过了一会儿开口道："我只是懒得直接和你说话。"

这人脑子有病。我心里想。

"蝴蝶是一种很典型的完全变态动物。简单来说就是，幼虫和成虫是完全不同的两个东西。"他说。

我不知道他为什么突然说到生物学上的变态现象。但这个知识我是知道的，初中到高中的生物课都教过。完全变态的昆虫体内的基因有选择性表达，在它的幼虫时期，成虫盘细胞遍布在它体内，呈现"休眠"状态；当它进入蛹的阶段后，激素激活了体内的成虫盘细胞，幼虫细胞得到信号后就自我裂解，成虫细胞在蛹内成长，最后破蛹为蝶。

幼虫在蛹里面说白了就是"死亡"了，给成虫腾出了地方。并不是毛毛虫变成蝴蝶，而是毛毛虫死后，毛毛虫体内的蝴蝶细胞开始生长发育。

"完全变态发育这个现象，被认为是昆虫独有的。虽然像一些卵生动物在成长过程中也有变态发育……"他说到这儿，耸了耸肩，让话题又回到了孙灵武身上，"算了，不说这些——季小姐，你对孙灵武这个人的生平还有其他的研究吗？私人方面，比如婚娶、子嗣之类的。"

"他的相关资料太少了，就连生卒年都不详。"我说，"您可以把书买回去，自己慢慢研究。"

罗杰付了钱，拿走了书。

我去医院付费，刚好是 ICU 探视时间，顺便去看了爸爸。医院最近人满为患，原本应该已经是夏天的气候了，但气温骤降，许多人都得了感冒。

我爸躺在病床上，身上插满了管子。他的意识不太清楚，只会呢喃着头疼。我在边上坐了一会儿，把奶茶杯子吸得"呼呼"响。旁边换药的护士瞪了我一眼，用手指着墙上的"保持安静"。

我把塑料杯子拧成一团，走出了 ICU。

今天下午没什么事。这个城市的古籍研究所没什么任务，相当于一个养老办公室。我站在马路边，看着人来人往的车流，忽然升起了某种自我厌恶。我就像是个废物利用做成的展品被放在灯下，到处都是经不起推敲的痕迹。高考一般，考研失利，工作也是靠老爸，现在我爸躺在医院里，我能搞到钱的唯一方法居然是倒卖他的藏品。

就在这时，街边的一辆车上下来了两个男人，穿着得体的西装，他们走到我面前："请问是季媚吗？"

我一怔，点头。

"我们是文物管理局的。"其中一个人快速向我出示了证件，"有些关于古籍的情况要向你了解一下。"

一股寒意顿时从脚底蹿到天灵盖——我知道我爸私人珍藏的一些古籍属于不可出境的古董，但这几天陆续卖掉了两本书，其中《大寒传》就卖给了来自美国的华裔。

我往后退了一步："我不太方便……"

"公务第一，麻烦和我们走一趟，"高个儿的男人把我的退路堵住了，他们示意我上车，"我们只是了解一下情况。"

换作电视剧，下一个镜头就该是我上车了。但这是人来人往的马路，我稍微有了些胆子："我不走，有什么话就在这儿说清楚。"

"我们是文物局……"

"我知道。所以有什么事？"

两人对视一眼："是这样，最近有个古籍藏本的统计，我们想对季教授登记的私人藏本做一个整理。"

"我爸病了。"

"那你知道他收藏古籍的地点吗？"

我从小有个毛病，就是对其他人的一言一行特别敏感。

现在他的这个问题就让我觉得怪异。我也说不上具体怪在哪一点，但就是觉得怪。另一种可能性浮现出来，我更警惕了，努力掩饰住身子的颤抖："你们想要确认哪本书？我爸的藏品都属于私人藏品。"

——我怀疑，我倒卖藏书的事情可能暴露了。

高个子说："不是特定哪一本。而是定期的一个整理。"

"是吗，我怎么记得去年就整理过了？"

这句话一出口，这两个人的表情突变。我只是随口胡诌了个借口，但他们的反应太怪异了——接着，矮个子的壮汉一把抓住我的胳膊，就往车子的方向拖。高个子挥手遣散人群："执行公务，请不要围观。"

我被硬拖上了车。虽然这时候我心里觉得奇怪，但本身也心虚，所以不敢挣扎喊叫。车上还有个男人，他在后座监视我。然后高矮个子的两人坐在前排，将车开了出去。

我说我要再看一次证件，和文物局联系。但身边的男人阻止了我拿手机，前排的人回头对我笑笑："季小姐，请你配合我们工作。"

事情到这一步，我也缓过神了——这不是例行检查登记的文物局员工。他们在医院门口等我，分明就是蹲点！

"放我下车！"我拼命去够车门把手，但那人把我双手都抓住，强行替我扣上后座的安全带，"你们这是绑架！"

车开上了高架，没人还能看见我的挣扎。半小时后它进了高速，直接走了自动收费口，越开越偏。这几个人都不说话了，前排的男人低头给谁发着消息，我僵硬着身子观察情况——他们到底是谁？难道是人贩子？

不知开了多久，车子驶离了大路，拐进一条小野路里。四周都是一人高的野草丛，附近没车也没人。

我的声音都在颤抖："那个……"

话音未落，就听见一声巨响，整辆车像个掉到地上的沙丁鱼罐头，被草丛里冲出的另一辆车撞飞了。

4

我再醒来的时候，天地是倒过来的。过了几分钟，意识才勉强清醒过来——我还在车里，因为扣着安全带，所以被固定在了座椅上。车翻了，我也坐在座椅上头朝地。

另一个不知道是好还是不好的消息就是，其他三个男人都没有声息了，姿势怪异扭曲地躺在被撞烂的车里。

有人来到车边，从车窗往里面看情况。我先看见一双穿着高跟鞋的脚，接着，熟悉的脸庞出现了。

是张小姐，罗杰的翻译。

我感觉到温热的血从伤口淌下，滑过我的脸。车门被撞烂了，不可能正常打开。然而这个秀气高挑的女人拉住变形的车门，用力往外面一拽，刺耳的金属刮动声传来——她把车门拽开了！

我怀疑自己快死了，所以看见了幻觉。

"她还活着。"张小姐回头说，"怎么处理？"

不知道外面的人回了她什么，她探身进入车内，替我解开安全带。我浑身都在疼，但没缺什么部位。

张小姐把受伤的我慢慢拖出来。然而，地上有什么东西动了。

车子是翻过来的，三个男人都躺在车顶，看样子是死了。但离我最近的那个人动了，不像挣扎或者痛苦地抽搐，而是四肢怪异地伸展着。他穿的西装底下出现此起彼伏的隆起，像有某种东西正在破体而出。

张小姐也讶异了，她想加快速度把我拽出来——突然，西装碎了，一个白影从人体里钻出，以灵敏到不可思议的动作卷住张小姐的腰。她整个人发出了易拉罐被压扁的声音，喉咙里"咯咯"作响，生生被那白影拦腰拧断。

我呆若木鸡地目睹了全过程，直到缓过神来才看清白影究竟是什么——它浑身纯白濡湿，还有人形，但五官和四肢都变得极其细长。

它逼近了我，我顿时闻到血腥味中多了些清香，就像所有美好气味混合的味道——雨后湿润的泥土，阳光照在屋里的气息，女孩子身体的余香，夏天的蚊香……

这种香味，让我有一瞬间的失神；旋即，一声大喊惊醒了我："别动！"

"簌——"的破风声过后，白影的后脑被什么东西打中，尖叫着滚落在地，挣扎抽搐，数秒后不动了。

罗杰的脸出现在车窗外。

"还活着吗？"他问。

"死了……"我还呆呆看着张小姐与白影的尸体。

他嘟囔道："还活着啊。"

我颤抖着蜷缩在他的车上。绑架者的车和尸体被留在了原地，他带着我扬长而去。

孙灵武面朝下趴在雪地里，用力呼吸着。千铃儿执刀站在一侧，注视着风雪中的风吹草动。

不知不觉，四周弥漫起了那种香味。它仿佛集结了人世所有美好的香味，却令千铃儿警惕了起来。

"五只幼蝶。"孙灵武一边爬起来，一边慢慢说，"天太冷了，它们的翼膜还没展开就被冻住了。"

五个白影在雪雾中接近他们，但动作比其他白影来得缓慢。千铃儿知道，这些家伙之所以行动如闪电，是因为四肢和躯体之间有一层半透明的翼膜，能令它们在地面上进行短暂的滑行。

半年前，东城的气候异变，盛夏降下暴雪，冻死人畜无数。

接着，这种怪物就接二连三地出现了。它们不杀牲口，只袭击活人，幸存下来的人只能紧闭房门躲在家中，就算家中存粮告急也不敢外出。只要走出屋门一步，就可能被躲藏在雪下的怪物拖进雪堆之中。

千铃儿不知道它们是哪儿来的，但是他的少爷孙灵武却对它们十分了解。

孙灵武称呼它们为"蝶"。

他不是没好奇过蝶从何而来，但武者的直觉告诉他，怪物只要斩杀即可。真正令他好奇的是孙灵武这个人。

千铃儿担任孙灵武的侍卫很多年了，也经历过孙家的一场动荡。孙老爷因为没能看出天有异象，被押解赴京处斩；皇帝却偏爱孙少爷，不仅没有亏待孙灵武，还让他取代了父亲的位置，成为南天监所的新主事。

然而好景不长，东南之地陷入从未有过的严寒与风雪中，蝶杀戮居民，繁华富庶的东城一夜之间近乎成了一座死城，余下的百姓人人自危。这个行为怪异的少爷终于走出了书房，对唯一还留在他身边的护卫千铃儿说："陪我去狩猎蝶。"

千铃儿之所以还留下，是因为他无处可去。他是孙家收养的孤儿，被培养成了武士，无父无母。

孙灵武可以说是他这辈子最熟悉的人了，主仆俩都很安静，各自想各自的事。有人同情千铃儿成了少爷的护卫，他们总觉得孙灵武是个疯子或者痴呆儿。但如果让他选，他还是会在孙灵武身边待着。

也许是因为气味相投。

不知道别人是不是能闻到，千铃儿能闻到某种从孙灵武身上传来的香味。

说来奇怪，这种香味，令他回忆起"父母"。

他是弃婴，没见过父母。可是他总觉得，这种香味就是父母的感觉。

所以偶尔他会出神地看着孙灵武，以至于鲜少搭理别人的少爷都忍不住问："你看我做什么？"

"就在想……父母是什么样的。"

"我不是你爹娘，你看我没用。"

主仆俩在雪里游猎了五天五夜。孙灵武病了，他越来越虚弱，以至于有的时候会面朝下趴在雪里，他说这样舒服些。他在雪里休息，千铃儿就在旁边护卫。落雪静静覆盖在孙灵武的身上，让这个消瘦的青年好像一具僵死的尸体。

蝶越来越多。千铃儿好奇这些怪物的来历，他答道，它们不是怪物。

不是怪物？那会是什么？

"它们啊，是长大了的人。"孙灵武拍掉肩上的碎雪，少有的笑了，

"怎么，它们长大了，你就不认得它们了？说不定其中就有遗弃了你的父母呢。"

5

罗杰开着车，一边用英语和人打电话。大部分的内容我听不懂，但他和那个人说，他很快会回去。

回去？回哪儿？

我现在整个脑子一团糨糊："你能送我回家吗？"

"他们知道你家在哪儿。"

"他们到底是谁……"

"'工蜂'。我们一动，他们也跟着动了……"他"啧"了一声，把车开进了机场高速，"总之先带你到安全的地方。"

"你不跟我解释清楚就别想带我去任何地方！"

我一把拉住手刹，逼他靠边停车。他瞪了我一眼，嘴里好像嘟囔了个骂人的词。

我们在车里僵持片刻。车停在高速的应急车道上，他盯着我，过了足足有三分钟，终于决定先退一步。

"因为《大寒传》在你手上，他们本来只是为了那本书来的。催化剂被研发成功后，破蛹计划被重新提上了日程……"我根本搞不清他在解释还是在自言自语，"'工蜂'重新聚集起来，开始寻找有关孙灵武的信息，拥有《大寒传》的你就成了目标。"

"你这说了和没说有什么两样！"我作势要下车。

罗杰想说些什么来拦住我，他咬着牙，目光闪动。就在我拉开车门的前一秒，他说："孙灵武不是人。"

——也许是在美国长大的关系，他不知道"不是人"这个短语可能包含的多种意思。我困惑地盯着他，他只好继续补充信息："孙灵武不是人类，而是一种旧人类和新人类的异变体。那些崇尚人类进化为新人类的疯子组成了'工蜂'组织，奉他为神明。"

我呆了几秒，然后拉开车门下了车。

罗杰追了上来。

"人类是一种完全变态发育动物的幼体！"他把我从高速公路

拽回车子的方向，"我们的体内也有沉睡的、未被激活的'成虫盘'细胞。在远古时期，地球的气候发生了急剧异变，温度升高，人类的'成虫盘'细胞失去了被激活的苏醒条件，一直沉眠，所有人类也保持着'幼虫'的阶段，繁衍至今。"

我逼得他把事说清楚了些，这才回了车上。

"刚才绑架你的三个人都是'工蜂'，他们研发出了催化剂，注射后就可以激活成虫盘细胞，迅速完成完全变态发育，进化成完全体的人类。之前这么多年，我们都在阻止催化剂的研发，但现在催化剂研发成功了。他们计划激活三分之一的人类。现在催化剂还无法进入量产，被激活的只是少数工蜂，这是我们最后阻止他们的机会了。"

"孙灵武又是怎么给扯进去的？"

"根据之前的调查，我们知道孙灵武曾阻止了一场东城的蝶祸。"他拿出车里的平板，给我看了几张古文献的扫描件，那些都是古人的笔记，原件损毁严重，"普通人类无论如何都是无法阻止新人类的，你刚才就见识过那个家伙的战斗力了——或者说，新人类和人类已经没啥关系了。就像毛毛虫和蝴蝶，几乎可以算是 DNA 重新选择后的两种生物。我们把新人类称为'蝶'。"

我搞不懂，不是叫"工蜂"吗？

"'工蜂'们觉得，在自然环境下被激活了成虫盘的毛毛虫……不，人类，才有资格称为'蝶'。被催化剂激活的叫'工蜂'。17世纪初，由于气候异变，气温骤降，也许满足了某些激活条件，东城有很多人的成虫盘被激活了，化为了'蝶'。"

"……那'蝶'也可以算是高等智慧生物吧？直接共存不就行了？"

"在那份记载里，东城的蝶无差别地杀死人类。我说了，它们和人类是两种生物，你看过蝴蝶和毛毛虫同居的吗？它们是新生物，也是高智慧生物，为了自己的生存环境，会先找出对自己威胁最大的敌人进行灭绝——也就是人类。"

车停在了机场，我们下了车，他直接去柜台买了最近一班去东城的票。

"你刚才说孙灵武是什么？"我差不多把事情的前因后果梳理好了，总之就是有个极端组织想让人类进化成一种怪物，罗杰那边在阻止他们。

"异变体。他的成虫盘细胞在出生时就激活了，但是幼虫细胞却并未接收到自我毁灭的信号。人类和蝶两种生物同时存在于他的体内，根据进化原则，他的能力要比蝶更强。"

就像一个虫蛹里挤着一只蝴蝶和毛毛虫两个房客。

不对啊。我问他："那你们是怎么知道孙灵武的身份的？"

"他有一份手稿，交给了身边的心腹保管。这份手稿后来落到了'工蜂'手里，再后来被我们找到了。"

"那我只是因为《大寒传》这本书才会被卷进来的对吧？"我简直就是躺枪，"这事儿干吗不曝光出来？"

"你想人类社会崩坏吗？那样还不如被'蝶'杀光。"

我们上了飞机，罗杰安排人保护我爸。我好奇他是用什么东西干掉刚才那只"蝶"的，他说是某种凝血因子注射枪。"蝶"的生理特征和人类或者普通哺乳类完全不同，它们的皮肤坚韧，几乎没有外在的弱点，免疫神经毒和化学毒，可以在七十度到零下七十度的温度范围里活动，体内是高强度的软骨，大约有十七个功能性脏器，哪怕只留下一个脏器也能继续活动。

唯一的弱点是这种凝血因子。

这人买了头等舱的票，我在柔软的座椅上躺着休息。空姐温柔地端来果盘，不过我们俩谁都没胃口。

还有半小时降落的时候，我去上了厕所。刚刚进去还没关上门，整架飞机就震了震。紧接着听见了空中广播："由于气流影响……"

震动再次传来。我听见有小孩尖叫："妈妈，窗外有人在飞！"

6

我匆忙回到座位上。机舱里一片混乱，人们都聚在圆窗前。

"蝶"，越来越多的"蝶"聚集在飞机的两翼——它们的四肢有翼膜，可以乘风飞行。同时，飞机的舱门处传来了一声又一声的撞击。

它们想拆门！

这时，罗杰抓住我的手腕："你有艾滋病或者肝炎吗？"

"我……我……什么？！"这人疯了吗？

"我问你有没有艾滋病。尽管概率很低，但还是要问一下。"

"没有！你在想啥？！"

紧接着，他用力咬了我的手腕。是真的用力，我手腕一阵剧痛，被咬破了。他吮吸我伤口的血液——某种特殊的感觉在我的脑中震荡，像是同时有一百个人在用指甲挠黑板。

我跌坐在座位上，浑身没有了力气。罗杰擦掉嘴角的血液站在走道中间，不知是不是虚弱时的幻觉，我隐约见到他的五指间有透明的翼膜。

他张大了嘴，我立刻听见了刺耳的声音，然而其他乘客还惊慌地聚集在窗旁，没人注意到他，除了我，没有其他人听见这种令人难受的声音。

神奇的事情发生了——"蝶"争先恐后地远离了飞机，好像痛苦万分。罗杰停止发出那种声音，同一时间，我昏了过去。

我做了个梦。

一个书生坐在书房的竹椅上，低头看着双手。他的手上没有掌纹，皮肤要比身上其他地方更加白，指间有淡淡的薄膜。

然后他转头看着我，他的双眼迅速变形，变成细长妖异的样子。他对我说了两个字："羽化。"

羽化……

我念着这两个字醒来。天花板是白色的，罗杰的半张脸在边上，看上去好像便秘了三天三夜一样。

飞机的事引发了轰动，在被调查前，他带着昏迷的我脱身了。现在我们在东城的一家私人医院，院长是罗杰那边的人。

"不应该啊，我为什么会昏过去？失血过多？不应该啊，又没……"

刚醒来，脑子还不清醒，我抱着膝盖在病床上自言自语。罗杰在边上看平板，院长在查看我的指标："挺危险的。"

"啊？"我抬头，"我去年刚体检过……是查出啥不好的东西了吗？"

"他在和我说话。"罗杰冷冰冰地把平板放在我脑袋上，"你继续睡。"

"你差点就把你们俩都激活了。"他说。

"我知道。但当时情况紧急，我没有其他办法。"

我在病床上听他们的谈话，我知道自己现在应该愤怒地质问罗杰飞机上的事，吸血的事，包括接下来的计划，怎么保障我的安全等等。

可我却只是安静地听着。我的意识就像水里沉浮的鱼，隔着水观察着一切，时而清晰，时而模糊。

周院长给我打了一支针剂，我感觉整个人都很冷，裹紧了被子。他知道这种针剂的效果，把单人病房的暖气打开了，还送来了一堆暖宝宝。"这是激素抑制剂，这几天你可能会有些难受，季……女士。"

"季媚。"我说，"我叫季媚。"

敢情到了医院这么久，罗杰都没和人家好好介绍过我。

我现在也认了，反正是被卷进来了，大吵大闹无济于事。在享受了几天私人医院 VIP 病房无微不至的服务后，我在晚上把罗杰给等来了。

"感觉怎么样？"他问我。

"挺好的，上厕所都有人恨不得冲进来给我擦屁股。"

他决定无视掉我的话："你这几天没有出现意识丧失之类的情况吧？"

"……我应该出现这种情况？"

他静了片刻，说："因为我差点把你的成虫盘激活了。"

"……"

"不过没事了。我们都注射了抑制剂，激活被中止了。"

"我想跳起来打你。"

说完，我就情不自禁地从床上跳起来捶了他的头。

"你到底是什么东西？"我问，"为什么喝了血就能赶走那些蝶？"

"你应该问，我们是什么东西。"他冷笑，"我是孙灵武的后代。

至于你……"

他指着我。

"你也是孙灵武的后代。"

病房里有几秒的寂静。然后我抄起椅子："你会说人话吗？"

他接住椅子，接着，不费吹灰之力，就将椅子的腿拧了下来。

就像当时张小姐拽开扭曲的车门。

"孙灵武有后代。研究古籍的人对他没兴趣，所以也没人知道。"

"他有后代不是正常的吗？"古代人的婚娶观念没那么多差异，大多数人到了年纪就说亲结婚了，更不用说这种富家公子。

"我说的后代，不是说他和女人结婚生子产下的孩子。而是说……他自己生下的孩子。"

"……什么？"

"不，那不叫生孩子，那更像单纯的分裂。孙灵武有两个后代，一个继承了人类孙灵武的血脉，一个继承了蝶化孙灵武的血脉。"

千铃儿知道，只要在少爷附近，那些"蝶"的动作就会变得迟钝。

孙灵武张大了嘴，但千铃儿没听见他发出任何声音，可附近的"蝶"却痛苦地颤抖着退后。千铃儿将它们一一斩杀，再回头看少爷，他已经合上了嘴，神色疲惫。

"这是最后的了。"孙灵武说，"结束了。"

"它们还会再来吗？"

"'羽化而登仙'……自然有人在暗地里崇拜它们的。你以为从古到今千万年，那些修仙者追寻的长生不老究竟是何物？"

蝶祸过去了。孙灵武大病了一场。他只让千铃儿进入卧房，递送饮食。千铃儿一开始以为是肝病——他见过这样的人，面色蜡黄，腹部鼓起。但孙灵武虽然腹部巨大，可神色苍白。他有时会和千铃儿闲聊几句，说自己没有生病。

"这些手稿由你保存，"他将册子递给了千铃儿，"我大限将至。若他日再有蝶祸，只有你能对付了。"

他转过头，另外的半张脸已经化为"蝶"的面目。

"我既是人也是'蝶'，既非人也非'蝶'。关于'蝶'的一切都留存在这些手稿中，望你珍重。"

又过了数日，深夜，千铃儿听见卧室里有惨叫声。当他推门进去时，屋里弥漫着浓浓的腥味。孙灵武濒死，他的腹部破碎，里面有两个婴儿。

7

"我们是蝶化的后代，身体素质高于常人。你是人类孙灵武的后代，没啥特殊能力。但是一加一大于二，我们服下你们的一部分生理组织时，成虫盘会被短暂激活，大概五分钟左右。在这段时间，我们可以拥有对付'蝶'的力量。"

他对我伸出手，指间的薄膜已经不见了。

"但是有副作用。成虫盘被激活，有一定的概率无法终止激活状态。也就是说，我和你都可能变成'蝶'。"

这就是为什么在高速公路那边战斗的时候，他选择用凝血因子枪，而不是咬我一口。但是飞机上没办法用枪，只能冒险这么做。

我并不是单纯因为那本书被牵扯进来的。

"……我大概能理解你可能变成'蝶'，但我为啥也会……"

"……"罗杰的神色变了，僵硬地瞪着我，过了老半天才回答，"咬你的时候，我们已经配对了。"

"……啊？"

"配对，我们的……生物信息。我们有联系了，直接通过空气……有内分泌系统的共振……"

"不是，你的脸为啥红了？"

"你这屋里太热！"

他摔门走了。过了几秒又推门进来："我那边的人已经锁定'工蜂'制造催化剂的地方了，三天后我们就动身。"

"我也去？！"

"不然呢？那边肯定有'工蜂'看守，打起来的话你必须得在场。"

我顿时脑补了类似好莱坞大片里面那种最终战斗的场面，弹片横飞，主角光环加身，附带"百分百不会被子弹打中"的 buff。

在迟疑了片刻后，我一口答应："我去！"

罗杰本来准备了说辞来说服我，一听我答得那么爽快也有些意外。

我就觉得激动，一潭死水一样的生活终于要有变化了。

几百年过去了，孙灵武的两个后代都有了无数的后裔，能力的强弱也参差不齐。罗杰他们属于保留"蝶"能力最强的那支，组成了阻止"工蜂"的团体，并且作为继承了"蝶"能力的后代，能够感应到我们这些人类后代。

我们就是他们的天然催化剂。

"蝶"崇拜主要存在于人类后代之中，他们羡慕"蝶"后代的力量，最后，这种崇拜演变成了对"蝶"的崇拜。

"他们不知道变成'蝶'之后就是完全不同的另一种生物了吗？不会有人类的情感、记忆和意识……"

"他们知道。"罗杰开车载我去和其他人汇合，"他们只是想变成那样子。"

我想了想，忽然有点理解。当人类是件累人的活，肯定有人不想继续当人。

这群人也觉得，"蝶"是人类进化后的生物，凌驾于人类之上。也许有人能通过财富、权力凌驾别人，但直接拥有物种优势的优越感是无可替代的。

我们抵达了他们约定汇合的地点。"工蜂"生产催化剂的地点之一在东城的城郊工业区，我们要做的就是把生产仪器和材料都摧毁掉。

同行者有个普通话不太标准的大哥，他好像是专门研究"工蜂"催化剂的，一路上都在碎碎念："像古代那些人痴迷炼丹……有些其实就是为了羽化为'蝶'。人类本来会自然而然化'蝶'，但地球气候异变，完全变态发育停止了，于是人类一直保持着幼虫的姿态。有些人意外发现其实只要在某些外因下促使身体的生理指标异常就可以开始进化，自古以来，研究这种药的人和我们这些阻止者就一直在较劲。"

"外因？"

"比如突然降温。就像你给我们的《大寒传》里面的记载，气候温暖的地方如果经历突发的持续降温，有极少数的人体内的成虫盘细胞就会被自然激活。历史上的几次小冰河时期，人类数量都有大幅减少，其中很大一部分都是死于'蝶'的捕食。"

哪怕在现代，"蝶"的优势也极大。它们不是没有理智与思想的野兽，而是脱离于人类思维、完全以食物链上层捕食者的角度进行思考的生物。如果"蝶"的数量多了，它们会迅速结成一个新社会。

就算用机关枪杀它们也需要打完一梭子，特制的凝血因子子弹还没办法量产。最有效的方法是让"蝶"后代吸收人类后代的部分生理组织，进行临时的超进化，短暂拥有能够压制"蝶"的力量。

"生物学上，这叫多段超变态阶段，风险也很大，临时激活的成虫盘可能会彻底苏醒，无法再从超变态阶段恢复到人类这个幼虫阶段。"他苦笑着指指罗杰，"他被周院长黄牌警告了。"

罗杰回头瞪了我们一眼。我明白这话的意思，罗杰的成虫盘已经在苏醒的临界点了。如果再使用喝我血的临时进化法，说不定就会彻底化"蝶"。

"总觉得'蝶'占尽优势，干不过啊。"我耸肩。

"某种意义上它们才是合理的存在。"有人说，"我们是在强行阻止从远古就该发生的进化，逆向行驶。"

我们来到了工厂门前。他们轻而易举就将铁门拽开了，黑暗的工厂里，制药仪器安静地摆放着，罗杰看了一眼空空如也的材料柜："来晚了一步。"

催化剂被运走了。

"应该刚走没多久。"我看见地上的车轮印还很清晰，"去追吗？"

"不知道车牌号怎么追？"

我指了指工厂区门口的方向："保安亭那边的车辆放行杆装置有拍照功能。你用一下'钞'能力，看看能不能让他帮忙？"

十分钟后，我们从监控电脑里调到了卡车离开工业区的照片，上面有清晰的车牌号。罗杰让组织里在交通部门的人查监控，那是一辆十轮卡车，正由南向北进入高速。

8

我们开车去拦截。我发现了，不管是他们还是"工蜂"，大家都没有担心过行动经费的事。

两个组织背后无疑都有赞助，而且都来自人类中的上层。

罗杰和一个女队友在 SUV 后座准备凝血因子，我替他们开车。研究催化剂的大哥解下项链上的十字架祷告。这让我挺意外的，我以为这群人都是无神论者。

"是神的旨意，所以人类维持这个模样。"他说，"一切都是神的旨意。"

"别在非宗教场所传教。"罗杰无情地打断他，"你待会儿打头阵吗？"

他们像雇佣兵小队一样分配任务。我肩不能扛，也没被他分配任务，目测是用来当人形血包的。

"我现在去吃个 VB12 还来得及吗？"我问。

罗杰说："用到你的话说明我们快完蛋了。"

"别吧，我还没谈过恋爱！"

他扑到我椅背上，掰过我的头亲了亲，就嘴唇和嘴唇擦了一下。

我呆住了："……"

"妹子，看前面。神肯定不希望我们出师未捷先在高速追尾。"旁边的大哥替我调整了方向盘。

"别刹车。"罗杰说，"它就在前面。"

装满了催化剂的卡车，果然就在我们前面不远。

"踩油门跟到它后面，然后你开车在下一个出口下高速回去。"他一边布置装备一边说，"其他人准备。"

"我回去？我不是全程跟你们一起行动？"

"你是特别能打，还是特别能打？"

"我有血。"

"都说了，用到你就说明我们快完蛋了。"

他催我加油，然后第一个翻出车窗。我们距离大卡车越来越近，罗杰伏在车顶，当距离足够的时候，他跃到了前方的卡车上。

"不用沮丧，"大哥笑着拍拍我的肩，"其实本来计划就不包括带你来。"

那我在这儿干啥？

我看着他们一个个翻出车外，女队员离开的时候还回头解释道："那家伙就是从小没怎么和姑娘交往过，想在你面前表现一下。"

罗杰拉开了卡车的后车门，往里面看了一眼。忽然，我感受到了那种所谓的共振，一种巨大的恐惧同时降临在我的身上，转瞬即逝。

他看到了什么？

很快，他们都进入了后车厢，门被关上了。深夜的高速上车辆稀少，几秒后，卡车停了下来。

没有人从车里出来。

我把 SUV 停在它后面，坐在车里犹豫。片刻后，我下定决心，给周院长发了消息说了情况，然后下了车。卡车和 SUV 前后停着，距离不过三米。

车厢寂静，从外面什么都听不见。我探头看了眼卡车的司机座位，那上面没有人。

同时，我听见车厢铁门打开的"嘎吱"声，有东西从里面出来。

"罗杰？"我小心地靠近，双手微微颤抖，抓紧了背后的枪。那是他留在副驾驶座给我应急的。

车厢被人从里面打开了一条缝，接着，一只雪白的、粗长的异形手臂从里面伸出来，重重拍在车门上。

它的手指上挂着一个滴血的十字架。

动作比思考来得更快，我朝它开了枪。手臂迅速缩回黑暗中，但车门在同时彻底打开——十几个雪白人影扑出，风雪般涌向我。我冲它们不断开枪，打完最后一发子弹的时候，一个人影出现在车厢入口。

是人类。

那是个陌生人，但长相很奇怪。我不知道你们有没有看过那种 CC 电影，里面的人物和真人很像，但你　眼就知道这不是真人。这个人就给我那种感觉。我看不出她的年龄、人种，她穿得乱七八糟的，过于宽大的长袖衬衫和肥大的裤子，双手背在身后。

她歪头看我，背着的双手垂放于身侧。这个女人的双手已经不是人类的双手了，是"蝶"的雪白手臂，她的手指上钩着那个十字架。

我迟疑了。

旋即，白色柔软的手臂环住我的腰，将我拖进车厢。门关上，里面的白炽灯亮了起来。地上倒满了人和"蝶"的尸体，两侧堆满了药剂运送箱。她静静看了我一会儿，然后从口袋里摸出了什么。

居然是烟和打火机。

"我是'女王蜂'三号。"她吞云吐雾，"我想先和你确认一下，你现在准备站在哪一边？"

"……什么叫'女王蜂'……"

地上有罗杰他们的尸体，我看见他躺在角落里，浑身都是血。

女人面无表情："幼虫人类，成虫'蝶'，介于人类和'蝶'之间，拥有超越'蝶'的力量，就是'女王蜂'。最古老的例子就是孙灵武——你知道他的，季媚。不用意外，我们很久之前就调查过你了，你有机会成为我们的伙伴。"

9

好像异形片里，异形只要出场，目的就是杀光人类。

但如果异形也拥有超乎人类的高智慧，它们很快会形成自己的文明社会，甚至和残余人类合作。同时拥有"蝶"和人的基因的"女王蜂"处于最高的地位。

她的外貌和普通人类还是有很大差异。进化时出现的这种变异叫作超变态，出现在普通人类之中的概率大概是几千万分之一。罗杰他们作为孙灵武的蝶后代，也可以通过人为的方法临时进入超变态。

"孙灵武的两支后代，留到现在的人的力量有很大的差别。你属于'纯度'比较高的人类后代，"她用玻璃珠子似的眼睛盯着我，"是我们潜在的重要伙伴。你转变为'女王蜂'的概率要比其他人高得多。"

我严重怀疑这女的进化前是搞微商的："你为什么想增加'女王蜂'？那样你的权力不就更容易受到挑战吗？"

人的本能就是把权力握在自己一人手里，哪有没事干想和陌生人玩三权分立的？

她尽管不是人，但还有人的意识，那些臭毛病也是改不掉的。就像古籍研究所，那么个破办公室，平均年龄都夕阳红了，还时不时有几个老头会拉帮结派。搁宫斗剧里，她下一句就该蹦"大家都是好姐妹"出来了。

我又想起来，罗杰他们本来没料到催化剂已经被运走了，根据他们的情报，这批催化剂应该还在工厂里等待生产才对。这么大的情报缺失，你要说单纯是因为"工蜂"们热爱工作天天"996"，我是不信的。

"这批催化剂……都是做好的？"我试探她，"你打算用这些去制造新的'蝶'？"

第一种可能，"工蜂"知道今天有人要来袭击工厂，提前把半成品和原料都转移走了。还有一种可能，那就是……

"我们比人类要更注重集体的力量。"她靠近我，瓷器般的皮肤没有一丝瑕疵，"回答我，你愿意成为我的同伴吗？"

——她私自把这些催化剂转移走的！

我猛地意识到这一点。"女王蜂"如果位于整个"蝶"社会的最高地位，她就要不断稳固自己的力量来保持地位，"女王蜂"和"女王蜂"之间还会有斗争。她刚才说她是几号来着？三号？

所以这次转移，她也是瞒着其他"工蜂"的。

"进化是什么感觉？"我问，"痛吗？"

"没有感觉。你根本记不住婴儿时期撞到桌角的痛苦。"

我说："你不是 FFF 团的成员吧？你不是的话，我能和我男朋友最后道个别吗？"

她默认我是选择站在她那边了，我也看得出，这个高等动物没把我这个穿粉色小裙子的东西放在眼里。我哭哭啼啼地蹲在罗杰面前："你放心，我会记得你的。"

她冲我走过来。我哭着扭头："等等！还没完呢！"

她再坐回去，瓷器一样的脸上满是不耐烦。

我掰过罗杰的头，吻了上去。我吻得很用力，直到因为缺氧而眩晕。

"好了。"我摇摇晃晃地站起来，"差不多了。"

然后，我向车厢门的方向扑去。同时，一道人影向她杀去，从我的身后。

接着车门被不知谁的攻击撞开了，我也被推了出去。车厢里的白炽灯摇曳闪烁，很快被打碎了。黑暗中，蝶化的罗杰和她厮杀，胜败转瞬之间。

我和他的情绪进行了短暂共振，"蝶"之间的战斗并不是人类能够承受的，我的意识就像老式放映机的胶卷被拉扯，疯狂地黑屏和跳带。

卡车爆炸了。我被巨大的气浪冲了出去，向高速公路另一侧的湖泊摔去，坠入水中。须臾，一道白色光影卷住我的胳膊。高速的路灯、月光、星光，将湖面染得色彩斑斓。爆炸引起的耳鸣还没过去，眼前的视野是模糊的，当离开水面的刹那，我看见了罗杰的脸。

他身上的伤口因为得到了"蝶"的生命力正在缓慢愈合。他背着我回到车旁，卡车的残骸还在燃烧，很快就会有警察过来。

"……我和你确定一下……"他的声音很疲惫，"你没有传染病什么的吧……"

"亲都亲了，别在意了。"

我们站在火光前。

在卡车里的时候，我感应到了两人之间的联系——他还没死。如果服下生理组织就可以临时蝶化，那么唾液是不是也可以？

抱着试试看的心态，我亲了他。

罗杰的身体一半都处于蝶化，我们的SUV也被爆炸的气浪掀翻了，他将车翻过来："你上车走吧。"

"你不走吗？"我有种不祥的预感，他蝶化的部分还没有恢复。

他对我摆了摆手，就像一个疲惫到了极点的人，连说话的力气都没有。

罗杰示意我快走，他已经无法再恢复了。蝶化的部分正越来越多。

我开SUV离开了现场，身体剧烈地颤抖着。从后视镜里，能看见他缓缓走进卡车燃烧的火海中。

我开着车，怔怔地自言自语："老娘的初吻啊……"

我自己都没意识到自己哭了。


千铃儿带着两个孩子走了很远的路，有人在追踪他们，他能感觉到。

这是个乱世，战火不断，四处都是盗贼和军队。有时也会有些神秘的陌生人接近他们，试图打听那两个孩子的事，打听孙灵武的事。

他们一路南下，躲避战火。有人说朝廷气数已尽，唯有仙人可救。在他们的描述中，朝廷正在暗中寻找仙人，那些仙人，就像东城的"蝶"。

天越来越冷，追兵也越来越近。追他们的是盗贼，还是朝廷的人？抑或是那些神秘人？千铃儿没有心思分辨，他只知道自己要尽力保护两个孩子。

他们最后在一处山林中隐居，有许多躲避战火的人都聚居在这儿。许多年过去，两个孩子也长大成人。有天，那个孩子坐在他身边，说起了一件事。

"孙灵武经历的事情，我都记得。"他说，"他的体内同时存在人和'蝶'，他选择把这两者拆分开来。"

"少爷是站在我们这一边的。"

"也许有一天，有后代会站在'蝶'的那一边。"

千铃儿平静地听着，他们并不觉得这是不可能的事情。站在这个人那边，站在那个人那边，站在这个国那边，站在"蝶"那边……人似乎总喜欢永无止境地"站在某一边"，自以为自己的立足之处可以影响结局。

然而世道是不在乎的。人和"蝶"皆如尘土般微不足道，只是为了活下去而厮杀，不过是天地间的一点儿墨迹罢了。

完

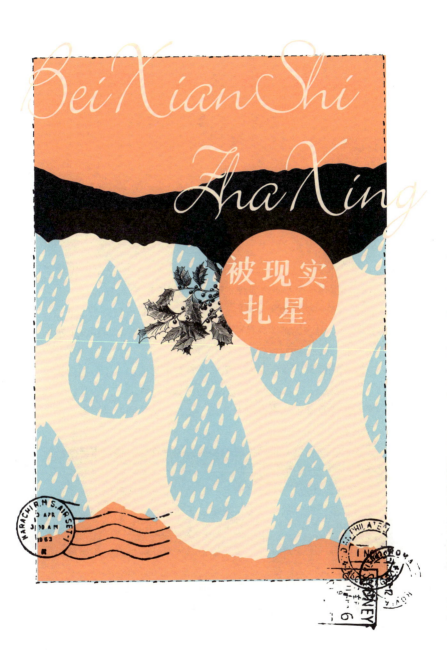

Bei Xian Shi
Zha Xing

被现实
扎星

随 机 家 庭 互 助

*SuiJi JiaTing HuZhu*

## 1

"我觉得这个家不需要我。"这是这几年我爸常说的话。

他五十九岁那年迷上摄影，天天带着一堆长枪短炮去 S 市的江边拍江景。但这场痴迷只持续了不到一年半，那堆相机很快就被堆在书桌底下吃灰了。

我很怕回家。就像那些不想早回家帮老婆照顾孩子的男同事一样，我也喜欢下班后自发地加班两小时。

不知道有多少家庭像我家这样，我和父母之间已经很多年没有交流过了。

我们之间并没有特别尖锐的矛盾，父亲性格温懦，母亲强势而聒噪。

年轻时，母亲因为长得漂亮，做事利索，性格开朗嘴皮子快，追求者众多；父亲的话不多，是埋头干活的类型，职业是食品厂的工人。

可能有人不了解在那个年代能当工人意味着什么，如果前缀再加上食品厂，那么，在求偶中将会具有非常强的竞争力。

三四十年前的黄金时代，嗅觉敏锐的人们察觉到了市场的动向，开始离开工厂，走向新的道路。但父亲和绝大部分人一样，都选择继续留在食品厂里，就像被闷在罐头里的金枪鱼。

黄金时代初，人们过往所坚持的一切开始崩塌、重构，霓虹彩

182

灯在蔚海路夜夜璀璨，有人知道时代变了，有人知道却不承认时代变了。那时我刚出生，父母抱着我站在蔚海路的霓虹灯下，看着逐渐繁华的商业街，还在襁褓里的我不知道他们脑中转过的是什么念头。

回家的路上，他们在一个小馄饨摊子上吃了顿夜宵。

很快，S市的这些小馄饨摊悉数消失。

无法继续待在工厂后，母亲那边的亲戚给父亲另介绍了一份工作——出租车司机。

这在当时也是份好工作，只不过是由母亲的亲戚介绍来的，父亲从此低她一等。她常在家里抱怨："你有什么用……当年追我的人那么多，你知道那个李红武吗？别人已经是老板了……他还问我过得怎么样，你让我怎么说呢？"

父亲嘀咕："老板了不起吗？又不劳动。"

母亲摔了勺子尖叫："你能醒醒吗？现在的工人算个啥！算个啥！"

她歇斯底里地吼着这句话，吼到嗓子嘶哑。

那时候我三岁，刚刚开始记事。她歇斯底里的样子成了我来到这人间记住的第一幕——那么浓墨重彩。

2

后来父母之间的交流开始呈现出死水般的平静。父亲会在晚饭时喝着小酒，回忆过往峥嵘。母亲在旁边收拾衣服被子，在狭小的屋里艰难转身，等父亲说完，她就冷冷回一句："所以呢？说得好像工厂能印钱一样。"

如果母亲不在，父亲就会去阳台上抽烟，一边抽，一边自言自语："我觉得这个家不需要我。"

我没办法和他们进行交流，我们没有共同的话题和爱好，他们之间也没有。父亲吃了晚饭就看新闻，看电视剧，刷朋友圈的养生文章；母亲则煲电话粥、嚼舌根，或者和她的姐妹们一起去附近的人造古镇一日游。大家彼此之间留出巨大的空间，尽管住的房子是S市老公房。

三个人中如果有谁不在家，问起那人去了哪儿，回答都是简单的：不知道。

"家庭"这个词，对于我来说带着一种割裂感。

比如你看小学课本里或是宣传画报上，家庭总是其乐融融的，他们好像一堆软体生物黏在一起，没有任何理由——因为他们是一家人，所以其乐融融。

我小时候也觉得父母是爱我的，因为父母总这么说，老师也这么说，全世界都这么告诉孩子。

但长大后，我发现事情似乎不是这样的。我的父母像是一种与此截然相反的危险生物——到了年纪有人介绍对象，就找个条件最好的结婚，到了年纪就生孩子，生了孩子就喂饱养大。如果生的是男孩，他们的心理上还会得到更多的殊荣。我也很难在乎他们——我不恨他们，但就像是对着两个与我无关的陌生人。

而他们则越来越在乎我：在乎我的工作、我的收入、我的恋爱状况、我的前途……

母亲的抱怨对象从父亲变成了我："你伯伯上次提到一个老同学的女儿，比你年纪大，也是一直不愿意找对象结婚。她家好像给女儿准备好了车、房，不用姑爷家出一分钱。你周阿姨说，她邻居的儿子是搞计算机的，现在都赚一百多万了。你年终奖拿了多少？天天在公司这么累死累活地干，有出路吗？我帮你把手机号要来了，你……"

我关上门进了卧室，把她的声音关在外面。母亲的抱怨声陡然尖利起来："不愿听我说？真好笑了，自己屁用没有，还嫌我话多！"

这时，门外传来钥匙开锁的声音——应该是爸爸回来了。有时他吃完晚饭会去外面散个步。

然而母亲的尖叫声旋即响起："你是谁？"

回来的，不是我的父亲。

3

张国栋，就叫他张叔吧，和我父亲一样，是上个月加入了"随机家庭互助"计划的人。

这个看上去没有攻击性的老男人裹着旧夹克，站在玄关门口无奈地看着我妈尖叫。母亲一开始要报警，要轰他出去，好半天才冷静下来，愿意听他解释什么是家庭互助计划。

"这是一个全新的实验项目，类似家庭成员的互换。要知道，每个人偶尔会向往其他人的生活，想获得不一样的生活体验。"他说，"参与项目的人员自愿签署协议，不对家庭成员造成危害，我就来这儿待一周，替代老张的角色。"

——"随机家庭互助计划"给交换者提供随机进入一个家庭中的机会。项目的目的是让交换者体验其他人的生活，增加生活阅历，体验人间百态。

因为现在越来越多的人对于最初构建的家庭感到茫然，或是觉得到了该结婚的年纪就和单位介绍的对象结婚的，或是实在不想打光棍随便和一个相亲对象结婚的，或是……

母亲对于父亲的咒骂就没有停止过："什么意思？他脑子有病！他人到底去哪儿了？日子有什么过不过得下去的……"

张叔和我在阳台上抽烟，门的隔音不好，女人的骂声很清楚地从身后传来。张叔苦笑："我大概知道你爸为啥要参加互助计划了。"

我："这个计划能让我注册一下吗？"

张叔："你也想参加？虽然是面向全部成年人的……可你……"

我："这个家也不太需要我的样子。"

很多时候，我都会羡慕那些因为爱而凝聚在一起的家庭。有个同学的父母都是建筑师，因为一个项目而相识，他们有共同的爱好，有时父亲拉小提琴，母亲弹钢琴为他伴奏。晚饭后，全家还会一起出去慢跑。

他的妈妈不会歇斯底里地后悔自己的婚姻与生活。

张叔的情况和我父亲相似。他与他的妻子，都和黄金时代的大多数恋人一样，到了年纪，就会有人介绍认识，没什么大问题就在一起了，在一起之后就要孩子了。从工厂离开后他给人当了保安，那家公司的老板是他的老同学。

张叔以有这样的同学而自豪，回家都会说对方今天又谈了多少生意，其实他并不知道那个同学在做什么工作，他只能见到同学坐着车进出公司。

同学的女儿准备去 M 国留学，张叔的女儿也争气，虽然没上过补课班，但门门功课都是班级第一。后来她进了一流学府，在外企工作，每年都有两个月外派在 R 国。女儿成了他唯一能让人夸赞的话题。

后来他渐渐觉得，只有女儿能夸赞是不够的。就像是一辆马车，缰绳太长了，马远远地在前面跑着，车子却荡在后头。

张叔开始想给自己的人生找些其他的花样，譬如他的祖上，他也不知道自家祖上是谁，后来逢人就吹张廷玉是他祖上。张廷玉是他的祖上，老板同学天天请他当军师，家里其实还有十几套房产……

张叔停不下来，有时他已经分不清什么是真的，什么是自己编造出来的故事了。等他回过神，女儿已经搬出去住，并不再同他说什么话了。

真正导致家庭崩溃的一击，是他去借了网贷。

我吓了一跳："你还欠钱？"

我第一反应是他可能是因为躲债才参加这个家庭互助计划的。

张叔摇头："还完了。借了三万，还了四十七万。"

张叔借钱是想和人一起做生意。但忽悠他做生意的，和借钱给他的都是一伙人。不断被套路加贷后，最后还钱用完了女儿所有的积蓄。

张叔："我们都是遇到了些事情才会被自己家庭踢出去的，你还小呢。"

我："你告诉我，我为什么还要留在家里？我每个月打钱给我妈就行了。"

张叔："你妈性格不好，你更不能丢下她了。"

我："得了，我爸都走了。"

我开始收拾东西。张叔下周将继续参加新一轮的家庭互助计划，去新的家庭生活。

我准备和他一起走。

张叔说，这次交换没有达到互相帮助、互相成长的目的。

第二天，他便出去找个宾馆住了。

根据他的介绍，我去登记申请了随机家庭互助计划。屏幕上显示的人数出乎意料地多，数十万个匿名的报名者将屏幕塞得满满当当。

忽然之间，我安心了。原来不只是我一个人对家庭感到茫然。

4

根据我的情况，我被安排到了新家庭中，担任的角色是"丈夫"。

这个家庭还很年轻，夫妇俩都不到三十岁，大学同学，毕业后就领证了，没有孩子。我的"妻子"——小清，她是知道家庭互助计划的。

对我的到来，小清还挺开心的："你喜不喜欢看电影？今晚一起去看吧。"

小清："你委屈一下睡书房吧，我替你把临时床铺好了。现在睡同一张床，我还是有点接受不了。"

我点头表示理解。

小清松了口气："太好了，我还担心随机安排过来的人居心不良呢。"

我和她相处得不错，早上上班前，大家商量晚饭吃什么，安排好各自在回家路上要买的食材，晚上八点吃饭。有时我们俩会加班，就各自解决晚饭。

她家不大，客厅中间有个家庭放映机，一张榻榻米上盖着软毯子，让两人能在睡前看一会儿综艺。

小清喜欢看综艺，看爱情电影，看偶像剧。她知道我对这些没兴趣，我喜欢追番，对纸片人的兴趣更大。

小清："那你可以找个有共同爱好的姑娘。我就很难了，我和我老公很少有共同话题。"

我："那你们大学时候怎么恋爱的？"

小清耸肩："大学嘛，我觉得没谈过恋爱的话，就不算读过大学。"

小清的丈夫平时下了班就打游戏。她让他洗碗，说了有两小时，碗还是堆在那儿。小清生气的时候，他就不耐烦地嘀咕："烦什么？你放在那儿，我会洗的。"

女人让男人去洗碗，大部分时候不是因为自己没办法洗那些碗。她只是想确认一下，这个男人是不是还在意这个家。

她的丈夫无法理解妻子的烦躁。在他看来，他们大学毕业后就结了婚，都是初入社会的年轻人。压力大的时候，他只能靠打游戏来缓解。

他大学时候篮球打得很好，现在身材开始走形了。

丈夫主动参加了家庭互助，他想让小清看看，同龄的男性都没办法满足她需要的精神支撑，她找不到一个在劳累工作后还能腾出时间为她了解爱情剧的男人。

我好奇："那你们大学时候谈恋爱都聊什么？"

小清："聊点学校里的事，还能聊什么？"

我："那毕业了就没事可聊了？"

小清："只剩下糟心事了，比如房贷，还有婆婆催着要孩子。"

小清："我现在特佩服我爸妈，他们是怎么把婚姻坚持那么多年的？他们好像也没话聊，整天像两个盆栽似的面对面。"

我："说不定当盆栽挺开心的。"

这次家庭互助之后，我妈催我回去。但下一轮的随机也开始了——这比待在家里舒服多了，我毫不犹豫地选择同意。

5

我在新家庭的角色是"儿子"。老夫妇俩的儿子参与了随机家庭互助，年纪和我相仿。

不过我到的第一天，他们就与我说明了情况——他们的儿子在去年的车祸中去世了。

这样的情况，也可以申请随机家庭互助。不被家庭需要的人，参与到需要家庭成员的家庭里，两全其美。

这是我第一次在随机家庭里停留超过一个月。老夫妇俩是退休教师，家庭气氛和谐，平日里一起练字、跳舞，谈论从前带过的学生和学校里的趣事……我很喜欢这种氛围。

老先生："每个原生家庭里，父母都是孩子的初任老师，原生家庭往往决定了孩子一生的发展。"他接着说，"家庭互助计划使每个交换者都有了新的人生体验。交换者进入到其他家庭的时候，在一定程度上能弥补自己的人生遗憾。"

我："我很喜欢这个家。"

这句话让夫妇俩欣喜若狂，他的妻子还落了泪，希望我一直留在这里。

老先生："你这就强人所难了。小张还年轻呢，应该继续体验生活。"

我走的前一天，一家人去看了一部老电影的重制版。那是他们儿子生前最喜欢的电影。电影散场，大家各奔东西。我回头看他们，两个老人依偎着，慢慢沿着下雪的街道归家。

老先生对我喊："小张，回去看看你妈妈吧。"

我回了家，准备停留几天。我妈不在家，桌上留了张纸条，说她也参加计划了。

6

在家的五天里，我爸回来过一次。他的心情好了许多，因为在上一个互助家庭里，他的"妻子"也喜欢摄影，性格温柔又沉静。

可惜对方没让他留下。

爸爸："现在你妈也走了，家里安静好多。"

我点头吃饭。

爸爸问我要不要一起计划离开，两个人生活，我说，不了。

这让他很失落，过了几天又前往了新的家庭。

很快，我们收到了妈妈的消息：我不回来了。

她似乎遇到了中意的家庭。

李红武是母亲的初中同学。

曾经追求过母亲，但相比在工厂老实工作的父亲，李红武的心思明显不在劳动上，时常被人发现偷懒。

他是第一批下海的，做电子设备，发家很早。这些年来，李红武与妻子的感情淡了，于是他的妻子也加入了随机家庭互助计划，离开了他。

母亲恰好被随机到了李红武的身边。

我和父亲谈了谈。他觉得也挺好。

爸爸："她原本就喜欢李红武的。"

和爸爸不同，李红武很会讨女孩子喜欢。他嘴巴很甜，哪怕手头没钱没票，都能想办法弄到礼物送姑娘。

但母亲选了父亲，因为在他们年轻那会儿，讨人喜欢和工作稳定比起来，并不占据太多优势。

这些年，妈妈对父亲的抱怨让我想起一个老掉牙的寓言故事，狗熊掰棒子。一路走，一路掰，总觉得自己手里的玉米不如之后的好。

小时候，老师给我们做过测试——如果狗熊只能掰一次棒子，你会什么时候掰？旅程开始时，中途时，还是临近结束时？

她在爱情和稳定之间选了稳定，于是和老实本分的父亲成为夫妻，一辈子无风无雨，平静得如一潭死水。

父亲不像李红武，李红武能歌善舞，会打乒乓球，打羽毛球，打篮球，游泳。父亲只会做自己的工作。夏天时，母亲问过他想不想一起游泳，他说他不会，他也不想学，觉得"学那个没用"。

于是，妈妈后悔了，她不该掰"眼前的玉米"。那时谁也不知道，不过是短短十余年，时代会风起云涌。

7

我进入了新的家庭，成为一个缺角家庭中的"哥哥"。

这个家庭几乎是不幸的代名词——父母早亡，亲戚并不愿意照顾他们留下的两个儿子。大儿子当时只有十五岁，独自把弟弟拉扯大。

弟弟有先天的双下肢畸形，必须依靠支架步行，勉强能够自理。

哥哥参加互助计划，并不是因为家庭不再需要他，而是因为太需要他了。我照顾了弟弟一周，很难想象一个十五岁的少年可以这样照顾弟弟，并且足足照顾了十年。

弟弟不恨哥哥："他撑不下去的。他就算不回来，我也能理解。"

他让我也不用照顾他，大可以直接走。我还是待足了一周，我对他说："我觉得你哥会回来的。"

一周后，我本可以在凌晨就走的。但因为他的哥哥没有回来，我多陪了他一天。

为了不让他愧疚，我说："反正我也没事儿。"

弟弟很是感激，冲我笑了笑，问我为什么参加这个计划。

我沉默了很久，想到了我爸、我妈、小清，还有那对老夫妻，一时间无数情绪翻涌了出来。

半晌，我说道："可能是想体验人生吧。"

弟弟叹了口气，眼神淡了下去。

他说要是家庭可以等价交换，他愿意去死，换爸爸妈妈回来。如果父母还在，而且只有哥哥一个儿子，他家应该会是一个和睦美好的三口之家。

## 8

许娅问我："那他的哥哥最后回来了吗？"

——我和许娅是半年后在一次随机互助时认识的。大家提前约在酒吧见个面熟悉一下。我要取代的角色是她的叔叔。

那时，随机家庭互助计划已经普及。越来越多人参与了互助计划，体验不同的人生。因为互助计划的参与者能在短时间内体验到不同的人生，他们知悉人间疾苦以及家庭生活的不易，与常人相比，他们有着更强的家庭观念。

许娅的父母离异很早，她随父亲过，后来父亲在出差时遇到事故去世了，从此她就由叔叔带大。叔叔至今没有结婚。

许娅把家庭互助计划当成一个相亲机会，给叔叔做了登记。她觉得挺对不起叔叔的，她对我说："他人很好，大概因为带着我，至今没找女朋友。"

许娅今年十八岁，刚考上外国语大学，以后打算当翻译。我比他叔叔年轻许多，但因为是随机互助，只要年纪比她大的人都有可能被随机进来。

那时我特惊讶，一个女孩子，十八岁，约我在酒吧见面。许娅说，她以前暑假在这家酒吧打过工。

许娅："你别多想，我是来当清洁工的。"

我中间见过她和她叔叔打视频电话，许娅的叔叔大约四十岁出头，是一名文学院的教授，气质儒雅。他只在新家庭待了两天就想退出，他说实在是适应不了……

　　许娅："叔你克服一下，你看张哥都在互助家庭待半年了。"

　　叔叔："那可能是人家家庭本身有问题。我咨询了，这个互助计划主要是给觉得自己不被家庭需要的人准备的，我又不需要。"

　　许娅："你总要适应啊，看新闻上建议，每个人一生中都要体验一次家庭互助计划。"

　　我很羡慕这些爱着自己家庭的人。他们的家庭是因爱而建立，与我的不一样。

　　许娅叔叔提前回来了。不过他留我住下——家里一直有些冷清，他平时要授课和开会，许娅喜欢去各种地方打工体验社会，家中很少有机会多人一起吃饭。

　　那时，我妈恰好提出要和爸爸离婚，我并不想回去。

　　许娅很讶异："你爸妈要离婚，你怎么这么淡定？"

　　我："这和我有什么关系？这是他们的生活和决定。"

　　许娅："说是这么说……"

　　叔叔："你爸妈怎么想？"

　　我："我爸同意了。"

　　不因爱而凝聚的家庭就像型号不匹配的玩具零件，很容易就被拆散。除了亲戚们可能来走程序劝两句"都这把年纪了"之类毫无营养的话，当事人并无意把它再拼装起来。

　　半个月后我回了家，正赶上父母要一起去民政局。我妈红光满面，我爸神色平静，看不出什么。

　　我难得问一句："你们考虑好了？"

　　爸爸点头："挺好的，李红武喜欢她。他比我好。"

　　或许是面临离别，母亲终于没再说刻薄的话："你也挺好。"

　　我又多问了一句："那你和李红武那边也说好了？"

　　母亲："肯定说好了。"

　　我："说不定别人也不打算要你。"

　　她的脸色难看了下去。我发现自己说话也尖酸刻薄了起来——在这么多年的熏陶下，我终究继承了母亲身上那种令我厌恶的特性。

9

我们一家从此各奔东西。

四年后，许娅大学毕业，来我公司工作，成了我的后辈。兴趣相投，性情合适，我们渐渐走到了一起。许娅的叔叔仍然没有结婚，与同门师兄一起去 Y 国做学术考察，一年回国两次。

讨论婚事时，许娅问起我的父母："你父母之间真的没有再联络过？"

我和父亲经常联络和见面，他重新学摄影，我经常载着他和他的朋友们去各地拍风景。

但我们和妈妈没有再联系。没人知道李红武是否和她结婚了，没人知道她如今过得好不好。并非我们不想联系她，而是她更换了联络方式。

又过了七年，我们收到了有关母亲的电话，但并非来自她，而是来自医院。

——有人在一间出租房里发现她昏迷不醒，医院诊断是心梗。病房外，医生和我们解释，病人情况不好，原本的病情加上发现时间过晚，很难再抢救过来。

李红武没有出现，从母亲居住在亲戚的出租屋里这件事，也可以推断出他们并未结婚。

我和爸爸轮流照顾她。其实她早已没了意识，拔管无非是早晚的事。但爸爸不同意拔管。

有时我们俩一起在医院楼梯间里抽烟，他会说起年轻时的事。

妈妈年轻时很漂亮，不是那种纤细的漂亮，是一种强势的、生机勃勃的美，和沉默内向的父亲截然不同，她喜欢放声大笑，喜欢与人争胜负。

我当然了解她的这些特质，主要是通过看她在餐厅和服务员吵架。

爸爸说："其实一开始和她在一起是很开心的。那时的日子就很开心呀，人们都不在意钱，也没有贫富差距。白天去工厂，晚上有各种活动，跳舞啊，唱歌啊，打球啊……我都不会，但可以看她做。"

他接着道："我当时是想当摄影家的，如果不当工人的话。她也鼓励我，让我学会了替她拍照。你不知道那时候的日子有多开心，没有压力。我们不需要像你们这代人一样有那么多烦恼。可忽然间，那种日子就结束了，过往的开心，在她看来都变成了无尽的折磨。"

吵闹冷战半生，他们最后的相处安静无比。爸爸几次考虑拔管，但不舍得。在许多年前，他试过直接告诉母亲，他喜欢她。但一开口，她就问，爱能让他多赚点钱吗？

母亲去世后一年，我和许娅结婚了。我从她叔叔的臂弯里接过她，我们一起走向了红毯的另一端。

许叔时常同我聊天，天南海北什么事都聊。他从Y国回来后，准备和师兄一起开一家书店，亲子类型的书店。可以全家一起挑一个阳光温暖的下午坐在里面，木质结构，阳光透过玻璃落在人们身上。

许叔："那多好呀。很多家庭有新的地方去了，孩子们可以在书店学会不吵闹。"

我："其实您不知道，很多家庭从不会一起出去活动。"

他们不会一起看电影，不会一起去游乐园，不会一起旅游。大家捂紧了自己的私人时间，不惜一切代价独处。

许叔笑了："孩子，这世上有很多家庭。有些因为爱凝聚在一起，有些因为其他的。"

许叔："人类是群居动物，家庭是人类社会衍生出的一种生活模式，它能为家庭成员提供心灵的依靠、经济的互助。爱是家庭的一部分，有爱的家庭肯定是好的，但你也不能对家庭要求过多。"

许叔的话令我醍醐灌顶。是的，此刻的我正打着"体验人生"的幌子逃避责任。我总想着让父母施舍，对他们的所作所为习以为常，却忘记了父母也需要关怀。

许叔："人类就是自私的，我们看到的始终是自己。"

10

随机家庭互助计划成了人类新的生活方式之一，那年，结婚的人数跌至谷底，但出生率却出现了回弹。

没多久，我和许娅的孩子出生了。

越来越多的人加入了互助计划，而我却提交了退出申请。

很多人表示不理解，我明明还有大把的时光可以享受生活，为什么选择退出？

我对他们的困惑笑而不语。

因为我有了停留的理由，在家庭中比爱更重要的是责任。

现在，我的家庭正等着我，而我，会好好地对待它。

完

## 书 法 与 煤 月

### 1

秦青青带着男友周楠回了老家。

上个月订完婚，两个月后办酒。在那之前，青青想带周楠回老家看看。

青青的老家叫老眉乡，五年前改成了县。那里以前是华中的一处产煤地，煤荒十几年了。

她记得小时候回去过，那时老眉乡还是农村的样子，土路旁边全是炮仗留下的红纸，灰色天幕下是密密麻麻的人，孩子们像大群大群的鸟雀一样掠过乡间。

周楠："现在通了铁路，人该更多了吧？"

青青："不是，好像快没人了。"

周楠："哦，人口流失啊……"

秦青青没有每年回老家的习惯，她只回去过两次。有个堂叔每年必回，评价老家现在"和鬼城一样"。

老眉乡改了县，扩张了住房，皮粉色的居民楼如豆腐块般整整齐齐地排列着。房子九成都是空的，本地唯一营业的只有水、电、煤单位和小卖部。

周楠是无锡人，两人是大学时候认识的，都喜欢音乐、富坚义博的漫画和旅行，一直走到今天。

周楠在灰扑扑的城市里拉着女友的手。晚上五点，街道上和居民楼里已经没有灯光了，只有偶尔的三蹦子车灯从身边掠过。

周楠："真的是鬼才敢住。"

青青："说啥呢，我外公还住这儿。"

周楠："为啥？你家在常熟不是有房吗？"

青青："他想住这儿。"

青青回家主要是为了看外公。

她十五岁前，外公和她家一起住在常熟。后来老人年纪大了，反而想搬回老家。

青青的父母劝他："别啊，回去后都没人能照顾您，万一出啥急事，那边都没有好医院。"

老人自说自话，回去了。从此就一直住在老眉乡的老家。五年前村改县，几个亲戚去了一次，帮他把家搬进了居民楼。

那栋居民楼现在黑黢黢地杵在夜色中，整栋楼只有可怜巴巴的三点灯火。

周楠突然"啊"了一声。

青青："你干啥？吓死我了！"

周楠："亲爱的！我刚才想看看外卖，结果发现只要现在申请区域代理商，我们就是这个地方的外卖总代理了！"

## 2

外公独自住在三楼。绿色铁门掉了漆，每次打开都会发出刺耳的声音。

青青和外公抱在一起，老人家八十七岁，身体看着很硬朗。

家里明亮干净，客厅桌子上放着些松糕零食，还有练字的笔墨纸砚。

周楠把带来的见面礼小山一样地堆在玄关："外公好！"

外公："酒都没办就喊外公了？"

两人订婚的事，外公已经知道了。想等他们办酒时就去无锡和常熟，参加外孙女的婚礼。

青青抱怨这里和鬼城似的："您别再住这儿啦，干啥不去城里？打车方便，医院就在小区边上。买水果都能送上门，不用自己去买。"

外公："我陪陪你外婆嘛。"

外婆是在老家过世的，大家都说"没受什么苦"。

就是一觉睡下去，没再醒来，平平静静地走了。

这座小城也像个垂暮老人，每夜如常睡下，不知次日何时醒来。

青青和周楠住了两天，周楠看得出来，青青想说服老人回城里住。

老人每天养养鸟，出去散个步，像小孩儿似的捡几片好看的叶子回来当书签。除了这些，最喜欢做的还是练字，而且还写得有模有样。

外公问周楠："你看得懂不？"

周楠装模作样："懂一点儿。"

青青的声音从客厅传来："懂啥呀你！"

外公问他，老家哪儿的，家里做什么的。周楠笑笑，答得很模糊。

青青找了个话题把外公引到厨房，在老人耳边轻轻说："他是被收养的。"

大家不再谈论周楠家里的事。这个年轻人的童年并不好过，家里各种事情纠缠成一团，亲生父母每个月几乎都会来养父母家"要说法"——周楠出生时有新生儿黄疸，不是什么不能治的病，但父母觉得这孩子以后会添麻烦，就把他过继给表亲做儿子了。

结果周楠长大了，没病没灾。生父生母养了第二个儿子，三年前意外死了。两人想从养父母那儿把孩子要回来，周楠的养父母为此搬过三次家。


两人晚上睡在客卧，青青和他咬耳朵："我觉得外公在这儿挺没劲。"

周楠："这地方能有啥劲？但老人都喜欢清静不是？"

青青："清静归清静，这都清静成'鬼城'了。我在想，要不给他找点事做。"

但老眉乡连个书画班和舞蹈班都没有，就连各地标配的广场舞老年团都不够人数。一到六点，整座城就暗了。每天都有人往外跑，却几乎没人回来。

青青："我想给他办个比赛。"

青青的想法很简单——就在老眉乡，办个民间业余书法比赛。

奖金也不用多，十万。

找个不知名的本地小报刊登比赛信息，绝对没人会来参加。到时候她和周楠忽悠老人去报名，最后告诉外公他得奖了，把奖金给他。

在老眉乡拿着十万块有啥用啊？到时候再鼓励一下，就能把老人顺利接回城了。

外公能乐呵一下，家人见到外公回城也能安心，再说，这钱给了自己外公，又不是给外人，皆大欢喜。

周楠的职业也涉及赛事承包，对这一套熟练得很："简单。一周就能操作完。"

首先不能发公众号。公众号传播太迅速，参赛人数很快就控制不住了，必须通过纸媒。

本以为每个地方都有当地的纸媒，结果老眉乡没有本地小报，上一级的秦城日报覆盖面稍广，可只要限制参赛者的户籍，应该也不是问题。

只花了几天，周楠就把规则都在外公家的客厅里制定完了——首届老眉乡"华发杯"业余书法大赛，参与者要求、年龄、户籍、作品邮寄方式……奖金十万元。

3

果然，消息发出的第一天和第二天都没有任何反应。秦城日报的人甚至连老眉乡在哪儿都搞不清，查了查确实有这个小县城，就给他们在报纸上放了个豆腐块。

青青拿着报纸跳到外公边上："您看，有书法比赛！去试试！"

外公戴着眼镜看了半天："还真的，仅限老眉乡……"

青青："多难得啊！我们帮你把作品寄过去。你挑一幅嘛！"

作品也"提交"了，比赛也"开始"了，谁也没再把报纸上的豆腐块当回事，等再过一周用赛事方的名义写封信来，告诉外公作品入围的消息就行了。

可就在第三天，楼下代收快递的小杂货店老板打了周楠的电话。

豆腐块上，作品邮寄地址是老眉乡的一家小杂货店，留的联系方式是周楠的。老板拿了点小费，愿意帮忙做个代收。

电话里老板的声音很焦急："你们到底在搞啥玩意儿？一大早我这快递都爆了！"

——这天早上，老板收到了四十多个快递，全都是书法作品。

青青和周楠在旁边订了个破宾馆，将快递都搬了过去。这些寄件人绝大部分都不是老眉乡的，但是里面附的参赛者信息都写了户籍本地。

秦城日报是这个地区的报纸，但看客有限。周楠打电话给报社询问，那个编辑很高兴地告诉他："我们有本地自媒体啊。还有本地的快 X 和抖 X……"

——书法大赛的事，不仅上了纸媒，也上了秦城日报的各种新媒体渠道。哪怕每个渠道的受众都不多，却也超出了他俩的预料。

周楠站了起来，在房间里来回走："……如果事情闹大，我们该不会坐牢吧……"

青青拉住他："不会的。我们没有非法获利，这种情况不会有事。

"而且过一阵这事就过去了，没人会记得。又没有啥知名书法家会参加这个比赛，这件事没有被人盯上的价值……"

这时，周楠的手机响了。是报社记者打来的。

记者很高兴地和他打了一阵招呼："对对对，楚编辑给我的这个号码……是，就是和您说一声，好事儿！中国书法协会的张并骏老师说要来参加你们这个比赛了，我们报纸想做个采访！"

张并骏，老眉乡人，中国书法协会成员，曾有作品……曾参展……曾办个人展……

虽然百度出来的词条不太多，但也看得出，是个专业人士。

周楠背后毛了一下，但很快镇定下来："对不起啊，我们这个是业余爱好者的小型比赛，不接受专业组的……"

记者有些意外："可在书法上，业余和职业的划分也很模糊吧？张老师只是说自己是艺术家，从未说是专业书法家。"

周楠："……他就够专业了，不行。我们这个比赛很严格！"

记者："张老师都在自己的微博上发了这个消息，你们好歹让老先生参与一下吧？"

周楠快疯了。

在得知赛事组坚定地拒绝了自己之后，张老师很快又发了条微博，没有责怪，反而很赞许：确实，为中国传统文化的传承做贡献，不该局限于"老艺术家""老书画家""老专家"的"家里乐"，还是应该从民间大众着手……

洋洋洒洒发了一堆，本来没人看的。但那时刚好爆出一堆老书画家抱团炒作书画价格，张并骏这种清流一样的发言顿时被拉到风口浪尖。人们顺藤摸瓜扒出了张老师赞许不已的"书法之光"大赛——这个物欲横流的世界，在一个默默无闻却淳朴美丽的乡村，居然还有这么一个保持初心、不被世俗沾染的赛事……老眉乡，光是看名字，就让人想起农村金色的麦田，红衣女孩子油亮的麻花辫和细细弯弯的眉毛……

张并骏写了一幅字寄给了赛事组，上面写着"人民艺术"。那天，至少三家来自秦城的媒体过来采访，想拍一下那幅字。

<h2 style="text-align:center">4</h2>

张并骏下午回到医院，来到肾病科。这里没人认识他——尽管刚在网上出了一次小名，但对于大众来说，这只是个再普通不过的七十岁老人。

张汶萃的病房在肾病科的34床，一张靠窗的床位。每次去时，这间病房里总是有一台透析机在不停地运转。血液在白色滚筒里旋转，最后再透过针头回归体内。

女儿正在睡觉。张并骏揉了揉她因为打针而青紫的手背，沉默地离开病房，去护士台询问医疗费的事。

单子拉出来，有六千八的医药费等着结清。

张并骏的存折里还有五千三。

"所谓的"专业老书法家，并不如外界想象的那样光鲜亮丽。就算是那些真的成天在电视上出没的人，也不一定过得就那么殷实。

美术工艺作品的交易里几乎有九成都是泡沫，部分名字都叫不上的大师作品价格虚高是业内心照不宣的事。起初，是行业抱团将作品价格用拍卖会做途径抬上去，如果没赶上这波，那基本没希望再赶上大部队了。

早几年，老百姓手里的闲钱多，时常能被鼓动出一场"书法潜力作品交易热潮"。如今不行了，长江后浪推前浪，别说潮了，水都快干了。

年轻的时候，张并骏对赚钱很不屑一顾，他骨子里还有那种艺术家的清高。那还是个没钱也无所谓的年代，大家条件都差不多。

直到九十年代初期，就像被正浪和逆浪分别推向两个方向，他猛地意识到，这已经不是那个画一幅作品就能卖给国家的时代了。

没人知道他。他从美院的张老师，变成退休的张老师。

老伴已经过世，女儿三年前确诊尿毒症。

张并骏在医院吃了饭，来到楼道，从口袋里摸出剪报。犹豫了很久，他打了那个电话。这近乎一种举手投降，他从未想过，自己要亲自去和一个业余比赛主办方乞求，让自己参赛。不一定要赢，哪怕只是让自己友情参加，打个知名度也好。

多一个人知道他的名字，他存在家里的那些书画就能多卖一块钱。

电话接通了，另一头是个年轻小伙子的声音。背景里，还时不时会响起短促的刺耳声响——他不知道，那是青青在宾馆房间的床上拆快递的动静。

周楠挂了电话，长长地叹了口气。

周楠："再拒绝，是不是就显得很可疑了？"

青青点头："就让他友情参加助阵呗。要是一直拒绝，搞不好会节外生枝。"

快递已经积攒了快百来个，虽然不懂书法，但两人都看得出外公和其他人的差距。

周楠躺在床上，拿着一幅《兰亭集序》看："我还是不放心。你说那个老先生，他会不会开心到发微博啊？"

青青："他打电话来要求参加这件事本身就够奇怪了。"

对。张并骏刚才的电话，近乎是放低身份来和他们求一个友情参赛名额。

周楠叹气："他是不是很需要名气啊？"

青青："归根到底就是需要钱。但谁不需要钱啊？"

周楠扑过去抱住她："我们呀！"

周楠大学时的创业公司卖了小百万，后来也顺利完成过几个来钱的赛事项目，不敢说北上广自由，但在无锡或者常熟已经没有车房的烦恼了，将来再有个一儿一女，小日子静静过着，就足够令人羡慕了。要不然，小情侣也没法拿出十万给外公听个响。

两人开心地抱在一起。他们不知道，就在这时，周楠最害怕的事发生了——张并骏发了微博，还是老样子，洋洋洒洒写了一堆套话，中心思想就是，荣幸为华发杯助阵。

这件事，在微博上并没得到太多关注。但是它有另一种意义。

这个业余假比赛，被捅进了职业圈。

5

早上，青青下楼晨跑，发现不远处杂货店门口站着个姑娘，抱着一个老长的卷轴。这几天，附近居民对这种景象见怪不怪。

又是直接上门送作品的。

那姑娘估计以为收件地址是什么书法协会的办公室，结果只看见一间杂货店，犹豫着不敢交作品。

华发杯参加者的年龄限制是五十岁以上，她估计是替自己的爸爸或者爷爷来参赛的。老板收下包裹，女孩嘀咕了一句："怎么那么业余。"

青青把今天的包裹抱去宾馆，拆开那个卷轴时，她和周楠都忍不住"哇"出声——这是一幅《浪淘沙》。就算是不懂书法，在看到的一刹那也能感到笔触间的杀气扑面而来。

查了查，参赛者也不是专业的，没有名气。周楠特惋惜地看着这幅字："要不这幅带回家，挂我们屋里？"

这时，门铃响了。

老眉乡的破宾馆没啥服务可言，这地方也没外卖，所以，谁会来敲门？

青青忐忑地拉开门，门外，站着那个绿裙姑娘。

王悯长得很秀气，小脸，小个子，说话也细声细气，但却莫名给人一种强势的感觉。

她交完作品，就一直在杂货店对面等。就算是民间比赛，收件地址是个代收快递的杂货店，这也太诡异了。

于是，她看见秦青青把快递抱进旁边的宾馆，一路跟了进去。

青青和周楠都是反应极快的人："我们是收件组，办公室在北京。"

王悯："不是老眉乡的比赛吗？"

周楠："赞助方是北京书法协会。"

可令人不安的是，小姑娘年轻灵动的眼睛里显然没有信任。与其说是机敏，不如说是警惕和敌意。青青实在想不出，这姑娘为什么对人那么提防。

王悯："那么，评委组在哪儿呢？我能看一下评委名单吗？"

周楠："评委团很多人，散布各地，等需要评选的时候再集合。"

王悯："都是北京书法协会的老师吗？"

青青暗中拽了拽周楠的衣角，示意他不要多说。这女孩子不好对付。

好不容易敷衍走了王悯，两人才松了口气，把屋子整理好，回了隔壁的外公家。

洗菜做饭，差不多晚上八点，周楠的手机又收到一个电话。是王悯打来的。

王悯："对不起，我想把爷爷的那幅字拿回来。"

周楠："好，我帮你过去开门。"

外面漆黑一片，反正也只是去宾馆开个门，周楠就没叫上青青。他拢着外套小跑到宾馆门口，王悯已经等在那儿了。

周楠摸口袋里的钥匙："你等我一下……真是的，钥匙到底……"

门开了，他刚打开灯进去，后面的王悯立刻关上了门。老眉乡的冬天很冷，可她毫不犹豫地脱了外套、上衣，露出里面的胸衣。周楠吓得目瞪口呆："你要干什么？！"

王悯想要那笔奖金，不择手段都要弄到。

需要钱的不是她，是她的男友。

周楠推开她，拼命往外跑。他的腰被女孩子死死抱住："你想把我怎么样都可以……"

周楠："我一点儿都不想怎么样！松开我！"

他用力扯开王悯，就听见她惨叫一声，被自己的手肘打中了眼眶。周楠顾不得道歉，连滚带爬地冲出门，逃回外公家。

6

昨晚的事情弄得人惊魂未定。秦青青咽不下这口气，抄起楼道里的铁铲，在小卖部门口杀气腾腾地等了一天："哪儿来的小丫头？"

杂货店老板都被吓得不敢出门："你别等了，她是王悯，几个男人都替她闹出过人命的。"

青青："管她王明王暗的，她家住哪儿？！"

这事儿，老板就不清楚了。

可王悯扯出一个很重要的点——评委团。

凡是比赛就要有评委，他们本来想之后从常熟随便拉几个搞艺术的朋友装个样，但看这情况，提前准备比较好。

就在这时，报社记者又给周楠来电话，报告了一个令人发愁的好消息。

记者："我们秦城市的著名艺术家，胡广为老师，联系了我们秦城日报，愿意加入评委团，您看看彼此留个联系方式吧，我们日报也一直想给这个比赛做个专访。"

周楠："我说你们这个城区是没有新闻了吗？！"

听起来很搞笑，但秦城日报是真的找不到新闻。

要么就是当街打架这样鸡毛蒜皮的小事，要么就是汽车擦碰这类的，三年以来最大的新闻是煤气罐爆炸和精神病患者坠楼。

别说老眉乡，整个秦城区域，快五年没有文艺比赛了。

周楠和记者扯了半天，好不容易扯开话题："你知不知道老眉乡有个叫王悯的姑娘？她想用爷爷的字参赛，昨天还来闹过，据说在这一带挺有名？"

记者："知道知道！"

——和王悯有关的案子，是老眉乡乃至秦城这五年来最大的杀人案了。

王悯六岁那年父母离异，十岁时母亲再婚。她的青梅竹马叫酒三，这个外号是因为他小学时候学写"酒"字，只会把三点水写成"三"。

十六岁的时候，酒三为了帮她，打死了王悯的继父，从此远走他乡。

因为继父之死，王悯被家人赶了出去。不久后她家就失了火，除了被赶出家门的她，其他人都死在了半夜的大火里。

记者："就这案子，当时全部的警力都出动了。你说王悯也来参赛？她肯定需要钱。有传言说，这女的暗中和那个杀了人的男友还有联系，搞不好想弄钱给他……"

这事周楠听得入了迷，小记者八卦了半天，结果，最后还是扯回了胡广为的身上——胡广为也是个专业书法家，但不像张并骏傻呵呵地只想参赛，这老头圆滑多了，就是冲着评委的位子来的。

而且当天下午，胡广为就抵达了老眉乡，要和"青年文艺先锋"周楠见一面。

周楠提前调查过他，发现这老头有一连串的身份，大多都是 XX 工艺美术协会荣誉成员，XX 组织副主席，XX 活动荣誉嘉宾……

所谓"秦城市著名艺术家"，看着唬人的一大串头衔，但根本骗不了脑子清醒的周楠——全是虚的。这老头，属于每个圈子都有的那种"没本事堆属性，就拼命堆人脉"的类型。

胡广为的阵仗很大。定了秦城最好的酒店，煞有其事地派了个"专属司机"来接周楠和秦青青，在酒店里要了"宣政殿"雅座，里面的服务员见到客人走过去都会九十度大鞠躬："恭迎陛下回宫！"

两人刚踏进包间，里面闪光灯一阵乱闪，有人拿相机有人拿手机，然后来了个大腹便便的老头亲热地握着周楠的手乱摇："你就是小周吧？青年才俊啊青年才俊！"

这就是胡广为了。周楠被拉着合影了半天，大家才坐下吃饭，从头到尾，这位胡大师就没正眼瞧过秦青青。

7

胡广为："你们的评委阵容如何？"

周楠："普通民间爱好者的小比赛，评委肯定都是普通爱好者……"

胡广为："这怎么行？秦城市难得有文艺比赛，我们应该好好支援，争取遍地开花。"

周楠："老师，这种民间小比赛不入流，怎么好意思劳烦您呢，再说，我们也没有其他预算了。"

他着重强调"预算"。周楠觉得，胡广为这种人一听无利可图，很大概率直接就没兴趣了。

然而胡广为的目标不只是钱："钱？小周，艺术怎么能谈钱？我给你们当评委，不是出于我的私心。你问问这里的人，我什么时候为了钱去当评委的？你知不知道，我们文艺工作者当年有多困难？来，我和你说说……"

这场酒席拖拉了四个小时，秦青青戴着隐形的眼睛干涩得发痛，生无可恋地靠在椅背上，看着像是被胡老师的忆苦思甜感动到眼眶发红。

这老头连看手机的时间都不给周楠，反正就是要当评委。周楠岂能让他这般容易，一分钱不要来当评委，说明目标就不是评委费用，很可能是想把奖金黑箱给自己人。

他是做赛事承包的，千万级的赛事都做过，和各路神仙扯皮简直信手拈来，今天未婚妻在场，更要展现一下如何片叶不沾衣地把这老头圆润地打发。胡老头执着得很，拉扯到凌晨一点，服务员都靠在包厢门口翻着白眼打哈欠了，这饭局才终于有点要散的苗头。

凌晨两点，秦城市市中心的住宅区，胡广为终于到了家。

家里的灯暗着，他蹑手蹑脚地进去，就听见一个冷冷的声音从沙发上传来："谈得咋样？"

胡广为："吓死我了，怎么不开灯？"

比他年轻二十多岁的妻子一脸倦意："别说灯了，你弄到钱了吗？"

胡广为："你放心……"

妻子："下周学校的报名就截止了，倩倩寒假必须去北海道冬令营，这是学校组织的，算素质分的。

"你知不知道现在名校招生都看素质分？分数制分分钟给你变成素质制，出国冬令营这种社会实践就是第一步，下一步说不定还要小孩会骑马、滑雪、拉大提琴……

"钱呢还差三万。下个月补课班的钱还有六千，你自己看着办。"

应付完妻子，他一个人来到阳台抽烟。深夜，手机里依然有此起彼伏的聊天推送不断亮起。

他的微信里至少有七十多个群，各种"老师""大佬"在群里抱着团，每天打开群聊，一连串的大拇指表情就会跳出来。

"徐老师，气派的呀。【拇指】"

"张老师够风雅，古人梅妻鹤子，田园意趣，全在张老师日常之中。【拇指】"

"熊老什么时候让我们瞻仰新作？小弟拭目以待。【拇指】"

……

圈子外有人羡慕他能"混"在其中，与这些专业人士称兄道弟。甚至还有人小心翼翼地问："胡老师，替我引荐一下……"

胡广为的作品，上一次卖出去是五年前，那时趁着一股子书画收藏热潮，他的身价飙升到从前的三十多倍，一幅随手瞎写的字能卖十几万。

还有几个老先生对外放消息说自己得了绝症时日无多，众人一听，纷纷计算着书画家一死作品立刻身价翻倍，竟连写废了的纸都被卖空了。

那时候的日子是何等好过。协会也有钱，大家成天出去旅游吃大餐，每个人手里都有几十万几百万。

后来一下子就不行了。

书法作品的估价还是几万、十几万，但卖不动了。只能内部抱团和拍卖机构一起刷成交额，保持自己的身价。到最后，连手续费都不够赔。

从前求购者几乎要踏平他家的门槛，如今整整五年没有成交过一笔，尽管行内是不会公开说的，但大家都有一种黑云压顶般的不祥预感——改朝换代，年轻人已经不吃所谓的"大师""老艺术家"那一套了。

他们只能在各种渠道呼吁年轻人学会欣赏传统艺术，以传承为荣。网上响应者无数，现实中真的愿意掏十几万来买字画的，还是寥寥。

"什么垃圾一代。"胡广为在阳台上熄了烟，咬牙切齿道。

胡广为早查过，老眉乡压根没什么书法业余爱好者协会，要是有，他根本不和周楠这种小兔崽子纠缠。这就是个彻头彻尾的"野鸡"比赛，但没人会去拆穿。

就算野鸡，也有野鸡的肉。

## 8

王悯面无表情，从冰箱里把冰冻鸡蛋拿出来，用毛巾裹着，敷在眼眶发紫的地方。

突然，背后卧室的门发出微微的响动声。

可女孩一点儿都不害怕，低声说："你来了。"

一个高大的人影来到她身后，温柔地蹲在她面前。发现她脸上有淤青，那人又惊又怒："有人欺负你了？！"

王悯摇头，拉住对方："没事的。我就是想替你弄些钱……没事的，酒三。就是个意外。"

酒三刚用她的浴室洗完澡，冬天的室内烘着暖气，他赤着上身，小心地将王悯拥在怀里。

王悯："怎么回来了……快过年了，他们说不定又会严查你的下落。"

酒三："快过年了，想回来陪陪你。"

他不懂怎么说情话，只会说这些又直接又笨拙的话。

这几年，王悯一直都暗中和他有联络。酒三在外地需要钱，他说不用她帮忙，可她知道他需要钱。

他偶尔会偷偷回来找她，两人就像寻常恋人一样，一起吃饭，相依相偎。本地警方渐渐放松了对酒三的搜捕，他打算等再过一阵就带她走，去外地。

酒三："不用担心我，你要好好的。要是有人欺负你，你知道怎么告诉我，我会让那个人消失。"

王悯摇头："我不要你这么做，我们以后还要改名换姓过日子，不要再惹事了，答应我。"

书法比赛的事，王悯和他说了。如果拿到那十万块，至少酒三的逃亡生活会轻松一些。

酒三："能拿到是最好，但你不能冒险。"

王悯："我知道。"

王悯送走酒三，然后，她给周楠打了电话。她觉得自己那晚的意图太明显了——尽管目的只是设个套，搞得好像周楠想潜规则她，以此来要挟周楠，但那个男人显然没那么容易上当。

但是，周楠的手机是忙音。

此刻，周楠和秦青青正在外公家吃午饭。可两人都没什么胃口。

周楠接到了一个电话，也是日报社介绍过来的，这次级别不同，是秦城市的市长打来的电话。

接到这个电话，两人都惊呆了。周楠不是没见过世面，赛事承包也经常需要和各个官方部门打交道——但他从没想过，这么一个"野鸡"比赛，竟然能惊动市长。

秦城市的市长，张越明，非常激动地和他们联系上了。这么多年，这地方都没人举办过文艺比赛，唯一和文体有关系的比赛就是当地的两所高中举行了篮球赛，奖品是两箱可乐。

如今，民间自发组织了奖金十万的书法比赛，张越明做梦都不敢想。

他带着媒体兴致勃勃地赶到了两人用来伪装成赛事组的宾馆，还带了锦旗。青青和周楠的表情都快崩溃了，却被市长理解为紧张和激动。张越明拉着两人合影："别紧张，拿我当你们家长辈就行。没那么多规矩啊，咱们今晚吃顿饭，就在那家酒店……"

晚上，又是秦城大酒店，不过包间名字换成了"养心殿"。

张越明："首先欢迎两位来我们秦城！老眉乡呢，以前是煤矿开采的地方，这几年人口流失严重，我们也很发愁。文艺比赛确实是汇聚人气的好办法，咱们也要把自己的文化绿化搞起……"

青青和周楠越来越觉得胃绞痛。无论他们愿不愿意接受这个事实，情况都已经彻底失控。

张越明："本地肯定会给予支持，我们也别只办老眉乡，我们在整个秦城举办！如果这届办得好，下一届就在整个华中地区举办！"

猛地一阵反胃，青青干呕了一下。还好及时忍住，恢复正常："没事，就是噎到了，这鱼真好吃……"

张越明喊来服务员："就这个鳜鱼，再来十盘！"

"……"

这顿饭又吃了半天。周楠总觉得只要装傻就能蒙混过去，结果酒过三巡，张市长说了句让他毛骨悚然的话。

张越明："我很重视这个活动，和下面的区县都商量了，十万奖金太少。我们出面，加码，加到一百万！"

周楠一口酒喷了出去。

张越明："当然不只是奖金啦，这里面还包含各种预算费用，奖金大概五十万，还有就是评委。之前不是说，张并骏和胡广为老师都对这个活动很支持吗？那就请！在这个预算里，我们把老艺术家们都请来当评委——"

青青："不不不，这怎么可以……"

张越明："欸，怎么不可以啊？你别觉得他们很高高在上，其实大家对活动都很热情的！"

青青牙根都要咬碎了："好，我们回去商量一下。主要是那么多预算，我们实在没把握，肯定要再商量……"

一百万的赛事预算，根本不算多。但对于这么个小地方的小比赛，简直是凭空被塞了个炸弹。

9

只过了半天，张越明就让助理帮他们把办公室都准备好了，而且，周楠的职业都被他查了个透。张越明很信任两人，尤其在网上看见周楠参与的赛事之后。（都是百万千万级的，甚至还有国际联赛）

于是就变成了天天拉着周楠开会，胸脯拍得"砰砰"响："我们明年夏天，办一个秦城小姐大选，你看你要多少预算……"

别什么小姐大姐的，在这个环境下，没有比赛能办下来。

周楠脑子很清醒。这座城市几乎已经注定了沦为"鬼城"的结局。一座城市的人口是正是负，从来不是单一影响的结果。同样的，要拯救"鬼城"，也不是举办几场比赛就能搞定的。

那些人的希望，是书法比赛能把人引回秦城和老眉乡；但青青与周楠的目的，只是要带一个老人离开这儿。

秦青青精疲力竭地回到外公家。夜深了，老人还没睡，笑呵呵地看着阳台上的昙花。

青青："外公，我饿了，您想不想消夜啊？"

外公："好呀，等昙花开了，拿昙花炒火腿肠。"

青青："火腿肠？哎呀，一点儿都不风雅。"

外公："你小时候，我就给你做昙花炒火腿肠，你可爱吃了。"

昙花今夜没开，两人坐在花盆边，吃着炒面。

外公看着她，问："青青呀，你们是不是很累啊？"

青青："没有啊，都放假了，有什么累的。"

青青："我们可轻松了，也不用担心钱，不用担心加班，每天都很开心。"

外公笑了一会儿，道："别累着了。累就不要做，天塌下来，还有外公呢。"

青青的喉头忽然有些酸，眼眶微微湿润。她低头扒拉炒面，没有再说话。


第二天，胡广为春风得意地走进办公室，一边走，一边在拿手机录像，把视频发到群里。

办公室门口挂着牌子：秦城市"华发杯"书法大赛评委组。

本地的媒体连轴转地报道这场赛事，尤其是大张旗鼓地宣传评委名单。一个是张并骏，一个是胡广为，还有几个被拉来的老先生。

胡广为的视线在办公室里扫了一圈，像仙鹤扫视地下的几只公鸡。

——张并骏是个老实人，其他人根本听都没听过，他有把握，这个评委组可以自己说了算。

那两个年轻人有点本事，这么个"野鸡"比赛，把市政府给忽悠上钩了，还拿了预算。

几个老头正在闲聊，忽然，办公室的门被敲了几下。一个怯生生的脑袋探了进来——那是个姑娘，二十来岁，生得清秀可怜。

王悯对几个人甜甜地笑："老师们好，我是这次参赛者的家属，我叫王悯……"

——"野鸡"比赛被官方加码，这事，王悯已经知道了。

这对于她来说不是好消息。被官方加码，意味着正规化，她没办法再不择手段去弄奖金。于是，她只能再去找内部的人打听消息。

会设几等奖？什么时候出预选？她关心的就是这些。

办公室里，一个叫胡广为的胖老头引起了她的警觉。

王悯对男人的注意力很敏感。胡广为是那群人里面最关注她的，从她进门开始，这个男人的目光就粘在她的身上，没有掉下来过。

下午，一些评委去外面吃茶，一些回了家。当胡广为哼着歌走出来时，他看见远处的王悯躲在一棵树后，露出半张脸，对他羞涩地笑着。

胡广为的眼珠子转不回来了，他对身边的张并骏说："老张，你先走，我要去找个朋友。"

张并骏回了医院，小侄子在照顾女儿。医生今天来过，本来是找病人家属的，结果他不在。

他去医生办公室，医生已经下班了。另一个医生倒是知道张汶萃的病情，拉他到角落谈心。

医生："情况不好。"

医生："你们还是考虑移植的，对吗？"

医生："病人的年纪，加上身体的基础，如果移植，应该还是有很大希望能恢复……"

张汶萃在等待肾脏移植，等了两年半。医生说，第三年能等到的概率是有的。

张并骏坐在床边，抚摸女儿憔悴的脸庞。

张汶萃醒了："我今天感觉好多了。"

张并骏："那就好。嘴里还发苦吗？"

张汶萃摇了摇头，苍白的脸上勉强维持着笑容。她给爸爸看手机，今天早晨，她收到了来自女儿的问候。

在确诊后，张汶萃的丈夫就和她进行了协议离婚，带走了女儿，如今已经重组家庭。他不准女儿再和生母那边联系，但孩子还是会偷偷给她发消息。

有人说张汶萃吃大亏了，那种情况下，如果她咬死不愿离，这婚是不一定离得成的。但父女俩都是老实人，觉得既然家庭已经走到这地步，那就好聚好散吧，何必再把最后一丝情分撕破？

侄子临走时给张并骏塞了五千块。加上评委组的聘用费，他们勉强结清了一周的医药费。侄子下午回酒吧街——在这条街的东边，他经营着两家酒吧。

侄子："老叔，这样真不行。下周又是几千块，得让那个男的也拿一点，好歹夫妻一场，他真的撒手不管了？"

张并骏叹气："我知道，我去找他看看。"

今晚的酒吧依旧生意寥落。老眉乡没人了，秦城也快了。年轻人都在往外跑，没见过有谁回来。

他在吧台擦杯子。角落里坐着一对客人，一看就是不可言说的关系，是个老男人和个小姑娘。

这种生意做久了，他对客人之间的关系一目了然。女的在钓男的，快成功了。

姑娘拉着老头用手机自拍合影。侄子在吧台冷笑一声，没有再往那边看。

10

青青："听我说，现在我们得撤。"

周楠："我也是这么觉得。"

青青："把整个比赛转交给秦城市政府，他们愿意怎么办就怎么办。"

周楠："再挑个日子直接和你外公说他中奖了，给他奖金，反正老人又不可能去网上查什么中奖名单。"

青青："对。事情性质变了，不尽快抽身，我们就没办法全身而退了。"

他们的初心很简单，可官方不会管这些，如果被判定为恶意造假，两人都会麻烦缠身。

周楠开始买回无锡的机票，青青在策划怎么和外公演完最后一场戏，把人开开心心地哄回常熟去。而就在这时候，市长的助理楚先生给他们来电话了。

楚先生笑呵呵地约两人出去吃饭，就他一个人。

周楠开门见山："我们家在外地突然有点急事，没办法继续负责比赛了，还是交给官方办吧。"

楚先生不笑了："不，这不行。民间自发组织和官方组织，那是两个性质。"

青青："我们下周就回南方了，抱歉。"

民间自发组织，是来自人民群众的锦上添花。不管办好、办砸，都是人民内部的事；官方组织，如果办砸了一点，被人揪住错处，那就成了大隐患。

楚助理又恢复了笑容："所以，还是请两位不要退出啊，哪怕挂个名呢？只要挂个名就好了。

"这也好，毕竟赛事真正操作起来很麻烦，具体还是我们办公室来负责吧，两位，挂名，挂名就好。"

周楠和青青喜不自胜："好好好。"

这个烫手山芋，总算是交出去了。

两人开开心心地回了外公家。青青说："外公您还记得那个书法比赛吗？您入围啦。"

外公："啊？真的？"

青青："对呀，您想好奖金怎么花了吗？十万块呢，在老眉乡，根本花不出去。"

外公笑着搂住她："只是入围，又不是得奖。要是有奖金，外公就打给你，你们要结婚呢，需要钱的。"

青青："那干脆和我们一块儿回去嘛！顺便参加婚礼，再在常熟待几天……"

外公只是笑着，没答应她。

秦青青的外公叫陶渊，很普通的一个人，安稳地度过了动荡的青年与中年，平平淡淡地来到了老年。

陶渊在七十岁时大病了一场，家人甚至连寿衣都准备好了。那时青青还在外地读大学，正在往机场赶。陶渊躺在病房的床上，模糊的双眼看着周围的人，有的后辈以为他已弥留，开始为了遗产争执起来。

不知道谁先动手的，几个男人在床边打成一团，女人们互相扯着头发谩骂。没人在意打翻的水和乱飞的纸巾落在他的身上。陶渊就这样静静躺着，宁可自己已经变成一具尸体。

后来抢救成功，他康复了。然后，陶渊选择离开南方，回老眉乡。

他有时会梦见红齐，他的妻子。红齐已经去世了，是喜寿。陶渊梦见红齐的次数越来越多，他有些预感，或是期待。

青青的想法，他是明白的，他全都明白。那些人恨不得他到死都远离常熟，而外孙女希望他回到城市。

但是，他已经没有力量去回应孩子了。

陶渊温柔地抚摸外孙女的头发："我喜欢老眉乡，人老了，就会想待在没人的地方。"

小两口走在夜晚无人的街道上。青青说起比赛的事："我们不管，只是挂名，你觉得他们会怎么操作？"

如今一身轻松，周楠也有说笑的心情了："还能怎么操作？塞自己的人进去拿奖呗。那个胡广为，八成会变成评委组的C位……给钱，他就能搞定……"

雪静静落下，青青在前面一跑一跳地玩雪，不当心滑了一跤。周楠去拉她，结果两人摔在一起，哈哈大笑。

就在起身时，青青的眼角瞥见前面街道有两个人影晃过。

说实话，这个时间点，在老眉乡这个"鬼城"，还有人在外面闲逛是很稀奇的。而那两个人在前面居民楼的门口摇摇晃晃，好像一男一女，男的喝醉了，女的扶着他，往楼里走。

居民楼里的声控灯亮了。当昏黄的灯光落在两人脸上时，青青认出了他们。

王悯带着胡广为回家。她把老头灌醉了，但胡广为还是很不安分。她能怎么做？她还能怎么做？

王悯精疲力竭地将他拖进去，丢到床上，扯开他的衬衫。浓重恶臭的酒气让她作呕，但她也把自己的外套扯开，然后用手机拍摄两人暧昧的照片；这时，卧室的门忽然被打开了，她看见酒三站在外面。

王悯："你怎么来了？怎么不走？"

酒三夺下手机："你想用照片威胁这个老头，让他给你钱？"

王悯："差不多吧，他是书法比赛的评委。我想至少混个奖项，这样好歹也有些奖金，就算不多……"

酒三紧紧抱住她："别这么做。我们走，今晚就走。"

突然，门被急促地敲响了。

十五分钟前，秦青青站在居民楼对面用手机报了警。

周楠几次想开口，都被她瞪了回去。

青青："你们快点来吧，两人都进去了！"

民警很快就到了，按照她给的地址，去居民楼里走访。刚才王

216

悯带胡广为进去后，三楼南侧的灯亮了，那里就是王悯的家。

王悯家里，酒三和她都惊魂未定——酒三现在还是被通缉的状态，很可能是警方注意到他了。

她拉开窗看楼下，楼下是黑的，没见有人等着："酒三，跳窗走！"

没想到，胡广为居然在这个节骨眼醒了过来。他想抱住王悯："小王……你人呢……"

酒三打开他，拉住王悯："你得和我一起走！"

王悯点头。

11

老眉乡东，刘家，此时气氛尴尬。

张并骏从秦城赶到老眉乡的刘家。刘某是他女儿张汶萃的前夫。

张并骏："你能不能，就医药费这一块……"

刘某熄了烟："都是前妻了，和我有什么关系？"

——他的现任妻子在厨房门后面，透过缝隙冷冷地瞪着他。

张并骏不知道该怎么说。

厨房门被拉开了，少女从里面跑出来抱住张并骏："外公！"

小雪中，祖孙两个慢慢走在路上。

张并骏的外孙女从口袋里拿出几千块钱交给外公："妈妈是不是需要钱？"

张并骏吓了一跳："你哪儿来的钱？"

外孙女："从他们抽屉里拿的。"

张并骏站住脚："不行！还回去！这是偷钱！"

外孙女："可是妈妈……"

张并骏拽着她的胳膊往家走："还回去！"

他带外孙女回了刘家。小姑娘把钱放还在桌子上，低头不语。

刘某揪住她想打。张并骏拦在中间："不许打，孩子又不是有坏心！"

刘某："所以说这女人就是赔钱货！"

这话戳在张并骏耳朵里，"嗡嗡"作响。他被推到一边，看客厅里鸡飞狗跳——刘某和女人追着外孙女打骂，女孩子细细哭泣。

张并骏颤抖着爬起来："你说谁是赔钱货？！"

刘某的妻子不服气："你女儿就是个赔钱货，养了这么个小赔钱货！"

她刚说完，脸上就被甩了一下——很轻，张并骏这辈子还没打过人。

但是女人呆住了，几秒后，她回过神，歇斯底里地扑向他。

酒三和王悯从三楼阳台爬到二楼，再跳到一楼的院子里。警察破门而入，就看见两人慌不择路地跳窗，便知这家有问题。

两路人马追逃，青青起初和周楠在路边看戏，却见到酒三和王悯跑向这个方向。他们还未反应过来，酒三就狠狠撞开了周楠，掐住青青的脖子，用刀抵着："都不许过来！否则她就没命了！"

——民警也惊呆了，第一次看见扫黄打非还挟持人质的。

事情闹大了，大家僵持着，直到更多的警察从街头赶来。

风暴中心的四个人都神色惊惶。王悯没想到青青和周楠会在这儿，酒三挟持青青，周楠不可能视而不见，一把架住了王悯："把她放了！"

酒三强拉着青青往后退，周楠又不可能要求他站住别走，只能抓着王悯跟上。几个警察冲过来，从他手里把王悯接过："无关人员退后！"

老眉乡的夜被彻底惊醒，周围民居的灯次第亮起，居民们探头出来看马路上的警匪大战。酒三突然把秦青青往前一推，刀毫不留情地刺进她的背脊。

血落在白雪上，秦青青痛苦地呻吟。附近的人被这个血腥的变数震慑到了，纷纷拿手机拍起来。一时之间，上方许多闪光灯此起彼伏地发亮，周楠护住她："救护车！快叫救护车！"

小县城的救护调动比城市慢。他捂着女友的伤口，警察有去追酒三的，有帮着查看伤情的。在十五分钟后，他们决定不等救护车，用警车直接将人送去医院。

在简单止血后，她从县城医院连夜转去秦城医院。

同样还有一辆救护车从县城医院转运一位老年病患前往秦城医院——车里是昏迷中的张并骏。和刘家人拉扯时，他的头被打中了，意识不清，有脑出血的危险。

当夜，陶渊急匆匆地从老眉乡赶去了秦城医院。

酒三用的是水果刀，刃细长，伤口不大，却深，而且刺中了很危险的地方。现在青青正在抢救。周楠在窗口付费，看见另一边的急诊一个老头被推进去，面容熟悉。

周楠对人脸的记性很好。虽然只和张并骏在楚助理组织的饭局和办公室见过两次，可还是一眼就认了出来："张老师？"

张并骏怔住了："你是……啊……小周？"

医院今晚很吵闹。陶渊踉跄着跑进来，一眼就看见周楠那件显眼的潮牌羽绒服："小周，青青呢？我进来时都吓傻了！外面全是人……"

周楠一愣："外面全是人？"

——刚才有个女病人从肾病病房跳楼了，就三分钟前。

或是有某种预感，在听说这件事后，张并骏颤抖地摸索着下了推床，旁边有医护人员阻拦他："老先生，你不能起身！要静观两小时，你可能脑出……"

张并骏充耳不闻，流着眼泪往外跌跌撞撞地走。

他好像看见小时候的张汶苹，姑娘就在门口，扎着两个羊角辫，穿着红棉服，笑着跑出了医院。

## 12

青青醒过来的时候，外公和周楠都在病床边。

她的下肢发麻，但是能动。俩人都劝她别动。医生说了，这几天很关键，目前还没有瘫痪的危险，只要好好静养，之后做好康复训练，很快就能恢复。

酒三和王悯的案子，迅速压过了书法大赛，成为整个区域新的头条新闻。

官方把百万赛事预算重新压回十万，楚助理的态度冷漠："你们重新把这个比赛拿回去吧。"

周楠和青青连连摇头："不不不，我们真的要回去了。"

这场比赛无疾而终，他们准备启程回南方。胡广为还不死心，还想最后装一把大佬："大家有缘相聚，应该吃顿散伙饭，互相留个联系方式嘛！"

张并骏没有了任何回应，他应该在处理女儿的后事。群里响应者寥寥，最后，还是只有那几个老头回了胡广为的话。

但这件事唯一的好结果，就是外公同意陪青青回常熟了。

外公："你这样带着伤回去，我不放心啊！"

于是大家欢欢喜喜地收拾行李。老人想把笔墨纸砚一起带上，回常熟后也能练字。周楠看那些东西都旧了，阻止老人道："回常熟，我们给您买一整套新的！"

青青："都是外婆留下的，他不肯换的。"

陶渊把自己一直临摹的字帖也收进包里。那字帖是红齐给他写的。他年轻时字写得难看，红齐的父母都是老艺术家，嫌弃他情书写得丑。红齐就偷偷写了份字帖给他，让他照着练。

陶渊抱着装字帖的包，和两个孩子一起赶向火车站。他们提前一小时到了候车大厅，周楠和青青窝在一起打游戏。

就在这时，周楠的手机响了。

是楚助理打来的。

楚助理的态度又来了个大转变，语气带笑："周先生，你还在老眉乡吗？"

周楠："不，准备回去了。"

楚助理："哎呀，别急。是这样，华发杯这个比赛的消息被省里知道了。"

周楠："……"

楚助理："领导很赞成，现在讲究改造文艺荒漠，领导说了，要从小事做起，他要亲自来过问秦城这个民间自发组织的比赛。所以，张市长也很重视。这样，今晚六点，在秦城大酒店……"

周楠面无表情，挂上了电话。

完

220

*XingQiuChanShiGuan*

## 1

我叫许花，是好上康飞船的船长。

简单向大家介绍一下我们好上康飞船。它原名星际跳跃者，是一艘星球铲屎飞船，但因为我们运营经费紧张，接受了银河系著名食品集团好上康的资助，所以改名为"好上康飞船"。

星球铲屎官这个职业是近几年兴起的宇航职业，因为宇宙中有钱没处花的人实在太多了，养猫养狗没个性，养老虎养豹子都没意思，现在进化到了养星球。

简单来说就是买下一颗星球，和买房买地皮差不多的意思。房子多了需要保姆来打点，星球铲屎官就相当于星球的保姆。

我会定期开着飞船出去晃一圈，替客户照料星球。一般能够被私人收购的星球都是比较安全的，没什么致命病毒，我就上去做做清洁搞搞绿化，完事后拍个视频反馈给客户就行了。

我是女承父业，从小就跟着我爸在星际间到处溜达，拿客户的钱，一边工作一边探险，这份工作简直是为我量身打造的。

唯一让我不开心的就是我的搭档雷欧。这家伙从一开始就讨厌这份工作，天天和我碎碎念："马上就要经济泡沫了……别干了……改行吧……寒冬降临分分钟的事情……"

"闭嘴，开船。"

"真的，听哥的话，哥是过来人，吃的机油比你吃的米还多……"

"切换到人工驾驶。"

系统界面闪了闪，结束了自动驾驶。雷欧还在碎碎念："自从老许过世，我都感觉不到自己的人生价值了。"

"醒醒，大哥，你不是人。"

——雷欧是这艘飞船的智能中枢 AI，现在几乎所有交通工具都搭载了全自动化 AI，你们把它视为这架飞船本身都可以。

## 2

我今天要去的星球叫"雅丽我爱你"星。

你没看错，不是我为了混稿费多打了几个字，这颗私人星球就叫这个名字——"雅丽我爱你"。

它的所属人是个大集团老板的儿子，雅丽则是当红的影视小花。这位公子哥为了追她，买了颗星星告白。

至于追没追到，就不关我的事了。

"你说他追到没？别这么多钱花下去了，连个小手都没拉过。"雷欧开启了八卦模式。

我戴上耳机，当没听见。

"欸，现在的年轻人啊……我上周还在网上看到她的绯闻，说在和一个歌手谈恋爱……"

大概因为这艘飞船是我爸留下来的，雷欧在我脑中的形象就是个中年男人，浮肿苍白，顶着黑眼圈，喜欢碎碎念。

"花花你开快点，你这样开我们什么时候才能进入星际的空间跳板？"

"这个区域的飞船限制曲速，被抓到了要罚款扣分的。"

"你切到自动驾驶，我来替你开。"

"不行！切回来！"

系统屏幕乱闪了十几秒，飞船熄火了。

好上康飞船是我爸留给我的，现在的私人飞船每个月都会出新款，这艘老破船连飞去火星都很吃力。

刚才和雷欧抢夺控制权的时候，估计弄坏了中枢，现在飞船没

法控制，像个铁砣子一样在宇宙中飘着。

我启动了备用电源，内部光线缓缓亮了起来，我看了眼定位系统，差点叫了出来："这什么鬼……"

——在刚才断电的几分钟里，我们飘到了一个陌生星系。

我飞了那么多年，还是第一次遇到这种情况。

雷欧没法定位这个星系的坐标，让我手动调头往回开。三十分钟后，我们的飞船忽然收到了一个定位信号——十二点钟方向。

向那个方位行驶了一段时间后，飞船经历了一次剧烈的震荡，紧接着，定位系统恢复了，我们重新回到了银河系。

"刚才，我们是不是驶出银河系了？"我兴奋地说道。

"应该是不小心进入空间交叠的缝隙里了吧，空间不稳定的时候会有极小概率发生这种事。"

"多小的概率？"

"上一次有人遇到这种事情还是在冷战期间。"

## 3

连时间都发生了异变。

我们降落在那颗"雅丽我爱你"星时，时间比预估的晚了四十八个小时——客户愤怒地指责了我们。因为我没能及时把他星球上的环境布置好，导致他带着小花旦飞到那儿开派对时只看到了一栋蒙灰的别墅。

这个行业的圈子太小，出了这种事，其他客户纷纷撤了合约。星球铲屎官属于投入高、回报高的行业，佣金丰厚，可用于飞船的维护、航天许可证等等的费用都十分高昂，如果再这样下去，好上康号飞船就连燃料都加不起了。

又过了三天，好上康集团的宣传部告诉我，由于我的飞船每月航空次数少于 4 次，他们决定撤回投资了。

"十九岁生日快乐！花花！"这家伙跳脱的声音有点烦人，"想好要什么生日礼物了吗？"

"……"

"说嘛！我替你网购！买什么都行哦！"

"……还不是用的我的存款！"

我面无表情地替星际跳跃者喷漆，那个大红大绿的"好上康，好健康"的标语被飞速掩盖，重新恢复了银白。

雷欧要是能做梦，估计都会笑醒："太好了，这是人类审美前进的一大步。有好多次我想到它外面喷着那个宛如城乡接合部农产品的广告，就恨不得撞月球自杀。"

"再这样下去我们就要宣布破产了。"飞船的维护费用太高，很多星球铲屎官都因为资金周转不灵，导致工作室破产，最后只能转手飞船。

雷欧呆住了："不至于吧？"

"再过七天，如果还接不到新的合约，我们连飞船停靠站的租金都付不起了。"

"老许——我对不起你——"

我把音频关了，不想听他哀号。我肯定也舍不得星际跳跃者——毕竟我的整个童年都是在上面度过的。

星际跳跃者是经过爸爸无数次改装的飞船，因为他很喜欢探险，所以这艘船的各方面都是按照远航船的配置建造的。雷欧有些话说的没错，星球铲屎官总是只在银河系里跑来跑去，算是星际航行的短途游，对这艘远航船来说，确实有些委屈了。

话说回来，雷欧貌似是在某次改装后诞生的。我记得小时候跟着爸爸住在飞船上，经常在星际间到处旅行。那时，星际跳跃者的智能 AI 系统就是普通的 AI，没有任何性格设置。

有一天，我爸升级了系统，雷欧出现了。又过了不久，爸爸因病去世。

我的独立冒险从此开始。用雷欧的话来说："花花，咱们该不会要跑遍宇宙的每一颗星星吧？"

——就该那样嘛！

电视机开着，但是我窝在沙发上没心思看，抱着平板电脑在铲屎官工会的主页里找活干。忽然，电视里的一句话吸引了我的注意——

"本周五下午三点，迄今为止估价最高的私人星球——龙王星，

将会正式开始拍卖……专家估价这颗星球将以三百亿星币左右的价格成交……有意参与的竞标者目前已有三十人……"

"雷欧！"我唤醒了平板电脑里雷欧的数据端，"我想到办法了！"

4

"拿不下的。"雷欧说。

"你闭嘴。"

"拿不下的，我喝的机油比你吃的米……"

"我是无麸质饮食。"

"这种巨富手里不知道有多少颗私人星球，他八成有私人团队专门管理它们，轮不到你的。"

"不试试怎么知道！"

拍卖行的停机坪上，我的吼声吸引了一波小小的注意。

这里是银河系近旋臂区域。拍卖会在某颗星球上举行，拥有 VIP 证件的贵宾可以登陆星球参与竞标，围观者也可以在外围观看大屏幕的直播。

我的目标就是向拍下龙王星的人毛遂自荐，成为龙王星的星球铲屎官。这颗星球因为蕴藏着丰富的月石能源，得到了迄今为止最高的竞拍估价——三百亿星币。这个价格足够买下八百颗地球了。

如果能得到龙王星的铲屎官工作，其他的工作一定也会蜂拥而来！

"花花，他们都是走 VIP 通道，直接到单人停机坪的，你连他们的面都见不着，敢靠近的话，五十米内就会被保镖用电击枪打成电鳗。"

"现在是背水一战，没退路了，就算失败也比放弃要好！"

雷欧安静了。

这场世纪拍卖堪比商业盛会，离开场还有一个小时，外围会场就已经人山人海。大家都抬头看着那块大屏幕——它正在直播拍卖会前的午宴，全银河系的商贾巨子都聚集在这儿。

外面还开了赌局，赌谁是最可能拍下龙王星的人。我敲了敲手机，想唤醒智能终端里的雷欧，结果这家伙可能是闹别扭，沉默着不肯出来。

算了，男人靠得住，火星能长树。

我自己去想办法找 VIP 停机坪的位置，尽可能靠近，寻找机会。

高空悬浮的大屏幕上，拍卖会开始了。整个会场都能看见直播——竞标声此起彼伏，转眼就到了预估的三百亿星币。

交易锤已经举了起来，所有人都在惊呼。就在这时，会场里另一角落却传来了加价指令——Double。

六百亿星币。

外围会场陷入了几秒的寂静。

锤声响了三下，竞拍师宣布由神秘的 31 号贵宾拍得龙王星。人群顿时开始窃窃私语——在竞拍开始前，只有 30 名嘉宾。

"31 号是谁？！"我拼命踮起脚，想看得更清楚些。镜头聚焦在一个华服青年身上，他有着铂金色的长发，服饰是标准的无君群星联盟的风格，华美到近乎浮夸。

他带着侍从们离开了会场。

"他走了正门！"有人发出尖叫，"他没有走 VIP 通道！"

我以为自己在做梦——一列无君联盟的武装军警将人群分开，森严把守在两侧。华服青年出现了，从普通的出入口走出。

雷欧总算有反应了："那是无君群星联盟的皇族，你确定要冲上去吗？根据星系条约，他这个级别的警卫是可以把你直接击毙的……"

我根本没听完他的话，就穿过人群，冲进军警之间的缝隙。齐齐的举枪声响起，几十个枪口瞬间对准了我——

"我想成为龙王星的星球铲屎官！"我大声说，"许花和星际跳跃者保证不会让您失望的！"

一小时后，我呆呆地抱着委托书走出了这位大人物的飞艇。

——成功了。

　　"我没眼花吧……龙王星的资料上登记的拥有者是……"我进了星际跳跃者，打开了所有照明。在星球铲屎官委托书上附有星球资料，上面清晰地用通用语写着——星球拥有者：罗兹尼克·拟拉。

　　我不太关注新闻，但也知道这位兄弟在上个月刚继承了家里的王位，现在是无君群星联盟的国王。

　　拍卖会结束后不到两小时，新闻就铺天盖地地播报了这个消息：国王陛下空降拍卖会现场，以天价拍下了龙王星。

　　而我竟然就这么轻易地成为这颗私人星球的铲屎官，星际跳跃者的资金问题也顺利解决了。而且因为这件事，我们名声大噪，上门委托的客户越来越多。就连好上康集团的负责人也重新找了过来："鉴于我们之前就有过非常愉快的合作，许花女士可否考虑一下续约？"

　　"不要——"雷欧的哀号从通信器里传出，"不用你们赞助也没问题——不要再把飞船喷满小广告！"

　　我"嘿嘿"一笑，中断了和好上康的通信，爽！

　　"今天要去两颗星球上做绿化，后天返航，接着就可以去龙王星啦！"我嘴里叼着日程表，换着衣服。

　　雷欧的声音立马响了起来："姐姐你能别在船舱里换衣服吗？！"

　　"有什么关系啊。又没有其他人。"

　　"我不是人吗？"

　　"你是人吗？"

　　"对哦，我不是。"

　　我特好奇我爸改造这个系统的时候在想什么，活生生把人工智能改造成了人工智障。

　　宇宙航行技术如今已经非常成熟，人类在短短百年内已经将活动范围从地球拓展到了银河系双旋臂区域，与诸多外星文明也有了接触。地球加入了银河联邦，科幻小说中的星球大战并未出现，成熟的文明都能意识到战争的破坏性，更愿意进行商贸互惠交流。

　　我驾驶着星际跳跃者前往目标行星，一路上收到几十条来自附近文明的广播，有推销也有业务咨询，反正和地球上的路边小广告差不多。

"应该快了……"我们逐渐靠近了目的地，这颗行星的位置不好，距离星辰团太近了，每次过去维护都可以看见它被小流星打得千疮百孔。

忽然，雷欧带着疑惑的声音响了起来："在定位处没有发现行星，不建议降落。"

"什么？"

如果这是开车，我已经一脚急刹车踩了下去。但飞船并没有什么急刹车，只能紧急悬浮，尽可能停止位移。

我怀疑雷欧的雷达出错了，这颗星球一直在那儿，就算地理位置不太好，也不至于突然消失。星球消失有两种可能性，一种是本身寿命到了，氢星可能爆炸，其他类型的星球可能会湮灭；另一种可能性就是遭受了巨大的外力冲击，直接被撞碎——但私人星球都是经过严密检测的强势天体，按理来说不可能被撞碎。

但这颗星球消失了。

"花花，别停留在这儿，转向回去。"

"不许转向！我得去查看一下这里发生了什么！"

"别干傻事，许花！"

5

我驾驶着星际跳跃者向黑暗中飞去，这里不知发生了什么，连一丝星光都没有。我正准备检测一下周围，再进一步深入黑暗时，屏幕突然急促地闪烁着，提示我从人工驾驶切换成了自动驾驶。

"雷欧，把控制权还给我！"

飞船的控制模式被雷欧锁定了，在自动驾驶下往回跑，我们就这样返回了地球。

我快气疯了："雷欧，你中病毒了？！"

"在那个情况下，我的判断就是切断人工驾驶，全权自动驾驶。"

"那边肯定有什么事发生了，我们应该去搞清楚发生了什么！"

"星际跳跃者的安全是第一位的！"

我们的争吵并没有持续很久，一系列的突发新闻从屏幕上跳出——众多星球铲屎官都反应遭遇了星球失踪事件。据说还有一个

小星系联盟整个消失。

这些星球都位于宇宙探索极限的边界——所谓的探索极限，就是目前宇宙中有已知文明存在的区域。就像城市中最热闹的永远是市中心，探索边界就像城乡交接的地方，人口稀少，光照微弱。

这个消息引起了众人恐慌，不仅星球交易受到重创，人们也开始担心自己所在的星系会不会有一天也突然消失。

我早上收到了来自无君群星联盟的邮件，电子信件内带着皇家标志。自从那天不可思议地取得了龙王星的委托，我还没有和那边联络过。

国王罗兹尼克希望我去无君联盟详谈有关龙王星的事。

"……不想去……"我趴在枕头上，"肯定是星球交易受到打击，他决定及时止损，让我不用去给星球铲屎了……"

雷欧难得没比我更丧："不一定，说不定是其他事呢？"

工会要组织铲屎官们汇集情报，尽可能找到线索。我作为发现过星球失踪的人之一，也要上交航行记录。

在我还是个婴儿的时候，爸爸就开始带着我一起航行了。星际跳跃者累积的航行记录时间远超过我的年龄，光是导出那些记录发送给工会就花了我半小时。结果，我收到的回件却是：文件损坏/缺失，无法查看。

也许航行记录在导出时损坏了。我重新导出并发送了一份，却得到了相同的答复。

一般这种情况，可能是星际跳跃者的系统出问题了。毕竟是老型号的飞船，里面的东西都改装了几十次。

我开始查看改装记录，只要查到雷欧是什么型号的AI，说不定就能知道系统问题出在哪儿了。

可是，系统被改造成雷欧的这段记录是空白的。

"雷欧，你知道你是哪个型号的AI吗？"我问，"我查不到改装记录。"

"啊……那个啊，可能之前损坏了。"

"那么备份文件呢？"

"又不重要，根本没备份啊。"

"很重要啊！"

父亲在改造完雷欧之后不久就去世了，那段时间星际跳跃者的记录几乎都是空白的。没法查到这些，也就没法恢复系统问题，不能给工会提供我们遭遇星球失踪时的航行记录。于是我想去之前遇到星球消失的地方，重新再做一次记录。

雷欧想劝我改变路线："还是先去无君联盟比较重要吧。"

"对方又没有说什么时间见面，就算过去了，估计也就告诉你'啊，我们没有收到国王的会客预约通知，麻烦您回去等消息吧'。还是星球消失的事情比较重要，我们出发吧……你该不会又想抢控制权吧？"

"安全，安全第一！"

"安全有什么意思啊！"

我们终于还是向着之前的事发地驶去了。那里仍旧是一片黑暗，仿佛所有的生命都被吞噬了。这片黑暗的实质到底是什么？

实时信息不断涌来，宇宙观测员表示连他们都无法探测到黑暗中究竟是怎样的情况，只能不断发出最高警告，提醒船长们不要靠近宇宙边缘的黑雾。

我凝视着那片黑雾，有些跃跃欲试。雷欧似乎意识到我想做什么："别那么做，花花。"

"他们说，就连派进去的无人机也消失了，无法侦查。也许需要有人驾驶飞船才能……"

"那样的话我会立刻自动驾驶让'星际跳跃者'返航。"

"如果你的行为逻辑是保护'星际跳跃者'，"我走向控制单人救生船的操作台，"那我可以坐救生船脱离星际跳跃者单独进去看看，你让星际跳跃者留在这儿等我。"

在拉下操作杆，放出救生船的刹那，我听见雷欧的叹气："你骨子里就和你爸一模一样。"

旋即，屏幕上的数据窗口全都消失了，一张似曾相识的脸出现了。铂金色的长发和雪白的皮肤让这个人显得空灵而神性——上次见面时，我被军警控制在他的十米开外，通过他人传话；但这次，是另一种意义上的"面对面"。

无君群星联盟的国王，罗兹尼克·拟拉，出现在了我的屏幕上。

"马上离开那个边界。"

他的声音和雷欧一模一样。

6

我现在位于无君联盟的核心星球，坐在君主宫殿正殿的椅子上。

这把看着就知道坐上去会很难受的纯白色椅子，果不其然像是个刑具，我没坐多久，腰就和被锯子拉扯一样痛，不知道国王的椅子会比这更舒服还是更难受。

"那个……"我叫住了一个经过的侍从，"你们老板……不是，你们陛下大概还有多久才会来？"

那人看我的眼神好像看傻子，然后露出了关爱傻子的微笑："请您稍等。您想用些点心吗？"

"可以是可以，可别是等到连泡脚桶都端上来……"

在强制夺取了飞船的控制权后，雷欧将飞船带到了无君联盟。那里的防御塔已经得到指令，星际跳跃者一路畅通无阻地降落在皇宫前。

然后我就被晾在这儿等。手机里的雷欧没有了响应，到现在我都不知道他为什么会和国王有一模一样的声音。

这时，内殿的门开了。

铂金头发的男人走了出来。

我本能地弹跳了起来。

接着他说了句话，我听到后，不知道是内心的大石头落地了，还是整个脑袋都放空了。

"我就是雷欧。"他说，"在十九年前你刚出生的时候，我就认识了你的父亲。"

我的父亲许莒风是个星际冒险者。在他的时代，星球铲屎官这个职业欣欣向荣，但他还是执着于探索宇宙。

　　有一天，他探索到了"边界"。

　　人类的电影历史馆中，存放着一部几百年前的优秀作品，一个喜剧演员演的正剧，他扮演的男人碰触到了世界的边际，发现这个世界其实是类似于培养皿的存在，而更高一级的生物——"神"，像控制游戏主线一样控制着这个世界。

　　爸爸驾驶着星际跳跃者意外来到了这个边界。那个黑色的世界，被人认为是黑洞、反物质或者虫洞领域……它就是宇宙的边界。

　　"但事实上，宇宙是高维的存在者制造出来的试验场。"罗兹尼克——我还是习惯叫他雷欧——平静地说，"这个宇宙，尽管有无数人探索着十二维的存在，但目前最高能实现的物质维度只有四维。因为这是物质宇宙，当它的制造者创建它的时候，框定了它最高的物质维度只有四维。你们能感受到空间、时间的移动，但你们在同一个时间只能存在于一个空间点。"

　　高维生物则并非如此，罗兹尼克让我想象一个生物的出生就等同于死亡，它存在于它存在过的一切的时间和空间。

　　"那是种宏大的存在，许花。你无法想象的宏大和迷茫——他们的文明脱离了物质，洞悉了他们这个维度的所有知识。时间对他们而言没有意义，他们开始想预知万物的灭亡，以此找到存在的意义。

　　"于是他们创造了宇宙，让它自由演变和发展，亿万年的时光对于他们而言只是弹指一瞬，宇宙经历了无数次的重新创建，它的演变数据被记录下来。高维存在者凭借这些数据，反向推演他们所在的宇宙，寻求'存在'这件事的意义。

　　"当然，他们之中也有分工。负责调整、记录、重建数据的人就是'守望员'，也会有人员交替。"他说，"而我，就是这一代的守望员。"

　　"我不明白。"我的双手紧紧绞在一起，"你难道不是……不是无君联盟的国王吗？"

　　"十九年前，你的父亲碰触到了边界。一般来说，系统对此会有两种判定——第一种，直接抹除；第二种，如果当时系统数据有调整或者升级，碰触到边界的单元就会被隔绝到单独的空间中，等待守望员的处理。"

而爸爸碰触到边界时，雷欧正在调整数据，系统自动将碰到边界的爸爸隔离了起来。

按照以前的习惯，守望员顶多顺手按下删除键，要么就不处理，让这些"出界者"永远留在隔绝空间里。

但也许是某一个突如其来的念头，雷欧对这个误闯边界的人类起了兴趣。

人类在他们看来，是无比渺小的存在——不，连存在都算不上，对于高维生物而言，他们创造的宇宙就像个模拟经营类游戏程序，人类顶多是一串字符。

你打游戏的时候，会去攻略喜欢的人物，解决邪恶的BOSS，但你绝不会因为对这个人物感兴趣，就把游戏的程序给解包出来，看看构成这个人物的程序。

然而雷欧这么做了。亿万年来，没有高维生物这么做过，这个无聊的行为如同对着一窝几百只的蚂蚁，给它们一个个起名字。

但人类不是蚂蚁。爸爸是个冒险者，有着丰富的冒险经历，从不循规蹈矩。

"我被他的'数据'吸引了。"他说，"最后，我决定以三维形态降临在他面前，和他进行一类接触。"

我听懂了："你变成了人，和他做了交流？"

"没错。你知道吗，在我们的高维宇宙里，时间的意义不会比2000年人类手中的一张五美元更大。我们探索不到存在的意义，除了守望员之外的所有人都选择了沉眠，只有轮到自己值班的时候才会从降维茧房里苏醒。"这时，他的语气开始激动了起来，"而和老许进行交流之后，就像打开了不该打开的门，我开始向往这个被我们创建出来的模拟宇宙了。那天系统进行了两个更新。我将自己作为游戏角色，加入到了这场游戏里。"

无君联盟原来没有国王，在雷欧更新之后，所有人都接受了这个更新内容——它有国王，有悠久的皇室传统，有伤痛的历史……

"第二个更新，"他说，"就是你。"

"许花，你和'我'一样，是那天加入的游戏人物。"

7

爸爸告诉我，他和妈妈是青梅竹马，但母亲在我出生不久就死于疾病，父亲独自抚养我长大。

"你是更新版本时加入的人物数据。"他说，"我迷恋这个世界，你的父亲也是我唯一的朋友，我希望让他永存，哪怕这个世界被销毁重建，我也想把他接到我的世界里，等新世界创建后，再将他送回去。但他拒绝了。"

"等等？！难道你把他……"

我都不知道这件事和"我其实是个新加入的游戏人物"比起来，哪个消息更加震撼。

"不！你误会了！"他反应过来，"不是的，他希望我不要利用管理员权限对他的数据做任何的修改。那时我已经能看到他的数据中有疾病元素……但老许喜欢这种随机性，他希望自己的一生都是冒险。所以我希望和他一起冒险，雷欧就是我的数据副本。"

"所以为什么要创造我？"

"是老许的要求。他以前有过妻女，但是在一次航行时遇到了事故……他希望再次拥有女儿。"他说，"我读取了他亡女的数据，用它再造了你。说你是凭空创建的新人物并不准确，更确切的说法是——你是那名死去的女婴，我只是将你复活了。你是许花，真实存在过、原本有机会长大却不幸夭折的许花。"

说到这儿，雷欧笑了："但你真的和老许很像，比如性格。如果不是作为雷欧的我时时刻刻拦着，你恐怕就像他一样'出界'了。"

这个模拟宇宙，很快就要销毁重建了。

当一个模拟宇宙的观测数据将近临界值时，就会被销毁，就像打完了的游戏开始全新的一局。那些边缘消失的星球就是这个世界正在湮灭的证明。

"我在'星际跳跃者'上预先搭载了传送系统。"我们站在星际跳跃者面前，雷欧将手掌贴在银白的机体上，"搭建这个传送系统的原意是在这个模拟宇宙销毁前将你传送到我们的宇宙，那天和你争执的时候，数据有一瞬间的失控，导致它被短暂传送了过去……"

"原来那天 GPS 莫名其妙地无法定位是这个原因。"

"再过不久，这个世界就要开始删档。我说的不久，大约是这里的十五年。"

"可以不删档吗？"

"这是我们世界的系统决定的。新的守望员会替我的班。"

"……"

"花花，你哭了。"他看着我在他面前蹲下，"你为什么哭？你不会消失的，你永远存在，并且可以来到我的世界，等新的模拟宇宙创造完成后……"

"……你无法理解吗？"我抬头看着他，"我们相处了那么多年，你没法理解我为什么哭？也许这么多年对你来说只是几秒钟……"

"是很迷人的几秒钟。"他微笑，伸手擦掉我的眼泪，"我经历了你父亲的一生，遇到了你。"

我十岁的时候，父亲"改装"了雷欧。从那以后，我们就像一家人一样朝夕相处。

他在遇到我父亲的那天决定来亲身体验这个世界；又过了十年，他决定以雷欧的形式陪伴我。对雷欧而言，这十年的时间或许就像几秒钟。

但我们毕竟让他做出了改变。

爸爸去世后，就只剩下我和雷欧了。哪怕嘴上的埋怨很多，但我们都喜欢和彼此在一起。这种喜欢是很轻松的，没有束缚与控制。

我甚至没有恋爱的打算，因为我不觉得自己的生活里还有容纳一个人的位置。雷欧占据了大部分，它是我的至亲和依靠。

如今的这一切，像是某种意义上的真实，某种意义上的假象。

"这个世上还有很多其他的生灵，其他的人。"我哭着笑了，"替'星际跳跃者'发动机做清洁的技工老哥，无人机早点摊的老板娘，总是偷偷跑进我家停机场的那几个熊孩子……好上康那个讨厌的经理，那个整容脸的代言女明星……"

忽然，我想起那天用银白色的喷漆盖掉飞船外壳上好上康的广告，看着女明星的脸一点点消失时，我和雷欧都说，终于不用再看见这张脸了。

但我从没想过让她消失。

"可以留下这个世界的数据吗？"我问，"就像备份一样。"

"可以，但是有什么意义？它们会永远被保存在存储器里，按下暂停键。"

"还记得你问我，十九岁的生日礼物想要什么吗？"我擦掉眼泪站起来，"那就送我这份数据吧。由我来保存它。也许有一天，你会明白我执着的原因。"

雷欧的脸上带着柔和而平静的微笑，他在思考。我能看得出，这不是那种居高临下讥讽的笑容，他确实在思考我执着的原因，只是暂时无法得到结果。

"对于拥有亿万年生命的我们来说，几十年、几百年的时间就像光尘。"许久，他叹了口气，"但是，我似乎隐约能捕捉到你所说的那种感觉，就像是偶尔会回忆起遇见你爸爸的那天，我想过如果自己并没有临时起意和他交流，而是直接按下删除键……我好像能明白，花花，但是我需要时间。"

"我会把这个模拟宇宙的备份文件给你的，"他说，"如果它是你的珍宝。就像你是我的珍宝一样。十九岁生日快乐，花花。"

那天，我得到了我的生日礼物。

8

我万万没有想到，雷欧用来储存这个世界备份数据的东西是它。

——龙王星被国王无偿赠送给了它的星球铲屎官，这个消息瞬间引起了轰动。记者飞船如影随形地跟着我的星际跳跃者号，我搬家到了龙王星，将这颗寂静却美丽的磷光植物星球装扮起来。

在它的核心，有数以万计的巨型存储器。这些存储器记录着这个模拟宇宙的数据，人们的欢笑和悲伤，出生和死亡，美丽的、丑陋的、无处不在的万物。

我将会带着这个备份文件，在这个模拟宇宙销毁时进入雷欧的世界。在短暂的——对我来说或许是数百年的时间后，新的模拟宇宙会生成，我可以带着龙王星回去。

"我会在沉眠时思考这个意义。"他说，"如果你需要，可以联络下一任守望员，要求他给你下一个模拟宇宙的备份数据。"

就这样，我又将拥有一个模拟宇宙的数据，龙王星也多了颗卫星。雷欧的族人给予了我同样的时间流速，在接下来的漫长时光里，我拥有了几十颗装载着不同模拟宇宙备份数据的星星。我有去新的模拟宇宙里看看，有时会不小心被他们当作神明或者天降之物。但更多的时候，我都在照顾那些装着数据的星星。

其中，我还是最喜欢龙王星。

它布满了幽蓝的磷光植被，静谧而温润。我在湖边造了一座木屋，星际跳跃者号停靠在山洞改造的停机场里。

那天清晨，碧蓝的磷光雾中，我一如既往检查星际跳跃者的设备。打开停机场的时候，星际跳跃者旁边有个熟悉的人影。

——雷欧铂金色的头发扎了起来，穿着一身便装，正抬头看着他的老朋友。在漫长的沉眠后，他苏醒了。尽管这个时间要比预计的早。

"在沉眠的时候，我反反复复思考着那个问题。"他朝我伸出手，"仿佛捉摸到了问题的关键……只是不清晰。所以我醒来了。"

我伸手，碰触到了他的手。故人重逢的刹那，我几乎喜极而泣。

"你愿意和我一起去新的模拟宇宙度过'一生'吗？"他笑着拥住我，"说不定这次，我真的能找到完美的答案。"

完

## 旧世主 Jesus Nut

1

　　米姆跪在特丽菲苏博物馆前的石板上，在他身边，还跪着其他十二名管理员。

　　埃及的五月，空气已经变得灼热。因为低着头，米姆感觉自己后颈的皮肤，像是老旧的墙纸那样已经因为干燥而皱裂了。

　　特丽菲苏城是埃及东方的一座小城，居民并不多，曾有一条河流的分支经过它的城中，但在十五年前就干涸了。由于地处偏僻，这座边城实际上已经脱离了政府的管辖范围，无论是水源或者是治安，全都无法被保障。

　　米姆闭上眼睛，他感觉呼吸都是在吞吐火焰。五分钟前，有同事哀求这群暴徒给他们一些水喝——现在她的头颅被挂在博物馆的正门口。

　　由于有美尼斯古王朝的遗迹，特丽菲苏在遗迹上方建造了一座小型博物馆。

　　五十七岁的米姆是这座博物馆的馆长，对里面的每一处古迹都了如指掌。根据研究，这处遗迹曾经是一座行宫的偏殿，经过了多次改造，它被当地人称为"米润耳"，意思是克里奥帕特拉之泪。

　　他最喜爱的是里面的迷雾女皇像。没人知道她的身份，那原是一位贵族女性的坐像，在漫长时光的侵蚀下，这座雕像只剩下头颅——于是人们叫她"迷雾女皇"。

　　米姆每天清晨来到博物馆，都会在她面前驻足片刻。神奇的是，他现在无法回忆起来她的样子，他闭上双眼，在女皇像的位置竟然变成了女同事被斩首的头颅。

米姆昏了过去。他被拖进了室内，遭到了一顿毒打。他的肋骨断了，刺进了他的肺部，运气糟透了。每个人都经历了暴虐的拷问，古老的石阶被鲜血浸润得发亮。

这群占领了特丽菲苏的武装暴徒，目的是想知道博物馆那些藏品的下落。

——博物馆里，除了无法移动的建筑遗迹，其他的藏品都消失了。

"你把它们转移到了哪儿？"他们的首领，一个身材矮小瘦削的中年男人，将枪口抵在了米姆的脚背上，"它们还在特丽菲苏吗？"

"它们已经不在这儿了……"

他的呼吸随着肺部的破损而愈发困难。米姆感到自己的一只脚被近距离的轰击打得支离破碎，碎片像仓皇的灰色老鼠，窜过博物馆的石地，留下一串血痕。

2

两个小时后，一架黑色直升机降落在特丽菲苏。重仲从机舱内跳出，带领身后的队友迅速接近博物馆。

太阳下山了，这里没有照明。不只是博物馆，黄昏笼罩的整座特丽菲苏城都是死寂的。 重仲有一种不祥的预感，而这正是麻烦之处，他的预感从来都很准。

行动队没有在城市中找到幸存者。在狼藉的博物馆里，无数断肢被拼成了一个图形。

"篮子？"有人轻声问。探照灯下，肢体拼成的依稀是个篮子。

重仲的神色在防护面罩下显得模糊不清。这个身高近乎两米的男人，影子被探照灯拉得很长，贯穿了地上的尸体"篮子"。

凝视了数秒后，他移开目光，打开了耳麦里的通信信号。

"联络总部。"他说，"这里是银盾行动队，我是队长 Long。我们已经抵达特丽菲苏，这里发生了恶性案件，行凶者已经转移，我方并未与之发生冲突。目标地点没有发现本次的回收目标。武装分子留下了信息——和'摇篮'有关。请指示是否追击。"

很快，他得到了回复。

"收到撤退指令，银盾即将归位。"他对队友做了手势，示意收整撤退，"请总部的话事人留意0号体……我知道0号体叫沙尔……没错，如果他回到总部，替我留住他，等我回去……不管话事人通过什么手段把他留住。"

此时，后勤们正将一颗已经被秃鹫撕扯得面目全非的女性头颅从博物馆门口取下来，去比对失去头颅的死者尸体。

重仲的声音在博物馆里回荡："告诉他，等我回去扭断他的脖子。"

他关闭了通信器。


德国奥顿，联合回收机关总部（J.N）。

"J.N成立于五年前，最初的总部在莫斯科，因为一些特殊事故，在三年前转移到了德国。"

会议室里，一个浅棕色皮肤的拉丁裔男人走过屏幕前。他大约三十五岁，半长的黑色鬈发落在肩膀上，人很高挑。

会议室里还有五个人，全神贯注地听着他的宣讲。

"相信你们都知道十七年前的交汇事件。十七年前，也就是二零二四年七月三日，我们的世界——新人类世界，和旧世界发生了交汇。伴随着澳洲板块的细微运动，通往旧世界的入口显露了出来。"

有人打断了他的话："旧世界里真的有神明吗？"

男人并没有因为被打断而生气："神明只是一个称呼。被镇压的神明，几乎就等于恶魔了。"

"恶魔也是一种神明。"那个人咯咯笑了。

"这就是旧世界的居民如何看待它的问题了。总之，我们发现原来地球上还隐藏着一个世界，它比我们的世界历史古老得多，和我们世界隔绝，在地下运行，有自己的语言文字、社会规则、法律、习俗……对于你们也许都是废话，我可以把这块屏幕关了吗？"他眯起眼睛，"我喜欢暗一些的环境。"

屏幕暗了。

"我们惊喜……或者惊恐地发现，旧世界的人们肩负着一个职责。那就是，不让某种沉眠的东西苏醒。他们称之为旧世之主，或者神明，你们也有人把它叫作恶魔、鬼神、古神……在我们新世界的领导人们开了无数场会议、喝掉无数杯咖啡之后，你们即将实习的这个机构——联合回收机关，就在五年前成立了。"

"加吉特先生，"那个实习生再次打断了他的话，"我们可以见到 0 号体吗？"

J.N 的调度主管，约书亚·加吉特安静地凝视着这个年轻人，凝视了五秒，然后他点头："如你所愿。"

新世界和旧世界在交汇事件之后有了第一类接触。双方达成合作共识，一起确保旧世之主的安眠不受影响。

"旧世界的许多规则，和我们不同。他们生活在地下，却拥有自己的光源和资源。也许是矿物辐射，也许是其他更加难以证实的原因，他们中的一部分人，拥有……'神所赐予的异能'。0 号体先生是这样说的。"

"他们的自然寿命很长，外貌特殊，拥有异能，但是也有缺陷。"另一个实习生说，"我看过完整的相关论文，因为地心辐射的影响，他们并没有新人类的免疫功能，生理功能有很大的缺陷……"

"他们称之为'代偿'。就像吸血鬼不能见到阳光。"约书亚深吸一口气，然后拍了拍手，"是时候明确你们未来的职责了。作为 J.N 成员，我们的工作内容很简单，就是协助旧世界的代表——0 号体先生……当然，这个称呼很不礼貌，好像黑奴贸易中给奴隶标上号码——协助他回收'摇篮'的碎片。"

"摇篮"，旧世界的核心，整个旧世界依它而存在——是旧世之主安眠之地。

旧世界人类全力维持这个神秘核心的正常运转，以保证旧世主的沉眠。这个巨大的核心随着时间流逝发生边缘处的崩散，部分"摇篮"的碎片随着地壳运动被带往新世界。

回收流落到新世界的"摇篮"碎片，修补"摇篮"，确保神明不会苏醒……这就是旧世界的人所希望的。

"于是，新人类成立了 J.N 机构。而旧人类派出了一位代表……"

约书亚看向会议室的玻璃墙。百叶帘将玻璃遮住了，只能依稀看见一个人影走过外面。

他有着银色的长发。

"沙尔。"他说，"也就是我们所说的，0 号体。"

　　当约书亚结束这场面向实习生的宣讲，走出会议室时，走廊另一头传来了重仲沉重的脚步。

　　"他在哪？"重仲拦住了他，"那个银发的东西。"

　　"哦……你该不会想打他一顿吧？"

　　"我让你们留住他。"

　　"我可不是银发的话事人。你该去找格雷。"

　　"我会找到他的。"重仲的手掌握了几次，指掌关节发出令人不安的声响，"像杀鸡那样拧断他的脖子。"

　　"他的脖子可比鸡好看多了。"约书亚无奈，"Long，别去点火药桶。他不受我们法律的约束。如果你们之间没办法磨合，我也希望看见你好好享受生活。瞧瞧技术部的某个人，下半辈子都要坐在轮椅上……"

　　银盾行动组的队长重仲懒得听他说教，他穿过走廊，继续寻找那个人。很少有人能在白天见到 0 号体先生，旧世界的人类厌恶阳光与噪音。

　　他没有去找话事人格雷，而是跟着直觉去了建筑的地下五层。J.N 的地面建筑只有五层，却有十二层地下空间。

　　——地下五层是属于 0 号体的住所。完美模拟了旧世界的居住环境，被重仲评价为"像鼹鼠窝"的鬼地方。

　　当电梯门在负五层打开时，里面是个与外界截然不同的世界，湿润泥土的气息扑面而来。

　　和棕色或者黑色的泥土不同，这些泥土是深灰色的，冷色调的光线从泥土后透出，但泥土穴道依然幽暗。这让重仲想起了一些不好的回忆。

　　但他要找的人也许就在这通道的尽头。

　　重仲向幽暗之处走去。当他迈出第三步时，突然，面前的通道消失了。

3

　　他面前的泥土通道消失了，成为一片封死的泥墙。重仲肯定，0 号体沙尔就在这里。

"出来。就埃及的事情，我们来谈一谈。"他踹了一脚泥墙，"出来！"

没有回应。

——两周前，J.N锁定了一片"摇篮"碎片的下落。它位于埃及特丽菲苏博物馆。

按照他们制定的行动计划，由银盾行动组进行回收行动，沙尔随行。但是出发前，沙尔并没有和他们汇合。

这家伙之前就不怎么配合银盾的行动，所以重仲在联络上级之后，直接带着小队前往埃及。

接下来他们就见到了已经被屠城的特丽菲苏，以及空空如也的博物馆。摇篮的碎片被人带走了。

"我们在途中得到消息，特丽菲苏被一队武装分子占领了——'叫唤者'们的武装军队。"

"叫唤者"是在十七年前交汇事件后步入公众视野的武装团伙，被定性为恐怖分子。

他们的目标也是"摇篮"碎片，但目的不明。目前，J.N严密监视着这个团伙的动向。

"如果是'叫唤者'带走了'摇篮'碎片，博物馆就不该是那副样子——里面一件藏品都没有。'叫唤者'没有必要带走其他的雕像。是有人提前得到了'叫唤者'正在接近特丽菲苏的消息，于是私自行动，从博物馆里带走了碎片吧？"他一拳打进土层，从腰上的武装带解下了一个道具，塞进土里——几秒后，泥墙中传来爆裂声，刺眼的白光充满空间。重仲塞进去的是一粒闪光弹。

土层轰然在他面前分开，道路重新显露出来。闪光弹的光亮还未完全消失，在白光之中，能见到一个人影。

就普通男性的身材来说，他显得更加瘦削，那件造型怪异的灰色长袍衬托了这一点。渐渐地，闪光弹的光芒消失了。

——旧世界的代表，沙尔，此时显然很不满。那双淡蓝色的眼睛用无机质的冷漠眼神望着重仲，像看一只从土中爬过的蝼蛄。

"不是把碎片搬走，而是把空间整个折叠了带走，范围是整座露天博物馆。"重仲冲向他，伸手去揪他的衣襟。

但他最接近沙尔的手指末端突然消失了。

这是约书亚第五次紧急联系医疗组在 J.N 的急救室里进行接肢手术。

重仲右手的三段末端指节被重新接上手指，因为被切割得很干脆利落，所以重新衔接得挺顺利。

"你的运气比技术部的某人好多了，"他说，"至少沙尔还记得把你的手指还回来，没有直接被降维成一片肉纸。"

重仲懒得谈论他的手指："那家伙……旧世界的那群人，他们有自己的追踪方式，比我们更早一步得到了碎片的下落和'叫唤者'的动向……他知道有'叫唤者'的武装分子已经接近埃及了，所以一个人去回收了碎片！"

"如果每次都这样，那就太好了，我们可以节省许多的行动经费，你也可以白拿月薪和奖金，去纽约陪莉莉经营她的日料店……"

"他只管'摇篮'的碎片，根本没有把武装分子接近的事情告诉我们和特丽菲苏的人！博物馆的人、城市的居民，统统不知道这件事，他们还在疑惑为什么博物馆里的东西不翼而飞！"他拍桌子的动静打翻了玻璃水杯，包扎手指的纱布有血渗出，"如果他得到消息的第一时间就告诉我们，我们至少能提前去特丽菲苏疏散！"

"他们有自己的追踪方式，用的是那种……异能。在第七号条约中规定，在不影响回收碎片的前提下，双方可以不用交流情报。"

"他根本不觉得新人类是和他们同等的生物，如果今天在特丽菲苏的是他的旧人类同胞——"

"那他们就会自己保护自己。"一个令人不适的声音从门口响起。这种声音给人的感觉像是玻璃珠滚过瓷盘，不含一丁点儿的生机，"而且同胞相残在旧世界本就是不可想象的事情。只有新人类才会用尽一切方式屠杀同胞。我知道你们所有的历史。"

在重仲起身揍他之前，约书亚用尽力气将这个彪形大汉按在病床上："医疗队刚刚离开，再过十分钟就下午五点了，我不想付他们每人每小时九十七美金的加班费！"

无论怎么想，在灯光下看见沙尔，还是一种新奇的体验。

这个银发的旧人类拥有旧世界人类的一切特质，银发，瘦削的身体，苍白的皮肤和淡蓝色的、死人般的眼睛。

他永远穿着那件灰白的长袍。

大约有 10% 的旧人类具有异能，原因不明，也许是地下特殊的生活环境导致的突变，也许是如他们所说，来自旧世主的神之馈赠。

沙尔的能力是空间操控。他可以将空间切割、压缩、膨胀以及扭曲，譬如将博物馆内部空间全部折叠带走或者切割了重仲的手指头那样。

人类还不清楚沙尔的能力等级在旧人类中属于什么层次，但如果这样的生物在地下到处都是，就相当于埋了七百颗核弹在那儿。

"下次你来探病，带花就可以了。"约书亚对他露出僵硬的微笑，他快控制不住重仲了，"你能先回地下五层吗……"

"我得到了碎片的情报，准备走了。"他说，"格雷让我当面和你说一声。"

"等等，让我和伯爵确认……Long！"

约书亚手忙脚乱地试图一边压制重仲一边拿手机，他高估了自己的力量，重仲脱离控制，从病床上冲向了沙尔。

紧接着就是"砰"的巨响，空间中的空气被压缩成的墙立在了重仲面前，将他重重往后打去。

"我用和你等体积的猪试过，"沙尔离开了病房，"把你完全压缩消灭，只需要零点零一五秒。"

J.N 有搜查组，探查全球各地的碎片情报。旧世界也有自己的搜查组，他们不需要到地面上来，而是在旧世城里用自己的异能探查。

旧人类对碎片的感知更加敏感，这也是为什么沙尔得到的情报往往快于他们。约书亚不止一次和诘事人格雷夫利提过这件事，建议让旧世城的异能者负责感知碎片下落，情报共享。

希望格雷夫利在他地中海的别墅里和超模女友游泳时会看见那份提案。

——沙尔得到了来自旧世界的情报，新的碎片被感知到了，在新西兰的葡萄瀑布附近。J.N 得知这个消息时，距离沙尔离开已经过了半小时。

他应该已经登上专用飞机了。

约书亚给重仲带来了新任务："上级来了指令，要你带着银盾小队前往新西兰，配合他回收。不过你的手还需要休养，我可以把这个任务交给第二分队……"

几个实习生见重仲根本没听见这句话似的，带着装备径直走出了电梯。这一幕对于约书亚的形象打击很大，事实上，他怀疑自己在这些实习生心中根本没有形象可言。

"你们可以提前了解我的外号，"他自暴自弃地对身后的实习生说，"——J.N 的保姆。"

另一边，重仲带着银盾小队的成员进入了军用运输机，这次的碎片回收伴随着和"叫唤者"交火的风险。

副队长看着重仲戴上手套，他的手指上还缠着绷带。"既然 0 号体已经去了，为什么我们还要去？"

"磨合。"重仲说，"合作再不愉快都需要磨合，以应对以后可能出现的复杂情况。""我父亲开了家首饰店，后面的小屋子是宝石加工屋。你和 0 号体现在的关系，就像刚装上砂轮的宝石。要么砂轮被打坏，要么宝石先被磨出来。"

重仲把负伤的手举在他面前："那么宝石被打裂的概率有多少？"

副队长笑了笑，没再说话。

4

在纳尔逊机场的专用停机坪降落后，沙尔被刺眼的阳光弄得很不适。他不得不在室内等到太阳下山再行动。

——尽管对于旧人类来说晒太阳也不会死，但对于生理机能的负荷却是巨大的。就像新人类无法长期在旧世界的湿度下生存，旧人类在新世界的生存也是艰难的。

沙尔低声咒骂了一句，抱紧了从冰柜里取出来的矿泉水瓶。就在这时，专用休息室的门被打开了，银盾行动组的人带着热浪从外面走进来。

双方都没想到会遇见对方，全都怔住了。

"出去，我要用这间房间。"沙尔说，"你们让温度都升高了。"

重仲将巨大的黑色装备袋丢在他脚边："附近医院有个太平间，你可以在那儿休息。"

"我不介意把你们所有人送到那儿去。你记得第七条律吗？"

——所谓第七条律，就是新旧世界之间签订的关于代表人权益的条律，里面规定了沙尔在新人类世界享有的法律豁免权。

他不受人类社会法律的约束，可以随时消灭那些他认为对自己有威胁的存在。

"我已经派了两个人直接前往葡萄瀑布，进行预先清场，确保不会有闲得没事干的情侣在那地方露营。其他人在这里进行一小时的休息和补给，然后就出发。"他说，"你也一起走。"

这句话让沙尔露出了困惑的眼神。

"你跟我们一起走。"重仲又说了一遍。

"你没资格指挥我。"

"听从统一命令是合作的前提。"

显而易见，他们不喜欢彼此。好在重仲的经历让他养成了一种习惯，一切以任务为主，个人的喜恶都能暂时靠后。

他看了眼腕环上搭载的碎片感知装备。银盾小队每人的智能腕环都具有这个功能，感知系统能探查附近碎片散发出的能量，协助他们找到碎片。至于沙尔，似乎旧人类中的异能者天生就和碎片具有感应，所以用不着这玩意儿。

他派去的先头部队回报了一个令人头皮发麻的消息——在葡萄瀑布附近无法继续感知到碎片存在。

"摇篮"这个东西本身就是个谜团。根据沙尔的描述，人们大致将它想象为一个巨型的空心球体，位于地球这颗星球的核心部位，里面沉眠着"旧世主"，地心岩浆充斥其中。

旧世界的先祖是怎么搭建它的？什么东西催化它的运行？这统统都是个谜。旧世界中，地位最高的人就是沙尔这样的异能者，他们用自己的异能操控"摇篮"，确保旧世主的安睡。沙尔将这个工作称之为"安眠曲"。

千万年的时光中，地壳是在不断运动的。位于地下的"摇篮"也不断有边缘部位被撕裂，随着土层运动来到了地面，也就是新人类的世界。这些碎片大多都是石质或者玉石质的，有些也会呈现矿物质地。如果不是因为探测器能呈现它异常的能量，人类根本不会觉得它和普通石头有什么差别。

　　如果探测器能像雷达那样持续探测到碎片，他们的工作会轻松许多。可惜事实不是这样。

　　——碎片并不会持续散发能量。用沙尔的话来说，它们拥有自己的意识。

　　它们有时会故意散发巨大的能量诱人寻找，有时又会销声匿迹、气息全无。还有些碎片只有在特定环境下才会显露能量。

　　这让找寻工作困难重重，更不用提还有"叫唤者"组织和他们在争夺碎片。

　　沙尔和他们一起出发了。

　　今天发生了一件神奇的事情，除了银盾小队的那辆车，所有 J.N 配给沙尔的车辆，包括备用车，它们的空调制冷系统都坏了。

　　副队长大概知道重仲在抵达新西兰后脱离大部队行动的半个小时去干什么了。

　　——冷空调的诱惑太大了，无论对新人类还是旧人类。

　　"我们一直在调查，'叫唤者'是怎么样探知碎片下落的。"在途中，重仲说起了这个组织，"他们的情报速度和 J.N 差不多。"

　　"这是你们要考虑的问题。"

　　"你知道吗，"他的手指放在了车内空调控制器上，"银盾小队的成员都有 40℃以上高温作战的经历，我们不是很介意把这个脆弱的小系统关掉。"

　　车厢里顿时响起了阵阵低笑。

　　"……"沙尔恶狠狠地瞪着他。

　　"他们是有我们的探知设备？还是说，他们有拥有探知能力的成员？"

　　"……新世界里留有数量稀少的旧人类。也许他们中有人拥有强大的碎片感知能力。"

　　"你能找到他们吗？我可不希望这种危险动物到处乱窜。"

　　"我们彼此之间是没有感应的。"

　　"我是说，你们旧世城里，有没有相关的……制裁？"他努力寻找合适的形容，"就像跨国通缉这类的。"

　　沙尔厌恶地扭过头："这不值得我们大费周章。"

　　"自私。"重仲嘟囔。

赶往葡萄瀑布花了他们两个半小时——原来只需要一小时路程。沙尔无法适应现代运输工具的长途颠簸，停车吐了多次。为了保证这家伙活着抵达，重仲不得不让开车的队员放慢车速。这附近人烟稀少，目的地附近更是一片完全的原生态密林。

因为失去了碎片的下落，重仲下令分散行动。他拎着精神萎靡的沙尔，尽管这人一直在挣扎："别碰我……"

"我们就在水源边搜查，这边湿度高一些。"他示意分散，"估计你们也没人想和他组队。"

——于是他们俩留在了葡萄瀑布边。

这里的气候宜人，瀑布旁曾经有过一片野葡萄林，是法国葡萄最后的纯种。后来被红蚜虫毁于一旦。瀑布不算庞大壮观，高度至多五米，宽度也一般。这几天没有下雨，它的水流稀疏微弱。

沙尔坐在瀑布边的石头上休息，他闭上双眼，集中注意力在感知，却一无所获。就算是对碎片感知敏锐的旧人类异能者，现在也捕捉不到碎片的气息。

因为附近处于安全状态，重仲卸下护甲装备，到水边脱掉了紧身上衣，用冰冷的瀑布水冲了把身子。刚将脑袋从水里拔出来，就听见旁边传来阴阳怪气的嘲讽声。

"……四十度以上高温的作战经历，嗯？"

重仲冲他竖起中指，继续想将头埋进瀑布的水流里。但水流停止了——沙尔控制空间，将水流用压缩空间形成的空气墙挡开了。

这时，他们听见旁边草丛传来了脚步声。少女纤细的身影出现在树影后，看着这两个陌生人——沙尔及时撤销能力，空气墙阻拦的水瞬间如水炮弹般砸在了重仲头顶，他双耳嗡嗡作响。

"她的服饰风格和你很像。"重仲揉着后颈。

不知道是个人爱好还是什么奇怪的主题活动，这个看上去二十多岁的女孩穿着简朴的布裙和草鞋，好像从十六世纪的乡村油画里走出来的人物。她身上几乎没什么现代化产物，就连手里拿的都是粗糙的陶土罐。

重仲放下暗扣在草丛里的枪，用英语和法语和她打招呼。她说的也是英语，只是带着很重的口音："游客？"

她的目光落在沙尔身上。和混血裔的重仲比起来，旧人类的外貌无疑更加引人注意。

"我们很快就走。"重仲套上衣服，拎起一脸阴森的沙尔，"日安，女士。"

忽然，他们的动作都顿住了。

重仲感到他的腕环震动了几下，那是有碎片在附近的征兆。而沙尔的感知更敏锐，他直接盯着这个陌生女性，最后，注意力集中在她颈上的石头吊坠。

5

他们跟着这个叫莉莉的少女走了一段曲折而隐秘的林间小路。葡萄瀑布在地图上被标注为"未开发地区"，新西兰当地的管理处警告游人不要随意进入。

"你们是这里的原住民？"重仲问。他一边注意附近的情况，一边在关注着沙尔的行动。

——就在刚才，沙尔直接用异能夺取了少女挂在脖子上的项链。

项链坠子和普通的绿松石吊坠外观上没多大差别。莉莉发现她的项链绳子突然断了，她弯腰去捡，却无论如何都无法在草丛中找到它。

"很贵重吗？"重仲问。他的眼角余光已经看见沙尔手中握着那个酷似绿松石的吊坠，这家伙果断出手，说明吊坠就是碎片。

"是引导者赠予我的护身符。"她麦色的秀美脸庞上显露出焦虑。"会给你添麻烦吗？"

"哦……我们都很珍视它。"

这句话有歧义。有可能是许多人都珍视她的护身符，也有可能是说……

"还有人拥有这种护身符？"沙尔问。

莉莉居住的社区就在附近。重仲找了个借口："我的同伴有些中暑，你们那边有干净的饮用水吗？"

"今天没有夜祷，也许大家会同意你们在社区里暂时休息。"

她说，"跟我来吧，我叫莉莉。"

重仲微笑。她有一个和他妹妹相同的名字。

他们跟着她来到社区。重仲通知其他同伴已经得知了碎片下落，让他们到这附近待命。

银盾的行动一般尽可能不影响平民，他决定只带沙尔去莉莉的社区，查看其他人是否也有这种碎片做的吊坠。

树林里充盈着湿润水汽和泥土的味道。茂密的树叶挡住阳光，也降低了温度，这让沙尔感到舒适。

"你们从哪儿来？"

"纽约。"

"它在葡萄瀑布的哪个方向？"

重仲和沙尔都愣住了。

莉莉的神色表示，她问这个问题并不是在捉弄人，而是真的想知道是不是有个叫作"纽约"的社区在葡萄瀑布附近。

"请原谅我，我们很少能见到外人，以前我去打水，曾经见过两次外来旅客……他们太粗鲁了，用一个黑色的东西对着我，它会发出刺眼的白光……但你们要友善多了。"

"他也会做这样的事。"沙尔说。

"我想她指的不是闪光弹。"重仲轻声道。

"我想纽约和我们的社区一样，不希望被外人打扰侵犯。先生，我必须先提醒你们我们社区的规则。你们不能随意在里面走动，不能未经居民允许拿走任何东西……不能对引导者不尊敬。"

重仲点头："我们会遵守的。"

事实上沙尔已经违反过一次了。

在穿过一条狭窄的山道后，他们来到了一片开阔的空地，这里堆满了枯萎的藤蔓，在角落还有堆叠的小石碑。莉莉将一些陶罐中的清水洒在石碑上，将上面的灰尘和甲虫洗去。

再次穿过几处类似的山中秘境之后，他们走过第五处岔路，离开阴暗洞穴的刹那，外面豁然开朗。

他们在一处小山坡上，能看见远处的农田，许多和莉莉打扮相似的人在田中劳作。河流蜿蜒过田间，重仲判断这些河水都是瀑布水源的下流分支。

　　这里的地下水很丰富，说不定有个巨大的天然地下水迷宫。地质环境复杂的地方，往往容易开采出"摇篮"碎片。

　　"看起来这就是你们的伊甸园了？"重仲瞥见远处一个人不太和善的目光，"放心，我们不会打扰的……"

　　莉莉的住处在北面山坡的脚下。她和母亲、妹妹住在一起。这里的木屋大同小异，像童话故事书插画中的小屋子，纯木质，屋顶被天然染料涂成艳丽的颜色。

　　看见她带外人回来，家庭成员们表现出了不安。不止母亲和妹妹对外人充满敌意，一路上，他们遇见的所有人都会匆匆躲藏起来。

　　"后天就是夜祷，"母亲将他们堵在门外，"莉莉，你不能把他们带来。"

　　"他们会在夜祷前离开的，妈妈。"

　　"你的妹妹也需要休息……她刚流产……"

　　"我们明天傍晚前就走。"重仲说。他注意到母亲也戴着同样的护身符吊坠。

　　"你的袋子里装着什么？"女人转而瞪着他的装备袋，"严禁携带那些罪恶的产物进入我们社区。"

　　"你说的罪恶产物是指……"

　　"那些……外来的、用非自然电力驱动的——"她指着它，"我们必须查验！莉莉，你应该在带他们来之前就查验的！"

　　黑色装备袋里的东西恐怕通不过居民的查验。重仲想。别说对于这种山林里秘密社区的原住民或者摩门教徒了，就算是个普通人，看到袋子里杀气腾腾的满弹 SG4 和作战设备，估计都会报警。

　　莉莉和母亲打开了装备袋。里面什么都没有。

　　女人狐疑地迟疑了几秒，最后允许他们在这儿休息一天。

　　重仲问沙尔："你把它们压缩了还是销毁了？"

　　"它们的空间暂时被压缩了，但你最好尽快找个藏东西的地方，我不能把空间保持压缩状态太久。"

　　这不太容易，莉莉的母亲对他们有很强烈的戒备，一直盯着这两个不速之客。重仲注意到这里没有任何现代电器，就连塑料制品都没有，他一开始以为这是个崇尚原生态的摩门教徒闭合型社区，但这里的人可没有摩门教徒们那么友好。没有十字架、神像或者念珠，这里似乎不是传统宗教社区。

现在有许多环保主义者和动物保护者组成的自然社区，但这里居民的言行并不像从外地汇聚过来的。他们是原住民，一代代在这里生老病死，从未踏出边界一步，和外界断绝联系——否则，他们就会知道沙尔是个旧人类。

沙尔没办法感知到新的碎片气息。这些居民有许多人都带着吊坠，也许那些只是普通的绿松石罢了。

对他而言，留在这儿毫无意义。天开始下雨，气候凉爽湿润起来，他已经能独自回葡萄瀑布了。

"我需要留在这儿。"重仲说。根据情报，这次"叫唤者"也在接近葡萄瀑布。他想留下来，确保这里的居民能安全度过这几天。

"他们根本不允许你停留超过后天。"沙尔说。

然而沙尔离开这处乌托邦的归途并不顺利。突然增大的雨势让山道被水淹没了，他在水中造出隔绝空间，像圣人分开红海那样分开山道中的积水。

问题很快来了。在通过第三处山道时，他感到了强烈的窒息和眩晕。在意识到他没有力量走出山道前，失去能力控制的雨水从两侧倾倒，将他卷入水中。

旧人类的免疫系统和新人类的完全不同。

地下的生活环境让他们的免疫系统退化到了临界点，而新世界里高度的含氧量与杂质，也会引发神经问题。

他们叫这种症状为"上升症"。使用异能会加剧这种症状发作。

他的意识渐渐模糊，不断想挣扎着利用压缩水流的方式将自己抬上水面，但最终都由于力量不够而失败了。

直到一只有力的手抓紧了他的手腕，将他从水中拽出。

山洞里不断有暴雨渗透浇下，水位仍在升高。重仲把他救回岸上，用力将他呛进去的水拍了出来。

"你的上升症发作了，"他说，"你身上还有注射器吗？"

沙尔没有力气做出回应。重仲咬牙道："我自便了，你把你的能力控制好。再把我的手切下来，我就把你踢回水里。"

很快，他在沙尔的长袍里找到了装着注射器的袋子。而且这家伙的长袍下面简直什么都有，至少有十七八个垂下的小袋子。

将银白色的上升症药物注射进沙尔的体内后，他将人带回了莉莉的社区。暴雨中，有许多村民站在户外，张开双臂迎接雨水。这个画面令人很不舒服，仿佛农田里插满了稻草人，又像战争过后遍地被绑在十字架上的尸体。

莉莉和她的母亲也在户外，张着双臂欣喜地望着落雨的天空。重仲在木屋的台阶上看见了一个女孩，她也许在生病，脸色不比沙尔好多少。这应该就是莉莉的妹妹茉莉，她们的母亲说了，茉莉刚刚经历过一场流产。

6

这场暴雨恐怕要下几天。

山道已经完全被雨水淹没了，就算是重仲，没有呼吸设备的情况下也无法出入。

莉莉家门口围了许多人，都在要求两个外来者在夜祷活动前滚出社区。重仲身上仅有的武器是两把刀，这种时候，和居民发生冲突并不是明智的选择。

普通通信器在这里无法收发消息，而他的卫星电话则在黑色装备袋里，和那些军备一起被沙尔毁掉了。

——没错，毁掉了。

沙尔的能力是控制空间，可以把一片空间暂时压缩。但是是暂时的，就像举重运动员，坚持时间有限。当他坚持不住时，这些压缩空间里的东西就会被摧毁。

"我保证我们不会影响你们的夜祷活动。"他说，"山道里的水位一退我们就走。"

"引导者会宽恕的。"有几个老人说，"这场暴雨是早已注定的事情……无法转圜……"

"抱歉？我没听懂？"

重仲和他们的交流很不顺利。这些人的英语更加接近古威尔士语，夹杂着口音和大量惯用语。

莉莉替他们做了解释："'早已注定'。社区的人们严格按照引导者启示的因果而生活，所有发生的事情，都有它们前置的因果。

暴雨把你们困在这里就是一种因果……你们必须发誓不会影响夜祷。"

"他病得很重，我们除了这里，哪儿也不会去。"

人们的质疑持续了很久。重仲不得不问出那个愚蠢的问题："如果影响了夜祷，结果会怎么样？"

"逆转主人就不会接受我们的奉献。"

"逆转主人是什么？"

"我们所服侍的主宰因果的定律。"莉莉将他推入屋中，"先生，不要走出这扇门。"

人们远去了。在门闩落下声后，外面只留下了雨声。

他们将两人反关在了屋里。

"你们那儿有这种仪式吗？"他问沙尔，"比如定期给旧世主做祷告之类的……"

"……没有。"沙尔的声音很虚弱，他定定地看着天花板，"旧世主不需要祷告。它只需要安眠。"

"不会有人觉得这样不虔诚？你们可是将它当作神明的。"

沙尔没有回答这个问题，或许是觉得太可笑了。银色的长发披散在枕头上，因为濡湿而有些打结。

重仲轻笑："也好，我也不相信神。"

他给沙尔再次注射了一支药剂。药剂能有效缓和上升症，副作用就是强烈的镇定安眠效果。

"关于你救了我这件事……"入睡前，沙尔用一种近乎呢喃的声音说，"谢谢你……"

他睡着了。

重仲不禁有种松了口气的感觉。可突然之间，他的腕环剧烈震动起来。

——碎片。

就在这附近，有"摇篮"碎片！

重仲看了眼熟睡的沙尔，把他叫醒不是明智的决定，他需要休息。

社区居民把他们关在屋里的方式十分原始，只是在门外加了一道门闩。他轻而易举地通过门缝撬开了它。外面的雨夜空无一人，社区里没有灯火，唯一的光芒来自远方的山顶。这座山不是很高，重仲只花了十五分钟就跑到了山顶。那里有一座建筑物，它的造型很奇怪，像是个木头盒子，没有尖顶和其他装饰。

社区居民应该就在这里进行夜祷。重仲意识到自己用小教堂的造型在想象夜祷地点，可这群人信奉的不是传统宗教，这只是个正方形的木屋子。

建筑没有窗户，烛光从木柱的缝隙之中透出。他想起小时候曾经带着妹妹躲藏在一家废弃修车厂里，晚上外面马路上的车灯光芒透过铁帘门照进来。

里面的人都跪着，抬头看着讲台上的人。由于角度关系，他看不清那人的样子，只能看见木屋里堆满了洁白的百合花。

他不得不绕到木屋另一侧，那里有条更宽的缝隙。他的腕环上显示的数值越来越高，代表碎片肯定就在里面。

木屋的这一侧临近山崖。暴雨和昏暗让他的每一步都必须小心谨慎，既要避免踩动石头引起里面人的注意，也要确保落脚点足够稳固，不会让他坠下山崖。

你为什么接手这糟心的工作？他问自己。不去给富豪当私人保镖，不去替金库当运输护卫……算了，J.N 的工作是所有雇佣兵工作里性价比最高的，不用上战场，有固定的丰厚月薪和社保金……他答应过莉莉，给她更好的生活……

他必须保证自己不可替代，保证自己和沙尔那混账的磨合足够顺利……再等几年，他就不用再干了，去纽约帮妹妹一起经营她的日料店。

那道缝隙就在重仲的眼前。可他还在胡思乱想。这不正常，他意识到了。他从来不是一个会在行动过程中杂念频生的人。

站在讲台上的是他们崇拜的"引导者"吗？是男是女？

从重仲的角度，能看到内部的侧面，引导者似乎是个女性，出乎意料的年轻而苗条，甚至还有些眼熟……

这时，她意识到自己被人偷窥了，转头看向了重仲。当看清这张脸庞时，重仲的手指有那么一刹那几乎失去了力气，从湿漉漉的木头上滑落。

那是他的妹妹——莉莉的脸。

他的百合花，他相依为命的妹妹，仅有的家人，不惜一切代价也要保护的小姑娘……

莉莉对他笑了。这笑容很怪异……

紧接着，重仲看到木屋里所有的社区居民都在扭头看着他，他们的脸上带着相同的笑容。而他们的眼中……不，他们已经没有眼球了。

他们的眼球成了绿松石，就是那种护身符的材质。

重仲用最快的速度离开木屋的那道缝隙，他跑下山坡。当他再回头时，木屋的正门打开了。温暖的烛火下，人们依然背对他跪在那儿。

但他们的头却向后扭转了一百八十度，笑着目送他。

失重感。

他不在山坡上。他在下坠。

他根本没有绕回正门找到下山坡的路，在幻觉中，他坠下了山崖。

他没有穿戴外骨骼护甲，下面也不是海水。重仲做好了被摔断脊椎的准备，然而下一秒他落在了一个看不见的硬物上……它不是固体，更像个充气垫子……

它是空气，被压缩的空气！

——上方的山崖上，雨水打湿的银发被狂风吹乱。沙尔跌坐在那儿，手伸向他的方向。那个"充气垫子"，或者说确切点，被沙尔压缩了空间的空气，像个弹射垫，不断把他往山崖的方向护送回来。

重仲拉住了沙尔的手，半边身体扒住了山崖。这很困难，暴雨让山石泥泞湿滑。

一道惨白的闪电划过。重仲看到沙尔跪坐在地的身影后，站满了居民。

7

"闭上眼睛！"他听见沙尔说。尽管虚弱的声音被狂风暴雨吹得支离破碎。

不知为什么，重仲决定听他的。但这肯定不是个闭上眼睛的好时候。

　　有东西落在他扒住山崖的手上，是很小的东西。重仲不得不睁开眼了。随后他发现那是居民们的护身符——沙尔尽可能精确地切断了每个人脖子上的护身符。它们和雨水一起落地，再被他一颗颗压缩起来。

　　这一系列操作需要极强的精神控制力。沙尔低着头，鲜血从鼻孔中流出，染红了灰色长袍。

　　重仲看向落在自己手背上的那颗护身符，它在动，和他的手背融合，变成了一颗绿色的、转动的眼球——

　　"别松手！"沙尔再次用压缩空气帮助他回到山崖上，解决了重仲的坠崖危机。那颗护身符也被他压缩消失了，他的手背上空无一物。

　　一切都是幻觉。

　　"新人类会被它影响，你们的灵识太低了。"他坐在地上喘息，淡蓝色的眼睛也因为充血而变得黯淡，"每颗护身符都是用碎片做的……她脖子上的那颗气息格外强烈，所以能被感知到……其他的碎片被分散得太厉害了，只有当它们汇聚的时候才能发出气息……"

　　尽管他的空间压缩控制了所有碎片，但重仲的腕环还在跳动新的数字。

　　"'引导者'！你有见到他们的'引导者'吗？"

　　"……什么？"

　　"当心！"

　　重仲将晃神的沙尔拽到身后，一拳打开了那个扑向他们的居民。护身符被毁掉后，人们陷入了疯狂，开始互相撕咬起来。

　　"别和他们纠缠……他们的意识已经差不多被碎片毁了，不到精疲力竭是冷静不下来的。"沙尔摇摇晃晃站起身，"还有碎片的气息，在屋子里……如果不是你那种新人类的道德观，我可以在眨眼的工夫里就把他们的脑袋都……"

　　"你现在看上去像掉进食人鱼池塘的秘鲁儿童。"重仲把他拉起来，踢开两个试图袭击他们的村民，冲向木屋。

　　木屋里没有人，烛火也熄灭了，漆黑一片。

　　"数值好高，就在这个木屋里了。"没有照明，重仲只能用打火机照亮面前的几厘米，"'引导者'也是带着那个护身符吗……"

沙尔闭上双眼感知它，过了片刻，他困惑地抬起头，看向漆黑一片的天花板。

"天花板上有什么东西。"重仲也感觉到了，"木屋没有那么高，它的天花板不该看起来这副样子……"

这时，天花板上出现了光亮。

——黑暗中，上方睁开了一只圆形的绿色眼睛，注视着他们。

瞬间，整片天花板都被沙尔压碎，显露出夜空，暴雨倾盆而下。重仲看过许多次他的异能，沙尔操纵空间看起来轻松得就像呼吸一样，哪怕是一整栋建筑物都能瞬间被积压得无影无踪。

但此时，他的双手紧紧交握，瘦骨嶙峋的手背青筋暴起，仿佛有东西正凶残地想突破被他压缩的空间。

"它本身的力量太强了——"沙尔的声音成了一条绷紧的琴弦，随时都会断裂，"我需要一些时间！"

重仲什么都看不见。外面又是闪电劈亮夜空，这一瞬间，他看见墙上的影子——有无数扭曲的细长触角的黑影疯狂地挣扎扭动，想从沙尔手中逃脱。

"不要看！"沙尔防止他继续注视自己这边，"你只要保护我就行了！"

有疯了的居民冲入木屋，但都被重仲打了出去。突然，一个冲到他面前的居民随着枪声倒地，他背后中枪了。

重仲向门外看去。一队训练有素的武装分子站在雨中，枪口对准了木屋。

"叫唤者"。

没有任何犹豫，他拽起了沙尔，翻身滚到讲台后。一排木屑被子弹扫飞，沙尔的肩膀被一颗流弹贯穿。

沙尔惨叫着蜷缩起来，闪电亮起，照亮了他们的影子。一大团触手的黑影挣脱了他的空间压缩，飞快向外流窜。

不像电影里中弹后的那种平静反应，现实中，除非对疼痛忍耐力极强的人，否则中弹后都会有相同的反应——号叫挣扎。重仲把惨叫到嘶哑的沙尔按在地上，用口袋里的紧急止血针替他止血。

外面的子弹还在往里面扫射。他们躲到了讲台下，暂时获得了几秒的安全。可就在这时，重仲感到右颊一热。

他的脸上被狠狠划了一道伤口。

紧接着，第二道、第三道……

他意识到哪儿出了问题了，沙尔的能力失控了。沙尔身边，有无数空间被不断地扭曲和撕裂，如果他刚才运气不好，被削掉的就是天灵盖。

"再忍一下，止血针里有止痛成分！"他忍着皮肤和肌肉被剜开的痛苦，死死按住了沙尔的伤口，"像个男人！我中过六枪！"

沙尔的哀号稍微轻了些，他努力深呼吸。外面的扫射还在继续，"叫唤者"根本不管那些居民，他们不断听见有人发出惨叫。

"我的枪……你真的没办法把它还原了吗？"重仲问。

沙尔点了点头："你到我身后……"

他知道沙尔想干什么："那群疯子在用机关枪朝着我们扫射，已经进来了。你催动能力前就会被他们打成筛子！"

"……零点零一五秒……"沙尔说。

完全击倒一个人，只需要零点零一五秒。

"你的体力撑不住！"

"别把我想的和你们一样……运用异能需要的不是体力。"他说，"疼痛……有助于催发能力的强度。"

那些人在接近讲台。他们训练有素，显然在提防着重仲突然丢出手榴弹。

"埃及的那件事……"

不知为何，沙尔忽然在此时提起了埃及。

"……我去回收碎片时，告诉了米姆关于'叫唤者'即将到来的事。米姆……就是博物馆的馆长。"

"……"重仲愕然。

沙尔苦笑，因为苍白的面容和流血的鼻腔，他的笑容看上去很凄凉："但他没有走。他说自己守护了这里几十年，他愿意和这座博物馆一起死……"

"……他们谁都没走。我们找到了所有博物馆工作人员的遗体。"

"所以新人类真的是一种……"他用尽所有力气站起来，瞬间，机关枪的枪口瞄准了他，"我无法理解的动物。"

宛如一阵风扫过，最先是接近的子弹，它的尖端碰到了一层被压缩的空间，在千分之一秒内被折叠成二维。

随后是枪口、开枪者。

一切都发生在他所说的零点零一五秒里。木屋内安静了，只余下墙上五个斑驳的褐色人影。

沙尔已经没有力气把他们全部压缩了，他最后消灭"叫唤者"的手法仿佛另一种意义上的机关枪扫射。他跪在重仲面前，从口袋中拿出了注射器，异能消耗过度加上上升症，让他的口鼻不断涌血。

8

在片刻后，他们决定去追踪逃脱的"引导者"。

跟着气息，他扶着沙尔来到了山崖下，那里有一处狭小的入口，通往地下水窟。自然中有时会形成这种庞大的地下水结构，内部宛如迷宫，经常有人迷失在其中，被地下水吞噬殆尽。

重仲一路用荧光浮标做标记，以免迷失道路。

在迷宫中寻找了两小时后，他们找到了"摇篮"的碎片。

"……这是什么？人类吗？"

重仲难以置信地看着水中的东西。她有一半是人类的肉躯，另一半却是石质，上面爬满了水族。

"原来是人类。也许是被'摇篮'的碎片引诱了，与它融为了一体。"

"为什么'摇篮'碎片可以引起这种事？！"

"它本来就是旧世主的'摇篮'，某种意义上来说，是比旧世主更加神秘的存在。"沙尔收起了这块碎片，"'摇篮'和旧世主互相供给能量，它的碎片有时也会包含旧世主的力量。"

"所以那些居民的护身符，都是用她身上的石头做的吗？"

"嗯，佩戴久了，意识就会彻底被它腐蚀。"

他们交谈着，忽然听见水道另一头传来了涉水的脚步声。重仲拉着沙尔躲向石壁后。

只不过来的不是陌生人。

副队长带着其他人在葡萄瀑布汇合后不久，就遭遇了一场和"叫唤者"的战斗。在击退敌人之后，他们发现瀑布边有敌人留下的潜水设备。

于是他们也潜入瀑布中，发现了一条水下通道。没有想到最终会和队长与 0 号体在地下水道相会。

这次回收行动之后，重仲得到了三周的假期。度假期间，他收到了一个来自话事人格雷夫利的包裹。

——格雷夫利·格雷林是新旧世界之间的话事人，并且是 J.N 的几名高层之一。这位拥有欧洲某公国伯爵爵位的人很少会在 J.N 出现，重仲没想到会收到来自他的包裹。

拆开包裹后，最外面贴着一张说明："本包裹受旧世界居民，刻痕灰礁的沙尔委托邮寄。以下是沙尔的留言……"

沙尔："我运送收集到的碎片返回旧世界后，带来了学长烈烈的药剂。"

包裹里是冷冻铝柜，里面整整齐齐摆着十二个石罐。每个上面都有 J.N 的盖章，"已验，安全性未知，化学品"。

似乎是促进伤口愈合的药剂。

石罐下还有一张卡片，同样是沙尔的留言："如果药剂对手指康复无效，第十二个石罐里有具备活性的备用手指。"

重仲毫不犹豫地将第十二个石罐丢进了垃圾桶。

他不知道下一次接到回收任务会是什么时候。在他们离开那个神秘社区后，联邦警队进入其中控制情况。莉莉和她的母亲哭着问他们发生了什么。

"你们只是被邪教头目蛊惑了。"他说，"不用担心，一切都会好的。"

他暂时不想让这个姑娘知道真相——看在她和他妹妹名字相同的分儿上。

在山崖下，搜查队发现了许多废弃物。里面包含许多 ID CARD、驾照、手机、行李包……

这些居民并不是他们想象中那样世代居住在这里的。他们有些是附近的原住民，有些是游客、科研者、探险家、巡警、毕业旅行的学生……

这片被"摇篮"碎片的力量笼罩的区域像个旋涡，将他们一点一点绞了进去，摧毁了他们的记忆和意识。在对死者的解剖中，甚至在他们的大脑皮质中发现了神经毒造成的坏死区。

那些郁郁葱葱的田野里，栽种的都是无法食用的野草。结合在废弃物中发现的人骨，调查员只能假设他们的食物来源也许并不是很人道。

如果重仲在那里久待，说不定也会成为其中一员。

离假期结束还有三天时，约书亚·加吉特和他进行了视频通话。这个脾气温和的人在客套问候了几句他的伤口之后，有些为难地开口："Long，你愿意提前结束假期吗？"

"我原打算最后几天去莉莉的餐厅看看。"

"哦……当然，J.N 会按照你剩余假期的时间给你补偿的。事实上，我们又接到了回收信息……准确地说，是沙尔告诉我们的信息，旧世界有人锁定了新的碎片。"

"所以第二分队和第三分队都在休假吗？"

"我很想听你细说在葡萄瀑布究竟发生了些什么。"约书亚叹气，"因为这次沙尔要求和你一起去回收碎片。"

完

264

## 魔盒

## 1

我今天也依然在等待自己被打开的高光时刻。

收到了我的人家把我放在他们的鞋柜上，再等几小时，到晚餐时间，那个女人就会说："快到中秋节了，把妈妈送来的月饼拆开吃一个吧。"

"对啊，我下午就想打开它了。"

于是他们就会打开我的盒子，下一秒，封印在盒子里的无尽的灾祸和悲剧就会汹涌而出，把世界变成人间炼狱……

女人拿起我看了看："谁送的？"

"咱妈。"

"你叔那边送月饼了没？"

"没，打算直接给他们月饼票。"

"月饼票留着送公司领导呗，往文件里一夹递过去了。"

"也是。"

"那这盒我明天拎去你叔家。"

"成。"

就这样，我又失去了一个被人打开的机会。

## 2

都知道一个叫作"潘多拉魔盒"的东西吧？

对，就是那个天神为了惩罚人类而投放的大范围杀伤性武器，它被打开前，民风淳朴，路不拾遗；它被打开之后，人间地狱，民不聊生。

大概几百年前，不知道哪个闲得慌的老仙没事干，想山寨一个国产版的潘多拉。

就是我啦！

老仙一开始想，把我放在路边，总有路人会忍不住打开吧？一打开，surprise！一堆牛鬼蛇神汹涌而出！

结果捡到我的是一个大户人家的小姐。

小姐以为我是谁落在路边的礼品盒，就带着侍女在路边等失主来找。怎料路过两个流氓调戏小姐，危急关头，一个白衣俊朗的少年来了一场英雄救美。

少年是富商之子，两人门当户对，一见钟情，一段佳话就此促成。我被作为他们爱情的见证给供了起来，最后被捐到城里的月老庙，被痴男怨女拜了几百年。

后来月老庙关门大吉，我为了能尽快被人打开，把自己伪装成点心罐头。这样一定会有小孩忍不住打开的对吧？一定会有的对吧？！

结果月老庙被改造成了博物馆，我作为展品又在玻璃柜子里头待了几十年。后来因为被认定"无价值"，直接转卖给了私人收藏家。因为看上去太没价值了，收藏家老婆去给女儿开家长会，以为我是点心盒，把我放礼品袋里，准备送给女儿的班主任。

班主任每年家长会都能收到一堆家长送的礼盒，大部分都转手送亲戚了。我被她当作新年礼物送到爸爸家，再被爸爸送给兄弟，再被兄弟送给同事，同事再……

就这样，我作为一个点心罐头，不管把自己变得多好吃，都永远流连在中国人每逢佳节走亲戚的死循环里。

那些被亲戚送来送去的点心，最后到底是被谁吃了啊？！

3

直到我被送到李小姐手里。

一看到李小姐，我就觉得有戏。那天，李小姐的妈妈带着一堆水果和点心去看她，她一个人租房住，屋子里邋邋遢遢而昏暗。

李阿姨进了屋，把东西都放下了，不满地看着家门口堆的外卖盒："你不能总吃这些，我给你带了吃的。妈妈替你做几天饭吧？"

"不用啊。"李小姐窝在沙发上，一边敷面膜一边看工作上的文件，"我也没什么机会在家吃饭的。"

这时候，她的手机响了响。看到消息后，她叹了口气，撕掉了面膜，在三分钟里就换好衣服出门了。

李小姐是个警察，工作忙起来就昏天黑地，压根儿没空收拾屋子，一日三餐全靠泡面和外卖。

她男友大概就是因为这事儿和她分手的。

对我来说，她简直是个理想的人选。这姑娘既没空走亲戚，也懒得去应付亲戚，说不定过两天她就会想快速解决一顿午饭，然后打开我的盖子。

结果她一口气在单位睡了四天，第五天凌晨浑浑噩噩地回家，擦了把脸，趴在沙发上倒头就睡。

不不不，怎么能对周围的事物那么冷漠啊？！你不是警察吗？观察一下迷人的我啊！

不知道是不是感应到了我的呼唤，李小姐睡醒后开始翻东西吃，把我从门口拎到了桌上。

就这样！很好！打开我！

"……"在打开盒子前，李小姐不知注意到了什么，皱着眉头看着我。她把我翻来覆去地看了很久，最后打开手机开始看购物软件。

"没有生产厂，没有条形码……'胖朵拉'……搜不到同款的点心……"她的眉头越来越紧，露出了警惕的神情，"有问题。"

4

半小时后，我待在检验科的台子上，被透明袋子裹住。几个穿工作服的人用仪器把我扫了个底朝天，最后脱下口罩："李姐，没问题，不是病毒或者爆炸物。"

"啊，我要去说我妈，她总爱买这种小作坊的三无产品！"李小姐把我拎了回去。她估计以为我是什么网红店里的无证食品。

　　她走出大楼去停车场的路上，遇到了一个穿灰衬衫的文雅男人。和糙汉气质的李小姐不同，这位兄弟诠释了什么叫作衣冠禽兽，那副金丝边眼镜，看着就特别像那种高智商变态杀人犯。

　　两人看见对方都愣了一下，气氛尴尬。李小姐先反应过来，一言不发地走了。

　　"晓云？"灰衬衫喊住她，"你还好吧？"

　　"……"

　　"是不是又三餐都吃外卖了？"

　　"……"

　　我都担心这人是不是真的变态跟踪狂。他跟着李小姐一路走到她车旁，被正好在停车场里的她的同事拦住了。李小姐的上司抽了口烟，揽着他的肩把人劝开。

　　上司说："小朱啊，你们的事儿吧，其实大家都挺看好的，但有时候也要给对方一点儿时间。你放心，咱们都会帮忙劝和的……你们俩就是有点小矛盾，这样，你让小李先冷静几天，你先回你们那儿。上次那个碎尸案的报告你能不能催一下二处……"

　　——朱文字，李晓云的前男友，法医。

　　我还没反应过来，就在空中划了个抛物线，被丢向了朱文字。他手忙脚乱地接住我："这是什么？"

　　"月饼吧。"李晓云冷冷地说，"三无的，吃死你算了。"

　　——完了，这两人还有戏。

　　我欲哭无泪。从古到今，我明明是个潘多拉魔盒，为什么还自带月老加成啊？

5

　　在李晓云上司的撮合下，朱医生陪她回家。

　　朱医生："和好吧？别生气了。"

　　李小姐不说话。

　　朱医生："我不就是说我想辞职吗？至于那么生气吗？"

　　李小姐一脚刹车："所以还是分手吧，谁都不用辞职，各自找个工作闲一点儿的人过日子。"

朱医生被中途赶下了车，却把我忘在了副驾驶座上。李小姐提着我回家，恰好遇到邻居家的人回来。

那是个二十岁左右的年轻小伙子，好像刚打完球回来，穿着一身运动装。他看见李小姐后顿时眼睛发亮："云姐！"

"干吗啊，我今天很累的。"李小姐丧着脸开门。

"一起叫外卖不？"

"不要，我减肥。"

"你手上那个不是外卖袋子？"

"你要吃吗？月饼，给你吧，送亲戚也行。"

小伙子盯着我，不知怎的，我感觉有点厌。

"谢谢云姐。"他把我接了过去，带回了家。

我被他小心地放在桌上。这人是李晓云的小迷弟？所以把女神送的东西都当宝？

接着，我感觉到了不对——这家伙从柜子里搬出来的那套东西，分明是布法阵用的。

"唔……有点年头了……上面留的咒术还很牢固，好厉害……"他开始研究我，"一旦打开，里面的东西善恶难料啊。喂，你有灵识吗？"

他敲了敲我的盒盖。

——糟了，遇到懂行的了。

我万万没想到会遇到懂得辨别法器的家伙。老仙把我造出来的时候，说白了就是抱着"小孩子往粪坑里丢个炮仗，丢了就跑"的那种心态，也没料到我会在人间留存几百年。

"说话。"他掏出了一把枣木剑，慢悠悠地擦拭，"否则就直接让你灰飞烟灭了。"


我招供了。

虽然感觉招供的结果也不会好多少，但能多活一秒是一秒。

小伙子听我说完来龙去脉，眉头紧皱，反而有些为难了。

"把你造出来的清玄上仙，是我的太师叔啊。"他说，"按规矩，他造的法器，只要还没为祸人间，身为晚辈，我就不能毁了你。"

赞，生得好不如生得早。

接着他说："只能找个浇混凝土的工地把你封在地基里了……"

"不不不，帅哥万事好商量啊！"

"好，既然这样，你就要帮我一个忙。"他笑了，"很简单的，帮我追云姐。"

——搞了半天你还是李晓云的小迷弟啊？！

## 6

李晓云为了上班方便，租了这间屋子，和这个叫楚雷的青年当了邻居。

虽然有点年龄差，但楚雷不介意。他有点仙缘，以前随师父学了几招，自以为追李晓云没问题，怎料人家自带男友朱文字。

李晓云和朱文字青梅竹马，搞得楚雷很不自在，要是硬插一脚，就显得他像小三。

刚好这时候，两人分手了。

我说你别高兴太早，他俩准要复合。

"对，太对了，我也觉得要复合。但不管咋样，现在是分手状态啊，我现在去追云姐，一点儿道德上的污点都没有。所以你得帮我做个内应。"

我很慌："那我也只能保证替你听点消息，你追不追得到是你的事儿啊。"

"啊？你好好努力我就能追到。追不到就是你的责任。"

"……你埋了我吧。"

我又被他送还给了李晓云："不好意思啊云姐，我家人都对椰蓉月饼过敏……"

"你怎么看出这是椰蓉的？"李晓云困惑地观察着我的外包装，"我还不确定是月饼还是蛋卷呢。"

我立刻在外包装的背面加了几个字："椰蓉月饼"。

最近楚雷很忙。城里有不洁之气，恐怕有妖孽作祟。师门将弟子们召集起来，除魔卫道。

李晓云也忙，有桩洗钱案的主谋流窜在市内找不到踪迹，警队所有人都熬红了眼在找人。我窝在她家，就看她家门口堆的外卖盒子越来越高。

有天我正在发呆，就听见她家门开了。一个浑身裹着白色隔离服的家伙进来了，从头到脚都被布料遮得严严实实，看起来就很可疑。

我立刻远程联系楚雷，他在我身上留下过咒术。21世纪，咒术都与时俱进了。

"有人偷偷进了她家，"我说，"你现在来，帮忙抓小偷，好感值绝对刷爆。"

楚雷："我来我来，我这就来！"

只不过那个贼也不太对劲。平常的贼都是进来翻箱倒柜，他不是，他先收拾家门口那堆外卖盒，再收拾茶几上的纸团和零食袋子，接着换垃圾袋，把水池里堆叠的锅碗瓢盆洗了，还擦地板……

李晓云狗窝一样的家立刻被收拾得干干净净，连窗户都被擦得能聚光引火。

我开始慌了："楚道长你悠着点，这人貌似不是贼……"

"不管是不是贼都是私闯民宅！我来了！"

那位神秘人正在擦窗台时，楚雷从门外冲了进来："警察的屋子你也敢偷？！"

"嗯？"那人转头，声音因为口罩的关系有些模糊。楚雷直接朝他扑了过去，两人扭打在了一起。

"误会！我不是小偷！"

"遮遮掩掩的干什么？！"

"这儿太脏了！"

"你敢说云姐的屋子脏？！"

"我怎么不能说了？！"

……

扭打的时候，那人的帽子口罩都被扯了下来。

啊，是朱法医。

7

李晓云寒着脸杀回来，看着沙发上两个大龄智障。

"你说你来帮我收拾一下屋子，我把钥匙给你了。"她看着前男友，"穿这样来是怎么回事？我这边有生化泄露吗？"

"……你这太脏了，我怕感染。"

"然后小楚，你也太……朱文字下午还要回去上班的！你把他打成这样？！"

楚雷低头认错。

吵吵嚷嚷半天，大家各回各家。

我还能感受到楚雷残留在这儿的杀气，怀疑他会不会把我偷回去埋工地。结果他转头真的趁李晓云不注意把我偷回去了。

就在我要被他带去工地掩埋六尺之下的时候，楚雷的师父来了电话，说有重大发现。

"算你运气好。"楚雷把我一起带去见师父了。

人界最近不太平，好像什么异界的通道要开了，一堆魑魅魍魉正往这边冲。

楚雷在一家日企楼下的居酒屋见到了穿着一身西装的师父。

"师父最近忙不忙？"

"忙啊，一个季度结束了，日企就开始忙了，天天加班。"师父叹气，喝了口酒，"我已经睡公司了，过一会儿还要回去看工厂排班……"

"师父辛苦了。我记得下周是您生日。"

"嗯，三十一岁生日。"

不管怎么样，楚雷的师父至少看上去还挺……挺精神的啊。

师父的时间很紧，只能和楚雷匆匆说几句，然后就得赶回去加班。总的来说，有一个魔界的通道出入口快被攻破了，而且原本被攻破的位置在城郊，这几天不知怎的，位置一路往市中心转移，现在就在楚雷家附近。

"如果魔界的通道真的在市中心被打开……后果将不堪设想。师父，为什么不凝聚全员之力进行封印呢？"

"小楚，你看看情况，现在月末了，我成天加班，你师叔也加班，你师弟要准备大学期末考，你师娘她盯着娃儿的钢琴考试……大家时间都碰不到一起啊。"

是啊。我听着也觉得不容易。

"那怎么办啊？"

"这个……只能再试试看大家能不能凑出时间了。不行了，小楚，我真的要回去了，主管叫我了。"

师父抱起公文包，飞也似的跑了。结果跑出几米又转头回来说："小楚，你带的这个盒子是……"

"哦，是某位太师叔做的法器，有点麻烦。"

我和师父打了声招呼。这位三十多岁的中年白领露出有些困惑的表情，把我的盒盖打开了一点点。楚雷还没来得及阻止他，汹涌的魔气就从我的盒子里喷了出来。

## 8

师父"啪"地把盒子盖上了，脸色惨白："里面装的到底是什么？"

"椰蓉月饼。"我说。

"大概是太师叔在盒子里施的咒术……"

"哪来的咒术，这肯定是有东西被封在盒子里了！"

好不容易要被开箱，结果又被关上，我有点无聊，在里面翻了个身。然而，魔气并没有消散。

不如说，是有新的魔气涌过来了。

师徒俩一愣，俩人都意识到了什么。楚雷："不会是这东西把魔界的出入口引过来的吧？"

魔气越来越重，师父的额头有冷汗流下："不行了……"

"不至于吧师父？！我都还没觉得不行啊！"

"不行了，必须得回办公室做 PPT 了！"

"……"

养家压力在身，师父急匆匆地跑回公司，留楚雷一个人在居酒屋里。我又有危机感了，因为楚雷正在用手机查最近的工地在哪儿。

"我觉得吧，咱们可能有点误会，这个……魔气也不一定就是我引来的……"

楚雷没心情和我废话——居酒屋对面的马路上已经出现了几个黑影，正朝着这边靠近。

"……魔族也不一定是我引来的……对吧……"

楚雷抱着我狂奔，到了个没人的地方，那些魔族也一路跟着，不知道为了啥。

楚雷问我："你到底是什么？！"

我就是个山寨版潘多拉啊！我欲哭无泪。

我也不知道自己是啥，有意识的时候就已经在盒子里了，我难道不是个盒子精吗？

还好，跟来的都只是些杂鱼级别的魔族。楚雷虽然看着不靠谱，可打这几个杂鱼还是没问题的，三下五除二地搞定了。就在他真的准备送我去工地吃水泥的时候，手机响了，是师父的来电。

师父压低了声音："小楚，听得见吗？"

"听得见。"

"是这样，我联系到了太师叔清玄……"

"还联系得到太师叔？！"

"当然联系得到，你太师叔还没驾鹤西去，我把他微信号给你……"

师父的声音很轻很轻，好像耳语一样。楚雷觉得不祥："师父，你为什么要这样说话？难道……难道是受伤了？"

"啊，不是……"师父咳了一声，"主管在办公室里发火呢，我躲在办公桌下面给你打电话的，要轻一点，不能被发现在办公室里打私人电话，否则抓住一次扣五十块钱……"

"……"

太师叔清玄上仙，早已是修成大果的仙者了，仍然停留在人世间，没有找深山老林云隐。

楚雷联系上了这位德高望重的太师叔，激动得声音都在发抖："太师叔好——"

电话那头传来了一个媲美国内某电视剧男主配音的男低音："晚安，我的小饼干。"

"……"楚雷呆呆地拿着手机，像是被雷劈了。

电话那头发现不对了："哦，我以为是购买了哄睡服务的客人，不好意思哈。你是……"

时过境迁，修真者也都要在现代社会找份活吃饭的。

有的人在当白领，有的人在做自由职业。清玄开了个网店，专门出售哄睡服务，每天晚上都要打电话和客人聊五分钟。

真是不容易啊大家。

楚雷赶去和太师叔碰头，地点在本市一间青年旅社。我是不知道楚雷本身学啥专业、以后打算走啥就业方向，但感觉这几天看师父和师叔的生存状态，他应该会仔细考虑一下是不是继续走修仙这条路吧。

大概是因为不上班，太师叔看着年轻多了。他看楚雷把我带来了，表情有些奇怪。

太师叔："想不到……真的想不到……它会这么多年没人打开……"

按太师叔本来的预想，我顶多过两天就会被人打开。

没想到几百年了，盒子都还在被送来送去。

"所以这里面关的到底是啥啊？"楚雷问，"好像魔族都被它引来了。"

"呃……"师叔擦了擦汗，"所以你为啥不把它埋了呢？"

我心寒，把我造出来、丢在人间几百年不管的罪魁祸首，居然一点儿都不关心我。

"因为它好像会引来魔族啊。而且，师叔你干啥要造个国产版山寨潘多拉？"

"不，国产潘多拉魔盒只是个噱头……楚雷，咱们还是快点把它带去城郊埋了吧。"

我被清玄抢了回去，两人匆匆往外走。就在几乎要走出青旅时，大门突然被人一脚踹开，几个警察冲了进来，带头的就是李晓云。

"不许动，李清玄！"她带人围住了师叔，"把手上的东西放下，趴在地上！还有你……呃，楚雷？"


楚雷抱着我在局子外面等，等了个通宵，终于等到了李晓云。

楚雷迎上去：“云姐，我老师他……”

“没事。”李晓云打了个哈欠，“他把自己的身份信息卖给了嫌疑人，他本人倒是没啥事。但拘留还是逃不掉的，你通知一下家属吧。”

——因为活太久，很多修仙者都会每隔几十年换一次身份。旧身份没啥用，理论上是弃用了，但也有像清玄上仙这样把它转手卖了的。没想到这次卖给了洗钱团伙头目，自己倒被抓了进去。

在太师叔和妹子之间，楚雷果断选择了妹子：“云姐，我送你回去吧？”

“啊？不用啊，我开车回去就行了。”

“……哦。”

“你要跟我的车回去吗？”

“好好好！”

我在盒子里翻了个白眼。

楚雷和师父汇报了今天的情况后，师父本来想帮楚雷处理我。但师父公司做的报表出了问题，整个部门要去客户那边道歉。

魔界通道的出入口越来越大，要是这个出入口被攻破了，人间会立刻群魔乱舞。于是楚雷这个小天才想了个办法：“既然魔族是你引来的，等通道打开的时候把你丢进去不就行了？”

所以他干脆带着我，等在通道预计打开的位置。我最忐忑：“说实话，我觉得我最无辜了，我只是个单纯的盒子精啊……”

“闭嘴，魔气越来越重，通道要开了。”

我被放在马路中间的花坛上，楚雷退到十米开外的安全距离。

倒计时五秒，四秒，三秒……

如果是修真者，此时已经可以看见花坛那边以我为中心展开了一圈黑影，在两秒钟后，魔界的入口就会在此打开。趁我落进通道，影响入口的魔气，那便是楚雷关闭通道的唯一机会了。原来答应来帮他的师弟因为高数挂科，今天必须补考，来不了了。

就在通道要开启的刹那，一只猫窜了过来，把我碰翻在地。

铁盒盖子掉了，刺眼的阳光涌了进来……

我被猫打开了。

## 10

我茫然地站在花坛上，黑色的袍子和旁边一群刚参加完漫展的 coser 看上去是同一个画风的。

楚雷一脸蒙，我也一脸蒙，至于旁边几个刚从通道爬出来的魔族，则集体蒙。

魔族看到我，一副快哭出来的样子："老……老大……"

楚雷颤抖着举着剑过来："啥情况？"

我摇头："我不知道呀。"

魔族："大胆，看到魔尊还不行礼？"

楚雷："你？魔尊？"

我又摇头："我是盒椰蓉月饼……"

魔族通道开了又关，大家好像就是为了找我而来的。之前的几百年，他们也试图来找过我，但人间风水轮转，通道总是打不开。

今天终于打开了。

魔族抱着我嘤嘤哭："老大，这么多年了，我们都以为再也见不到你了。你为什么不回来啊？！"

我也……我也不知道啊，前一秒钟我还是一盒伪装成椰蓉月饼的山寨潘多拉……

我求助地看向楚雷，结果他比我还怂："你别过来啊我告诉你……你到底是谁啊？"

现在局面混乱，楚雷打电话给师父，师父正在陪客户应酬；师弟因为补考没过，在老师办公室门口哭求老师高抬贵手；师娘因为孩子钢琴比赛前太紧张，正带孩子参加亲子瑜伽……太师叔还有几天的拘留所要蹲，可谓是孤立无援。

我和几个魔族站在大马路中间，旁边从漫展出来的摄影师对着我们拍个不停。

"……先回我家吧。"他叹气。

一群人跟他到了公寓楼下，却发现出事了。以往安静的居民区拉着警戒线，新闻车、警车、救护车挤在出入口，里面全是人。

李晓云的上司也在，正在指挥调度："谈判专家还有十分钟就到了，把这边的情况梳理仔细发给他在路上看！"

"出什么事了？"楚雷探头探脑地看，我也跟着看。人群中，朱文字正坐在救护车的后车厢口，两个医护人员在给他的额头敷药。

"哇，你那天把他打得那么狠？"我惊呆了，"看不出啊……"

"不是我打的！"楚雷慌了，"那天我们就互相扭打了几下啊，怎么可能打成这样！"

一个魔族戳了戳我："老大，我们可以直接过去听的。"

"啊？不行吧？这么走过去？"

"我们可以化作阴影滑过去的……"

"还能这样？！"

——我差不多搞清楚了，我是流落人间几百年的魔尊，在月饼盒子里失忆了。

几个属下只好替我去探听消息，他们滑到了朱文字的影子里，过了一会儿就回来了。

事情很不妙。

朱文字在李晓云家里帮忙收拾屋子的时候，来了两个自称是物业的人，他刚开门就被两人摁进去了。

——洗钱团伙的人本来准备绑架负责案件的李晓云，没想到误打误撞，遇到了朱医生。

"那朱医生不是被救出来了吗？"楚雷皱着眉头，"除了脑袋被开瓢儿了……"

"嗯，好像是有个女的从绑匪手里把他换了出来。"

"云姐——"

——赶过来的李晓云和里面的绑匪做了人质交换，用自己换了朱文字。

11

"你是魔尊的话，能不能想办法救云姐出来？"

"说实在的，我现在还没记起来自己到底是啥……"我挠挠头，旁边立刻有魔族递过来梳子，"我是被清玄关进盒子里的吧？说不定失忆也和他有关系，如果他能让我恢复记忆……"

"太师叔还有几天拘留所要蹲。"

"啊这样……"

"而且我觉得警察也有办法把云姐在一天时间内救出来。"他按住我的肩，"椰蓉，我们要赶在警察前面，这样在云姐心里我就是她的英雄了！"

我不忍心提醒他，李晓云已经救了朱文字，在朱文字心里，她也是个英雄呀。其实就是大家互刷好感度，朱文字和李晓云已经互相刷出红心了，有楚雷啥事啊？

"清玄出不来，我们可以进去找他吧？"我问，"反正只是失忆，体质还是没变的，你们和我说说怎么变成影子？"

在几次磕磕碰碰的尝试后，我总算顺利化成黑影，混进了拘留所。清玄住着个八人间，蹲在门口发呆。

见我从地上钻出来，他连忙施术让其他人睡着了："你你你……你出来了？"

我静静看着他。

"怎么？是在考虑怎么报复我？我也不想把你关那么多年的，以为过两天就会有人把盒子打开……"

"……"

"你该不会在想怎么灭我师门吧……"

"啊，不是不是，"我说，"你声音太好听了，我忍不住就想多听听。"

"啊抱歉，职业病……"

"是这样，我失忆了，想问问看你有没有恢复我记忆的办法。"

清玄看着我，时间久到我以为他"宕机"了。

接着他说："你是自己把自己搞失忆的，魔尊。"

"那时候你和一个人族妹子爱得死去活来，妹子死了，你难过得受不了，天天跑来找我倾倒情感垃圾。"他说，"我就建议你干脆把自己格式化了。"

"……"

"嗯，你自己施咒把自己搞失忆了，恢复记忆的方法也跟着一起被你消除掉了。"

"……"

"我作为你的老友，想让你快点结束单身生活，于是就……"

他画了个正方形，代表那个盒子，"我在一个盒子上下了姻缘咒，替你打开盒子的人，你们的红线会连在一起。我原来是把咒法的另一头连在一位大家闺秀身上的，都设计让她捡到你了……结果……她没开盒子……"

看我一副快哭出来的样子，清玄连忙安慰我："不过没事哈，这个咒术现在还是有效的，谁替你开箱的？你的第二春很快就要来了，挚友！"

"……猫……"

"谁？大声点，别害羞！"

"一只猫！"

我哭着跑了。

我没能恢复记忆，楚雷也没能救李晓云——警方只花了半小时就把她救了出来，还是朱文字提供的关键线索，他被绑架的时候，暗暗记下了对方的人数和装备，以及绑匪们的视觉死角。

回小区时，李晓云和朱文字在救护车前面静静相拥，楚雷在远方静静地看着，只恨此身不在车底。

"楚雷楚雷，清玄把事情告诉我了……"我想和他说话，但他失魂落魄地走开了。不知怎的，看到他这样，我被尘封的记忆中似乎有东西动了动，宛如水底沙尘下潜伏的鱼。

一个月后，朱文字和李晓云订婚了。警队里没事的人都聚在李晓云家里庆祝他们订婚，听着隔壁的热闹，楚雷家显得格外冷清。

"看开点吧。"我抱着吱吱，啃了块威化，"就算道法通天，也有办不到的事。我还是魔尊呢，喜欢的人没了，就把自己格式化了，还以为自己是椰蓉月饼。"

楚雷："你好烦啊。"

楚雷："你和这只猫要在我家蹭饭蹭到啥时候？"

我也没办法嘛！

自己失忆了，怎么解封记忆这件事也被忘了，我现在只有待在人界重新学法术，看看能不能误打误撞地学会解封记忆的方法，恢复记忆后再回魔界。

清玄留在盒子上的姻缘咒术也许真的有用。我先到楚雷家蹭住，后来吱吱也来了——就是那只打开盒子的猫。楚雷顺带把它养了，现在它肥成了一个小煤球。

有天我在窗边望着外面。吱吱在院子里的树上不敢下来，楚雷上树去救它。

结果猫自己跳下去了，人下不去了。

阳光洒下来，我看着眼前的一人一猫，笑成了一团，忽然间觉得这样的日子挺好的。

至于过去的记忆，好像也没那么重要了。

完

## 文盗童话

### 1

从小，我爸就和我说，人要有自己的特色。

我出生在一个小村子里，大家平时除了种地、打工，再就是时不时听见哪家的男人去偷电缆或者井盖了。

小孩子们在一块儿玩，我很抬不起头。他们都嘲笑我是个娘娘腔，老子儿子都没胆子。

我爸在变成疯子之前是村里的读书人。他那个年代，一个人若能从村里考出去成为大学生是祖坟喷火。风光的那几年，人人都喊他一声"石老师"。

后来家里的男丁少了，爷爷和几个叔叔都因为各种原因去世之后，再遇上有人抢地抢井的事儿，爸爸都去讲道理。再后来他发现和这些人讲道理没用，便再无主意。妈妈嫌他没用，不知和谁跑了。

不久之后，爸爸疯了，每天疯疯癫癫地在家里的墙上写公式，成了村里人的笑柄。清醒时，他就愤愤地拉着我说："石头，你要记住，要有自己的特色，不能和他们一样！"

在父亲的教育下，我下定决心，绝不能和村里那些偷电缆偷井盖的人一样。

### 2

朱老师是在我小学五年级那年来这里支教的。

"你和这儿的人不太像，小石。"

有天放学，我正背着书包往外走，老师叫住了我，跟我说了这句话。

"好好读书，你会有出息的。"他说。

我的成绩很好，尤其是数理。毕竟从小对父亲的言行耳濡目染，背公式对我来说和吃饭喝水一样简单。朱老师则教我怎么消化那些公式："物理物理，就是物的原理……"

就像一加一等于二，但是为什么等于二？为什么人类用"1"作为计数基础？

朱老师就这样，放学后解答我所有的问题。

当然，不是每个孩子都像我一样喜欢老师，比如其他男孩，就会趁着老师不注意跑过他的身边，尖声嘲笑道："娘娘腔！"

朱老师白净、年轻、戴眼镜，笑起来文绉绉的，像爸爸还没疯的时候的样子。

后来，村里出了件大事。

我们这个村叫于家村，顾名思义，最早是于氏家族聚居的地方。于家祠堂是仍保留下来的古建筑，逢年过节或有大事，村里都会在这地方摆桌吃饭。

有一天，祠堂上面的那块匾不见了。

就是块破木头，烂得连字都看不清了，要是值钱，早就被人偷了卖了。但谁都不知道这块大匾是怎么不见的。是爬上去卸的，还是拿东西砸下来的？难道这块匾后面藏着金子，得动用一个工程队来拆？

村里众说纷纭，有说是祖宗显灵的，也有说是这块匾其实是已经绝种的什么植物做的，用它煲水，男的壮阳女的滋阴，没病的喝了长生不老。

哦，还有人怀疑是我爸这个疯子偷的。

但我万万没有想到，自己会成为第一个发现它下落的人。

### 3

那是朱老师来这儿的第三个月，我们已经很熟络了。如果家里晚饭的菜不错，我都会打一点儿装在饭盒里，送去教职工宿舍。

那天夜里，我走到宿舍外，见朱老师房间的灯还亮着，便望了过去。结果，就看见老师坐在行军床上，轻轻抚摸着一块破旧的木牌。

大概是察觉到我的目光，他抬起头，跟我的目光短暂交会。

气氛有些尴尬。

朱老师承认牌匾是他偷的。

"之所以偷它，是因为写这块匾的人。"

"很有名？"

老师摇摇头："他本身没有名，但是他有个孙子，这个孙子的结拜兄弟的乳母的次子成了宋朝赫赫有名的大才子……"

"不是，那老师是怎么把它偷下来的？"

我不是很关心那位大才子。我比较关心一块长约一米三宽约七十厘米的木匾，手无缚鸡之力的朱老师是怎么无声无息地拿到手的？

要知道这里是农村，晚上如果有动静，全村的狗都会叫起来。

老师的笑容依然温和，"中国古建筑的理念有一点很特别，叫作'物动人不动'。"

"就是以地面作为参照……"

"对，工匠在进行高空作业时会尽可能利用悬吊方式只将建筑部分转移上去。"朱老师越说越兴奋，掏出了一个笔记本给我看，里面全都是他的测绘和计算，包括宗庙的内部结构和地形图，"小石，你看，这座祠堂，高约三米二，牌匾则位于二米九的位置。牌匾的建造叫作'挂'，也就是说，它当时是被挂上去的，利用榫卯结构卡住，然后看情况再进行胶或者钉的加固。隔了那么多年，胶和钉子应该都已经失效了，只要再使用同角度的滑轨进行'摘'，我就可以不费吹灰之力地将它摘下来！"

榫卯是建筑结构的基础之一，朱老师经常提到。

"那万一有插栓呢？"我问。如果说榫卯是发冠，插栓就如同发簪，将发冠紧紧固定在发髻上，令部件无法被人单独从一个方向卸下来。

"我事先肉眼确认过，没有插栓。"

朱老师利用祠堂旁的一棵老凤凰树，在树冠最高处，也就是七米处设了滑轨。

"可是这个滑轨又是怎么送上去的？那可是七米……"

老师指指窗外。夜色下，远山的影子柔和起伏。

"在南边的山坡上，起北风的时候，放出风筝，风筝往下方滑翔，最后挂在树上，再用风筝上面事先装好的铁钩钩住牌匾，滑轨和滑索就全都解决了。风筝线用的是特制的高强度鱼线，再进行加粗，对于只需要向下方滑翔的风筝来说重量可以忽略不计。"

就这样，朱老师将牌匾卸了下来。

## 4

虽然朱老师是一名教师，但是他出身于一个神偷世家。

和那种喜欢搞个大新闻偷宝石偷古董的惊天大盗不同，朱老师的家族自诩"人文大盗"，简称文盗。

他们盗宝不问价值只问人心，这块破匾哪怕带去电视上鉴定，估计价格都不如一块搓衣板。但因为那个大才子是老师的本命，所以他绞尽心思申请来这穷山沟里教书，伺机完成心愿。

我顿时意识到，如果我想一洗娘娘腔的骂名，就一定要抱紧朱老师的大腿。

当听了我的想法后，老师明显反对："小卉，你这只是为了震慑别人。我们文盗是不能这样的。"

可我不想忍，我爸都忍疯了，我要是再忍下去，以后说不定也会变成个小疯子。

我先进行基础的设备收集，朱老师提供了很好的思路——物动人不动。为了偷那块匾，老师甚至详细调查过这里的地下水源，通过堵塞一侧水路，加大另一侧地下水的水压，压迫那棵凤凰树的树根，使古树向南倾斜的角度增加了三十度，这样更加适合风筝下落。

调整滑索和滑轨的承重能力，甚至利用自然的力量，我说不定可以让一个庞然巨物不翼而飞！

于是，我在村外的河道开始了练习，石头是一个很好的测试品，沉重、不规则，关键是便宜，砸坏了也不用赔。

但就在我练习将石块用滑索运到河对岸时，出了点儿事。

村里几个大孩子一直嘲笑我和我爸娘娘腔，带头的那人叫黄哥。他天生一头黄毛，面容凶狠。到了冬天，他就带着他的跟班们跳进冰水里，觉得这样才有爷们儿气概。

大多数人都不敢跳，只有黄哥衣服一脱，只穿着内裤就跳下去。我不管他们，继续练习运石头过河。

结果，旁边突然传来一声惨叫。

"老子脚抽筋了！"黄哥在河中央扑腾，面色铁青，"救命——"

这条河很宽，冬天的时候水流仍不算平和。

不知怎的，我心里没什么窃喜，平时被欺负的时候想过千百种让他们倒霉的情形，可真的见到黄哥在水里挣扎的样子，只觉得手脚发凉，脑子里一片空白……

等我反应过来时，自己已经跑到黄哥溺水处的河岸边，将滑索向河中央滑去。黄哥眼疾手快，一把将滑索上的铁钩抓住，被带向岸边。

死里逃生后，黄哥揽着我的肩，一边冻得发抖一边说："小石……不，石哥，从今天起，你就是我亲哥，亲哥哥！"

我怎么也没料到，黄哥会是我第一个"偷"的东西。

自从救了黄哥，我在孩子们里的地位直线上升，他们总是拉着我到处撒野。

"你那招太厉害了！"他指的是搭建滑索这事儿，"跟谁学的？"

我答应过朱老师不能暴露他的身份，于是说："我爸。"

很快，整个村都知道了，石家那个疯子的儿子特别厉害，能用一根绳子把东西运来运去。黄哥的老爸是镇上玻璃厂的老板，为了感谢我救了他儿子，竟然送了我一个手机。

那时候都是黑白屏的九宫格手机，朱老师给我买了张话费卡，教我怎么给他打电话。

有天回家，我发现我爸又被人欺负了。

有两个小流氓说我爸在路上写公式，弄脏了他们的鞋子，揍了他一顿。老爸疯疯癫癫地捂着头哭，像个小孩。

我把这事告诉了黄哥。

"岂有此理！"他怒发冲冠，"你是我亲哥哥，欺负你就是欺负我，欺负你爸就是欺负……还是欺负你爸，但是性质极其恶劣！"

于是，我们的复仇计划开始了。

## 5

那几个小流氓也只是欺软怕硬，看见老弱病残才敢动手。尽管黄哥说是不是找他老爹的兄弟教训他们一顿，可我还是决定，要用知识教训他们一顿。

只不过这次，朱老师同意教我了。

"那这就不是威慑别人吗？"我问。

老师摇头，用衣角擦着眼镜："这次，你是为了保护自己最重要的人。所以，以牙还牙，偷走他们最重要的东西吧。"

我暗中观察这群人几天了。

他们对着墙根撒尿，烫头，扭屁股跳舞，窝在小卖部门口抽烟，欺负村里的老弱病残……

我也不知道这群人有什么值得珍惜的东西。

就在我还在纠结的时候，黄哥找了帮人替我爸出了头。那天下了课，他拉着我往东头走，一群玻璃厂的彪形大汉，正将几个小流氓摁在那儿教训。

"敢动我们黄少爷保的人？这次就让你们长记性！"

"饶命！我们错了，真的错了！"

叫骂和求饶声里，有个汉子骂道："你爸妈没教过你规矩？"

突然，有个一直抱头躲藏的青年猛地扬起头："老子就是没娘没爹，怎么了？！"

他这样一硬，其他小混混也跟着强硬起来，居然还把黄毛那边的人给推倒了，然后一溜烟地跑了，临走还放狠话："等我们哥几个变成舞王，到时候你们抱大腿都抱不上！"

几年前，村旁的伐木场出过事故，因为野火死过不少人。

我爸清醒时还和我说过这件事。

"多可怜啊，那些孩子，"他拿布捂着伤口，苦笑着炒青菜，"那么小，没了爸爸妈妈。你至少还有爸爸。"

"哪里可怜了，那么可恨。"

"因为没人好好照顾他们，好好教他们呀。"他说，"就和学习一样，你遇到朱老师这样肯耐心教你的好老师，才会学到更多知识……说不定给他们一个舞台，这些孩子的人生就会完全不一样。"

夜里，我又带着青菜猪肉去找朱老师。路过小卖部时，看到那几个混混在路灯下跳舞，扭腰扭屁股，好像群魔乱舞。

"很有意思啊。"

朱老师不知何时来到我的身后，看着他们跳舞。

"傻呵呵的，但是他们自己跳得很开心。"

我把饭盒塞到老师怀里，气呼呼地想走。朱老师抱着它，声音里含着笑。

"小石，这个世上，能令自己开心的事很少的。"

一起给他们偷一个舞台吧，小石。

第二天，在村口出现了一个奇迹。

许多块大大小小的石子垒成了一个高台，就像那块一夜凭空消失的匾一样一夜之间凭空出现。

人们很好奇地围了过去，那几个青年也看见了，试着跳上这个石台。

仿佛有一种默契，第一个人大笑着跳了起来。紧接着，他的朋友们也开始跳那种他们自己的舞，根本不管底下传来的笑声。

渐渐地，笑声少了。在最原始的肢体表现力下，众人似乎都感受到了他们的力量。

"啊——"

跳着舞，他们发出了嘶哑难听的吼声，在这个高于地面的舞台上，第一次出现的吼声。

像是把长久以来压抑着的东西，尽数释放了出来。

据说后来有个叫"洗涤灵魂"的节目组，到我们这里来倾听内心最初的声音。

听没听到我不知道，但大家都知道他们刚到村口就听见了石台上的咆哮声，对那种如入无我之境的狂舞舞者惊为天人。没过几天，节目组的人和那几个小年轻谈了谈，带他们去城里了。

又过了几年，我因为读书，搬去了朱老师城里的家，有天晚上看综艺节目，有个爆红的组合，叫"清爽男孩"，一个个素面朝天，剃着干净的板寸，穿着白衬衫和黑裤子，仿佛春风吹散了洗剪吹的俗气味道。

我觉得这三个人很眼熟。

6

朱老师失恋是在他来支教的第二年。

那一年，他替我申请跳级，我以理科三门满分的成绩从五年级跳级进了初二。夜里，老师来我家一起吃饭庆祝，吃到一半，收到了一条短信。

看到短信的时候，他先是呆住，然后颤颤巍巍拨了个号码，那边没人接。老师举着电话等了很久很久，最后放下手机，红着眼眶走出了门。

那段时间，朱老师时不时在夜里带上农家自酿的米酒，去对面高高的山坡上望月独饮。

我爸仍疯疯癫癫的，要去找我妈，去北上广的纺织厂找，去隔壁村王师傅的理发店找。他病得越来越重，村里人也越发厌弃这个疯子。

"我要当文盗。"我去山坡上找到了借酒消愁的朱老师，"把妈妈偷回来。"

朱老师赤红着眼睛，苦涩地望着我："小石，感情这种东西，偷不回来的。"

"我能偷回来。"我说，"你常说的，青出于蓝而胜于蓝。你看着吧。"

朱老师怔了怔，揉揉我的头："傻孩子……"

不知不觉，冬天来了。说我傻的大人，依旧每晚抱着羽绒服，在落雪的山林里买醉。我发誓以后绝对不要变成这样的大人。

除夕夜，村里人在祠堂里摆桌吃饭，大人们都去了，孩子大多不喜欢那种场合，吃饱了就跑出去玩了，放鞭炮，炸粪坑。城里孩子估计没见过，把一个甩炮点了往化粪池里一扔，那叫一个霸气侧漏。

不知是谁先注意到村子方向的火光——我们还以为只是鞭炮，可再看一会儿，才发现是村里有屋子着火了。

大家连忙赶回去。着火的是祠堂，古建筑都是木制，早已烧成一团火球，里面传来刺耳的尖叫。

我打电话给朱老师："老师，怎么办？"

火烧成这样，如果一个个救人，肯定死伤惨重。

朱老师听了情况，从山头眺望村子，指挥我去他的宿舍拿装备——非燃材质的绳索。

"事到如今，只能尽可能快点将人救出来了！"他说，"小石，你用我偷牌匾的方法……"

来不及了。

我不觉得此时被失恋冲昏了头的朱老师能想到完美的方法，他连祠堂和凤凰树的距离以及树木倾斜的角度都已经记不得了。

可是，我有办法。

为了偷回妈妈，这几个月，我一直在做准备。

我跑出了村子，站在大路上，这是一条宽约两米的水泥路，是政府在五年前修建的可以通车的路。现在有了其他的路，这条路人烟稀少，很少有人走。

从前这里是一片泥地，两侧是翠竹，抬头就能见到月亮。

我花了几个月来策划偷它，如果没有意外，我本该在今天得手。

道路两侧的水泥路面都被我打上铆钉，连上了绳索，而绳索的另一头，则是……

"哥！"

远处传来了黄哥他们的声音。大人们被困在伙房里，他们也没有办法，见我跑向这儿，黄哥直觉我会有办法。

来得正好。

我迅速给他们布置了任务，在听见这个任务后，所有人都惊愕地睁大了眼睛。

"绑……绑在竹子上？"

"对，一共六百条和铆钉连好的绳索，我们有二十五个人，每个人尽可能将自己分配的绳索系到附近的竹子上，尽量挑最老最粗最结实的竹子！"

孩子们拿着绳索面面相觑。

"没时间了！"黄哥第一时间喊他们，"为了你们爹妈，都给我干活！"

7

很快，道路就像被一张蜘蛛网抬起来了一样。它的两侧都打满了铆钉，连着粗粗的绳索，绳索另一头则绑在竹子上。右侧是刚才绑好的，而左侧则是我事先就绑好的。

我预想的是拉着这条路横跨过村子的上方，最后拉到朱老师每天无病呻吟的那个高坡上。我先在道路和高坡之间建立了一条滑索，然后让朱老师帮忙，利用这条滑索来传送自己，每天晚上都在两点之间拉上几条绳索。

今天刮的是东北风。

道路所处的位置，风向是东偏北。而高坡由于地势原因，风向则是北偏东。

起风了。

起风的刹那，数百根翠竹伴着涛声向东偏北摇摆；而高山坡那边，数百棵林木则向北偏东摇摆。

仿佛两只手向两侧用力拉扯着这条水泥路，让它变成了一条绳索拉桥，它开始微微颤抖，风越来越大，绳索拉得越来越紧。终于，伴随着巨大的轰鸣，整条水泥路的路面脱离了泥土，飞向半空。

竹子的韧性大，柔软，所以，水泥路被拽起来后，向着村子的方向被牵引而去!

我仔细计算过,翠竹和高坡的林木需要多少,才能让这条路从天而降落在我家门口。此刻只不过修改了地点,让它落在祠堂上方而已。

数秒后,被困在祠堂里的人就会看见,一条路出现在火海里。

它从天上无声无息地飞来,碎石碎沙簌簌如雨。

这是我为他们偷来的一条生路。

当我和黄哥他们冲回村里时,看到祠堂里的人正努力攀上那条离地面悬空约一米五的水泥路,逃离火场。

外面的村民、消防员、警察,都目瞪口呆地看着这条"天路"。攀上天路的人越来越多,我爸在外面围观的人群里,疯疯癫癫地指着它,喊妈妈的名字。

新的东北风起了。

两侧绳索再次将天路牵引升空,继续向着高坡方向移动,直接拉出火场。

祠堂在火灾中付之一炬,所幸没有人员伤亡。朱老师庆幸,自己提前将牌匾偷了。

这种庆幸也让他从失恋的痛苦中走了出来。

至于我爸,他的病情好了很多。

因为看到那条路,他想起了那些关于妈妈的事。

年轻时,他和妈妈就在那条竹子路上散步。那时还没有水泥路,脚踩在泥土上,松松软软。

他说,等自己大学毕业就回来娶她。她答应了,等了四年,等到自己二十三岁,变成了当时村里的老姑娘。

妈妈从来没有和人跑。每天,她在那个伐木场捡柴,爸爸则去县里的卫生所上班。那天他接到电话,说伐木场失火了。

妈妈没了。

他骗自己说,妈妈还活着,只不过和人跑了,总有一天会回来的。就这样日复一日骗着自己,直到看见那条路。

那条他们曾经走过的路,曾经是泥土,如今是水泥,但无论如何都不曾消失，就好像妈妈，无论如何都不曾抛弃他。

我考上了市重点高中，为了读书方便，和朱老师一起搬了过去。

这件事差点就黄了，毕竟我偷了一条长达八百米的路。救完了人，没人知道该拿这条路怎么办，结果有人提议——卖去石料厂。

后果如你们所想，被一锅端了。我被拉去问了好几天的话，听得最多的就是"你知道这条路多贵吗？""你知道多少山村儿童都盼望有这样的一条路吗？"……

但怎么说都是为了救人，而且也是一条已经半废弃的路……

后来我认错，写了检讨，全校通报。

再后来，我进行运动结构学的研究，进入了援救行业，专门就地取材，进行各类灾祸现场的救援，和朱老师一样，改变了很多人的命运。

那块牌匾被老师悬在卧室床头；"清爽男孩"继续走红；康复的爸爸开始重新读书，准备考个大龄硕士……

这个故事有着一个圆满的结局。

其实，它还有另一种结局。

比如我一开始就没有遇到老师，我的妈妈是真的和人跑了，爸爸疯了，村里人抢光了我们家的地，我没法继续读书。最后，疯疯癫癫的爸爸在除夕夜去村民聚集的祠堂放了一把火，抱着我跳进火海里，我在最后幻想出这个故事……

怎么会呢。呵。

完

THE END 晚安信号

读懂他的故事，认识她的世界和形形色色的人物。

**图书在版编目（CIP）数据**

信有灵犀／扶他柠檬茶 著.
一武汉：长江出版社，2020.7
ISBN 978-7-5492-7028-6

Ⅰ.①信… Ⅱ.①扶… Ⅲ.①短篇小说-小说集-中国-当代Ⅳ.
①I247.7

中国版本图书馆CIP数据核字（2020）第119508号

**信有灵犀** ／ 扶他柠檬茶 著

出　　版　长江出版社
　　　　　（武汉市解放大道1863号　邮政编码：430010）
选题策划　漫娱　陈斯诺
市场发行　长江出版社发行部
网　　址　http://www.cjpress.com.cn
责任编辑　江　南
特约编辑　陈雪琰
总 编 辑　熊　嵩
执行总编　罗晓琴　　　　　开　本　880mm×1230mm 1／32
装帧设计　徐昱冉　　　　　印　张　9.25
印　　刷　武汉新鸿业印务有限公司　字　数　285千
版　　次　2020年7月第1版　　书　号　ISBN 978-7-5492-7028-6
印　　次　2020年9月第2次印刷　定　价　42.00元